오키나와 스파이

오키나와 스파이

김숨 장편소설

민음사

차례

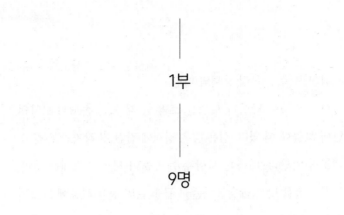

1부

9명

❖

섬의 북쪽, 소목장 오두막 마당.

섬 주민들이 닭이나 토끼를 토막 낼 때 쓰는 손도끼 모양의 달이 하늘에 떠 있다. 섬은 깊은 정적에 잠긴 것 같지만 온갖 소리로 넘쳐난다. 메마른 사탕수수 잎들이 서로 비비대는 소리, 짝짓기 철을 맞은 반딧불이들이 금빛 은빛 선을 허공에 그으며 초조히 날아다니는 소리, 딱정벌레들이 손톱처럼 딱딱한 푸른 야광의 날개를 파닥거리는 소리, 동굴을 나온 박쥐들이 먹이를 찾아 숲을 휘저으며 날아다니는 소리, 묵직하고 둥그스름한 돌들이 한꺼번에 구르는 것 같은 파도 소리, 풀 한 포기 없는 빈 땅에 대고 낫을 그저 휘두르는 것 같은 바람 소리….

오두막 마당은 둥지다. 그 안에 모여 있는 스파이들은 어미를 기다리는 새끼 참새들이다.

까마귀, 매, 살쾡이, 족제비, 뱀… 한통속인 천적들이 독 오른 발톱이나 부리, 혓바닥을 벼리고 새끼 참새들을 노리고 있다.

겁에 질린 새끼 참새들이 할 수 있는 거라곤 어미 참새를 애타게 기다리는 것뿐이다. 그러나 어미 참새가 당장 돌아온다 해도 새끼들을 구하지 못할 것이다. 굶주린 천적들로부터 새끼 참새들을 구원해줄 수 있는 존재가 있다면 단 하나, 인간뿐이다.

그런데 오늘 밤 섬 어디에도 인간은 없다.

아까부터 오줌이 마려운 겐이 다리를 떤다. 손등으로 코를 문지르다 말고 누가 시키기라도 한 듯 손에 든 횃불로 스파이들을 훑는다.

소목장의 주인인 우치마와 그의 아내 이리, 우치마의 처남인 이하와 그의 아내, 그리고 이하의 아들 부부, 소목장의 가장 어린 일꾼 벤, 북쪽 마을의 경방단장과 구장.

족제비는 겐이 다리를 떠는 게 몹시 거슬린다.

"오줌싸개, 두 동강을 내버리기 전에 다리 좀 냅둬라!"

족제비는 자신들이 잡아 끌어다 놓은 스파이가 아홉 명이나 돼 당혹스럽다. 게다가 여자도 셋이나 있다.

너구리는 자신들에게 내려질 명령이 뭔지 모르고 이케다의 명령이 어서 떨어지길 기다리고 있다.

군복을 벗고 깡똥하고 허름한 바쇼후•를 걸친 군인들은 잔뜩 긴장한 눈빛으로 들판을 흘끗흘끗 돌아다본다. 혹시나 미군이 쏜 총알이 뒤통수를 향해 날아올까 봐서다. 오두막은 목초지인 들판 한복판에 있다. 시작도 끝도 없이 펼쳐질 것 같은 들판에 날아다니는 반딧불이들이 군인들은 총알로 보인다.

"미나토!"

● 芭蕉布, 오키나와의 특산물인 파초 섬유로 짠 여름옷.

9

겐의 옆에 서 있던 소년이 흠칫 놀라며 뒷걸음질한다. 소년은 키가 겐보다 머리 하나 정도 더 크고, 수염이 나기 시작해 코밑이 거뭇거뭇하다.

"미나토!"

미나토를 부르는 구장의 두 눈은 산비둘기의 찢긴 날개 같은 광목천에 가려져 있다.

"미나토, 대답해!"

구장은 분명히 미나토를 봤다. 한 손에 횃불을 들고, 다른 한 손으로는 울부짖는 여자를 도축할 산양처럼 잡아끌며 들판을 건너오는 그를 봤다.

구장은 두 손과 함께 두 발도 철사에 결박당했다는 걸 깜박 잊고 몸을 일으키려다 앞으로 꼬꾸라지며 땅에 이마를 찧는다. 거구로 힘이 좋은 그는 곧바로 상체를 벌떡 일으키며 소리친다.

"미나토, 거기 있는 거 다 알아!"

구장은 눈이 가려지고 손발이 결박당한 것보다 미나토가 아무 대답을 않는 게 더 답답하고 불안하다. '켕기는 게 있는 거야. 그렇지 않고서야 아무 대꾸가 없을 리 없어.' 미나토가 어릴 때 구장은 그에게 씨름을 가르쳤다. 그래서 둘은 서로를 특별히 생각하고 대하는 게 있었다.

"미나토!"

"형, 부르잖아요." 겐의 목소리는 변성기를 지나고 있어서 우스꽝스럽게 쉬고 갈라진다.

"닥쳐!" 미나토가 목소리를 한껏 낮춰 겐에게 윽박지른다.

"기무라 총대장을 만나게 해주시오!"

우치마는 기무라와 이야기를 나누면 스파이 누명을 벗을 수 있을 거라고 생각한다. 당장의 심정 같아서는 스파이 누명을 벗을 수만 있다면 자신의 소목장을 통째로 그에게 바칠 용의도 있다.

"제발, 기무라 총대장을 만나게 해주시오!"

남편이 처량하게 사정하는 소리를 듣고 있으려니 이리는 자존심이 상하고 울화가 치민다. '은혜라고는 쥐뿔도 모르는 군인 놈들! 그동안 내 남편이 갖다 바친 소가 몇 마리인데…. 전부 몇 마리인지 내가 세서 알려줄까?'

닷새 전에도 우치마는 수소를 잡아 군인들에게 보냈다. 이리는 군인들에게 여태껏 받아먹은 소들을 도로 토해내라고 소리치고 싶다. 하지만 '과부 이리'에서 '소목장의 안주인 이리'로 거듭나 우치마와 함께 소목장의 소를 50마리 넘게 불린 그녀는 결코 아둔한 여자가 아니다. 자신을 알도 못 낳는 늙은 암탉 다루듯 한 괘씸한 놈들에게 자비를 베풀 아량이 아직 남아 있다.

'무슨 일일까?' 벤은 천장에서 혼자 뚝 떨어진 생쥐 새끼처럼 어리둥절하다. 그는 한밤중에 도적 떼처럼 들이닥친 미군들에게 붙들려 북쪽 바닷가에 끌려갔을 때보다 지금이 더 무섭다. 그 이유가 손발이 철사에 묶인 데다 아무것도 보지 못하기 때문인 것 같다.

자신도 모르게 다시 다리를 떨던 겐이 흠칫한다. 수그리고 있던 벤의 고개가 갑자기 들리더니 겐을 향했고, 순간 그는 자신을 쳐다보는 줄로 착각했다.

'날 못 봐.'

이케다는 소년들에게 스파이들의 손발을 철사로 묶으라고 시킨 뒤 눈을 광목천으로 가리도록 했다. 덕분에 스파이들의 눈에 가득 서린 공포가 소년들에겐 보이지 않는다. 스파이들이 자신들을 보지 못한다는 것이 소년들을 여차하면 광기로 돌변할 수 있는 불순하고 위태로운 자신감에 도취하게 한다.

광목천이 콧등까지 덮어 절반만 남은 것 같은 벤의 얼굴은 집요하게 겐을 향하고 있다. 그래서 겐은 벤이 자신을 빤히 쳐다보는 것 같은 기분이 든다.

"뭘 봐!"

벤은 그러나 자신에게 하는 말이라는 걸 알지 못한다.

몸집도 생김새도 비슷한 두 소년은 마치 쌍둥이 형제 같다.

둘 다 맨발에, 천 조각을 이어 붙여 지어서 세계지도 같은 옷을 걸치고 있다.

구장은 미나토를 부르려다 말고 그 애가 어째서 군인들과 함께 있는 것인지, 도대체 부르는 소리에 왜 아무 대답을 않는 것인지 골똘히 생각한다. 그가 미나토를 마지막으로 본 것은 기무라 군대가 주둔하고 있는 성터에서였다. 미나토는 꽤나 친해 보이는 섬의 소년들과 함께였다. 그 애는 소년들을 두더지, 다람쥐, 족제비라고 불렀다.

"스파이!"

누군가 중얼거리는 소리가 구장의 귀에 들려온다. 그제야 구장은 십사 일 전인 6월 15일에 기무라 총대장이 자신에게 보낸 속달을 떠올린다. '13일에 적군에게 납치된 자들은 스파이다. 납치된 자들이 돌아오면 즉시 군에 보고할 것을 명령한다. 이 명령을 어기면 그들의 가족은 물론 마을의 경방단장과 구장 역시 총살할 것이다.'

속달을 받기 이틀 전 우치마와 이하, 벤은 미군들에게 납치됐다 풀려났다. 그들이 돌아온 걸 알고도 구장은 기무라 총대장에게 보고하지 않았다.

"우린 스파이가 아니오!"

구장의 말에 경방단장이 소스라친다.

죽은 척하는 곤충처럼 웅크리고 눈치만 살피던 경방단장이 고개를 이리저리 돌리며 더듬거리는 소리로 묻는다.

"스파이? 스파이라니… 누, 누가? 누, 누가 스파이라는 거야?"

경방단장의 얼굴은 결박당할 때 두더지에게 맞아 멍이 들고 부어 있다.

"자기가 스파이인 줄도 모르다니!" 군인 하나가 비웃는다.

경방단장도 구장이 받은 속달을 받았다. 비로소 자신이 왜 소목장의 오두막까지 끌려왔는지 깨달은 그는 뒤늦게야 기무라의 명령을 대수롭지 않게 여긴 걸 땅을 치고 후회한다. 우치마가 '미군 스파이 짓'을 하는 것 같다는 소문을 믿었어야 했다. 그것이 헛소문이어도 기무라의 명령에 따랐어야 했다.

"난 스파이가 아니야! 경방단장인 내가 스파이라니…"

'얄미운 늙은이 같으니라고. 그럼 내 남편은 스파이란 거야?' 이리는 경방단장이 야속해 부들부들 떤다.

"여보? 여보?"

이하의 며느리 요코가 울먹이며 자신의 뒤에 있는 남편을 찾는다. 그녀의 남편 호세이는 오두막 마당까지 끌려오면서 소년들에게 맞아 앞니가 부러지고 입이 부었다. 찢긴 잇몸에서 흐르는 피가 입 속에 흥건히 차올라 억지로 삼키고 있다. 그들 부부는 자신들의 집에서 백 미터쯤 떨어진 오두막 마당까지 마구 잡이로 끌려왔다. '고모부가 정말로 미군 스파이인 걸까?' 고모부가 설령 미군 스파이가 아니라 하더라도, 머슴을 셋이나 두고 남부럽지 않게 살던 자신들이 이토록 황당한 수모를 당하고 있는 것은 순전히 고모부 때문이다. 호세이는 다시 입 속 그득 차오른 피를 삼키며 아버지보다 믿고 따르며 존경하던 고모부를 원망하기 시작한다.

"우릴 어쩔 셈이오?"

구장이 겐의 손에 들린 횃불을 향해 고개를 쳐들고 묻는다.

미나토가 이케다를 흘끗 쳐다본다. 그는 이케다가 스파이들을 어쩌려는 것인지 몹시 불안하다. 턱선이 가팔라 날렵한 인상인 이케다는 얄팍한 입을 고집스럽게 다물고 있다. 초조해하는 기색이 역력한 군인들과 달리 그는 감정의 동요가 조금도 없어 보인다.

'젠장!' 미나토는 총검을 버리고 도망치고 싶지만 용기가 나지 않는다. 도망쳤다가는 자신의 손발도 결박당할 것 같다.

"우릴 처형할 거요?"

"아아, 죽이지 마! 살려줘! 살려줘!" 이리는 반백의 머리카락 한 가닥 한 가닥이 필라멘트처럼 떨릴 만큼 분해하던 걸 까맣게 잊고는 사정한다.

"살려주세요! 살려주세요!" 요코도 따라서 애원한다.

"살려줘, 살려줘…." 이하의 아내도 애처로이 빌기 시작한다.

낮에 이하의 집 부엌에 모여 함께 두부를 쑤면서 '세 마리 새' 이야기를 하며 웃던 세 여자는 밤이 돼 살려 달라고 빌고 있다.

"여보? 여보?" 절절하게 남편을 부르던 요코가 외로 픽 쓰러진다. 그녀의 자그마한 발에는 소똥이 묻어 있고, 종아리에서는 피가 흐르고 있다. 머리카락은 떨기나무처럼 풀어 헤쳐져 있다. 그녀는 불과 한 시간 전에 자신이 남편의 팔을 베고 누워 신혼의 단꿈에 젖어 있었다는 게 믿기지 않는다.

머리를 물속으로 처박고 허우적거리는 오리 같은 그녀의 모습에 겐이 큭 하고 웃음을 터뜨린다.

료타가 겐을 째려본다. "오줌싸개, 웃지 마!"

소년들이 겐을 오줌싸개라고 부르는 것은 그가 긴장하면 오줌을 싸는 버릇이 있기 때문이다. 성터에서 소목장까지 내려오는 동안에도 겐은 다섯 번 넘게 바지를 내리고 오줌을 쌌다.

"기무라 총대장은 어디 있소?"

우치마는 기무라가 자신의 오두막 마당에 있는 것 같다. 불길한 먹구름 같은 그의 기운이 심장이 저릿할 만큼 강하게 느껴진다.

인근 섬에까지 소문이 났을 만큼 소목장을 크게 일군 우치마는 기무라 군대에 누구보다 호의적이고 협조적이었다. 기무라 총대장과 가까이 지내며 스스로가 비굴하게 느껴질 정도로 그의 비위를 맞춰줬다. 하지만 그를 진심으로 허심탄회하게 대한 적은 없다. 우치마는 인간으로서도, 군인으로서도 기무라 총대장을 신뢰하지 않는다. 그는 성격이 불같고 잔인한 데가 있으며 모질고 냉혹하다. 우치마는 그래서 더더욱 기무라 총대장을 당장 만나야 한다는 절박한 심정이다.

"기무라 총대장을 만나게 해주시오!"

이하가 홰를 치는 닭처럼 목을 쭉 뽑더니 몸서리치며 오르로 넘어진다. 오뚝이처럼 일어서는가 싶더니 겐 쪽으로 데굴 굴러간다. 겐은 얼떨결에 손에 들고 있는 횃불을 이하의 얼굴에 들이댄다. 불꽃 서너 점이 그의 얼굴로 떨어지며 점멸한다.

이하의 아내는 방금까지 자신의 몸에 꼭 붙어 있던 남편이 베어내지듯 떨어져 나가고 없는 걸 깨닫고는 "여보!" 하고 부른다. 그녀는 남편이 스스로 굴러간 게 아니라 군인이 끌고 갔다고 생각한다. 한 몸과 같은 자신들을 갈라놓기 위해서.

이하는 몸을 일으키려 하지만 뜻대로 안 된다. 몸에 힘을 주면 손목과 발목을 감고 있는 철사가 살을 파고들며 조여 온다.

너구리가 이하에게 다가간다. 불쌍한 영감탱이를 아내 곁으로 끌어다 놔주려고 그의 목덜미로 손을 뻗는다. 너구리의 뜨거운 손이 목덜미에 닿는 순간 이하가 진저리치며 비명을 지른다.

"놔둬!" 이케다가 차갑게 소리친다.

"한 명 한 명 전부 죽인다!"

이케다는 마침내 명령을 내린다. 그의 입에서 말해졌지만 그의 명령이 아니라 기무라 총대장의 명령이다.

"아아, 우릴 죽이지 마! 살려줘, 살려줘!"

"미나토! 미나토!"

"살려주세요, 살려주세요…."

"내 자식들은 스파이가 아니야! 내 자식들은 살려줘! 내 아들, 내 아들 호세이는 살려줘!"

"난 절대 스파이가 아니야! 억울해…." 경방단장이 울부짖는다.

아우성치는 스파이들을 노려보던 이케다가 말한다.

"개구리를 처먹는 것들이라 개구리처럼 시끄럽군! 저것들 입을 막아!"

서로 눈치를 보며 망설이던 소년들이 스파이들에게 다가든다. 저항하며 애걸복걸하는 스파이들의 입을 광목천으로 싸맨다. 구경하듯 지켜보고 서 있던 군인들은 이케다가 왜 진즉에 스파이들의 입을 싸매라고 명령하지 않은 것인지 속으로 투덜거린다.

"죽이지 마, 죽이지 마…." 광목천 쪼가리가 자글자글 주름진 입을 뭉개며 덮어올 때까지 이리는 빌고 빈다.

광목천이 입을 덮어오는 순간에 구장이 퍼뜩 정신을 차리고 목청을 높여 외친다.

"우릴 죽일 거면 총으로 쏴서 죽여주시오!"

오두막 마당에 후덥지근한 바람이 분다. 축사의 소들은 떼죽음을 당한 듯 조용하다.

이리는 쥐가 내는 것 같은 신음을 토하며 깡마르고 거뭇한 온몸으로 살려 달라고 빈다. 요코도 땅에 엎드려 얼굴이 할퀴이는 것도 모르고 혼신의 힘을 다해 빌고 있다.

이케다가 어깨에 메고 있던 총검을 빼든다. 총검을 감고 있는 칡 줄기와 잎을 손으로 잡아 뜯는다. 길이가 40센티쯤 되는 검이 드러난다. 흑색 도료를 칠한 검은 죽어 빛깔을 상실한 뱀 같다.

군인들도 총검을 빼든다. 너구리, 족제비, 다람쥐, 미나토도

낮에 기무라 총대장에게 받은 총검을 빼든다. 겐도 손에 든 횃
불을 땅에 내려놓고 총검을 빼든다. 숫돌에 갈아 날을 벼린 검
을 달빛에 비춰 보던 그는 군인 하나가 흑당을 입에 물고 들려
준 얘기를 떠올린다. '내가 중국에서 우는 아기를 어떻게 죽였
는지 알아? 공중으로 휙 던져 총검으로 받았지.'

이케다가 스파이들을 훑는다. 그의 눈빛에 증오심이 서린다.
그것은 순식간에 살기로 변한다.

달빛은 적당히 밝다. 아니, 적당히 어둡다. 들판은 어느 결에
반딧불이로 들끓어 요정들이 사는 세상 같다. 오늘 밤 섬에서
는 대대로 이어 내려온 윤리 규범이 완전히 잊혀 무시되고 기
무라 총대장의 명령만 있다.

이케다는 스파이들을 총검으로 찔러 처형할 것이다. 멀지 않
은 곳에 있는 미군들 때문에 총 소리가 나면 안 되기 때문이다.

'누구부터 시작할까?'

"스파이!" 이케다가 총검을 치켜들고 혀를 씹듯 내뱉으며 우
치마의 정수리에 총검을 내리꽂는다. 피가 튀며 총검이 우치마
의 머리를 날벼락처럼 꿰뚫고 목으로 삐져나온다. 총검을 뽑자
우치마가 머리로, 목으로 피를 뿜으며 앞으로 꼬꾸라진다.

군인 하나가 경방단장에게 달려든다. 경방단장의 어깻죽지

에서 솟구쳤다 떨어지는 핏줄기가 벤의 얼굴에 들러붙는다.

료타가 "스파이!" 하고 이를 갈며 벤에게 달려든다. 영원히 벗을 수 없는 피의 가면을 쓰고 몸서리치는 벤의 파헤쳐진 배에서 아기 얼굴만 한 핏덩이가 토해진다.

순식간에 군인들과 소년들, 총검에 살이 찢기고 파헤쳐진 주민들이 뒤엉켜 오두막 마당은 아수라장이 된다. 뼈가 으스러지는 소리, 칼날에 살이 베이고 찢기고 도려내지는 소리, 피가 토해지고 뿜어 나오는 소리, 으깨진 단말마의 비명이 뒤섞인다. 군인들과 소년들의 입에서 "스파이!" 소리가 쉼 없이 내뱉어진다. 광분한 군인들과 소년들이 저마다 제 목소리로 외치는 "스파이" 소리는 합쳐져 신통력 있는 주술이 된다.

땅을 기는 이리의 옆구리를 다람쥐의 총검이 후벼판다. 이리의 회오리치는 머리카락을 이하의 아내가 두 손으로 잡고 매달린다. 가슴 두 곳을 총검에 찔린 그녀는 머리카락을 두 손에 감고 사지를 격하게 떤다.

금세 피 칠갑을 한 총검들이 달빛을 받아 기묘하게 반짝인다.

"스파이! 스파이!" 광란하며 총검을 무자비하게 휘둘러대는 너구리의 발에 구장의 얼굴이 밟힌다. 얼굴이 눌리며 구장의 입을 싸맨 광목천이 들뜬다.

"아악! 미나토! 악! 미, 미나토!"

호세이에게 달려들던 미나토가 얼어붙는다. 하지만 그것도 잠깐, 그는 쳐든 총검을 호세이의 심장에 찔러 넣는다.

"죽어!" 너구리가 구장의 등에 총검을 내리꽂고 시계 방향으로 돌리며 후벼판다. 바위 같은 등에 금이 가는 소리가 나며 총검이 휘어진다.

"스파이! 스파이!"

너구리는 휘어진 총검으로 이하의 심장을 찌른다. 뼈에 걸려 뽑히지 않는 총검을 힘껏 당겨 뽑는다.

군인의 총검에 배꼽과 배가 도려내진 요코는 창자와 피를 질질 흘리며 땅을 긴다.

어떤 손이 겐의 발목을 덥석 물듯 잡아온다. 경방단장의 손이다. 놀란 겐은 비명을 지르며 발을 세차게 흔든다. 손은 그러나 발목을 악착같이 그러잡고 놔주지 않는다.

"스파이! 스파이!"

겐은 태어나 처음으로 무아지경에 빠져 자신의 발목을 놓아주지 않는 손을 총검으로 찌르고 찌른다. 손가락들이 벌어지더니 경련하다 땅으로 떨어져 들러붙는다.

2부

❖

(아홉 명이 처형되던 날 아침)

1945년 6월 29일.

해발 3백 미터인 까마귀산 정상, 15세기경에 축성된 성터.

소목장이 한눈에 내려다보이는 곳에 군인 하나가 각진 턱을 거만하게 치켜들고 서 있다. 기무라 총대장으로, 축사에서 쏟아져 나오는 소들을 바라보고 있다. 먹물에 담갔다 꺼낸 듯 까만 소들을 분산시키며 활기차게 뛰어다니고 있는 소년은 벤이다.

웅— 하는 소리가 성터까지 올라온다. 미군 전차 수십 대가 한꺼번에 움직이는 소리다. 마치 섬이 통째로 움직이고 있는 것 같다. 소들이 무슨 소리인가 하고 머리를 쳐든다. 섬은 하루 만에 남쪽 해변에 상륙한 미군에 점령당했다. 섬에 주둔하고 있는 일본 해군통신대인 기무라 군대는 성터에 고립됐다. 절벽 위의 독수리 둥지 같은 성터에는 기무라를 포함해 일본군 서른두 명과 성터 아랫마을 주민 스무여 명, 섬의 소년들이 있다.

주민들은 한곳에 모여 대나무로 죽창을 만들고 있다. 황토색 국민복을 말끔히 차려입고 망원경을 자랑스레 목에 건 촌장이 목에 핏대를 세우고 말한다.

"악마 같은 적군이 앞에 나타나면 죽창을 똑바로 들고 달려 들어! 죽창으로 이렇게, 왼쪽 아래에서 오른쪽 위로 대각선을 그리며 올려 베기를 해. 다시 오른쪽 위에서 왼쪽 아래로 대각선을 그리며 내려 베기를 하고, 찌르기로 끝장을 내!"

섬은 오키나와 본섬에서 서쪽으로 백 킬로미터나 떨어진 데다 본섬에 딸린 160개의 섬들 중 하나다. 전쟁이 태평양까지 확대되면서 섬은 운명적으로 일본 해군통신대의 주둔지가 됐다. 해군통신대의 총대장인 기무라는 가라데 유단자일 것 같은 체격에 거들먹거리는 태도가 몸에 배어 있다. 노려보는 듯한 눈빛에, 비웃음이 감도는 표정 때문에 비열해 보이는 인상이다.

전차 소리에 금세 적응한 소들이 한가롭게 풀을 뜯기 시작하고, 기무라가 소목장에서 눈길을 거두고 돌아선다. 내내 자신을 바라보며 동상처럼 서 있던 이케다에게 말한다.

"오늘 밤 아홉 명 전부 처형한다. 여자들도 살려두지 말고 전부 처형해!"

❖

(아홉 명이 처형되기 이틀 전)

은빛 띠풀로 온통 뒤덮여 출렁이는 들판에 흰 수컷 산양이
매어져 있다.

수염을 덥수룩이 기르고 칼을 허리춤에 찬 사내가 사람 얼
굴만 한 돌을 손에 들고 산양에게 다가간다. 산양을 애처로운
눈길로 바라보는가 싶더니 한순간 돌로 산양의 머리를 내리친
다. 산양이 푹 소리를 내며 쓰러져 띠풀에 삼켜진다. 사내가 칼
을 빼들며 산양 앞에 죄인처럼 무릎을 꿇고 앉는다. 눈을 빼꼼
히 뜨고 울음소리를 토하는 산양의 목을 딴다. 수컷 산양을 시
작으로, 그날 섬에서는 3백 마리가 넘는 산양이 도살된다.

조선인 고물상의 딸 기코는 아빠를 조른다.

"아빠, 우리도 산양 잡아요."

"우리 집에는 잡을 산양이 없단다."

"우리 집에는 왜 산양이 없어요?"

얼마 전에 다섯 살이 된 기코는 정말로 궁금하다. 자신의 집
에는 왜 산양이 없는 것인지, 왜 닭도 없고 돼지도 없고 나귀도
없는 것인지.

❖

(아홉 명이 처형되기 십사 일 전)

밤이 되고 북쪽 마을의 구장은 낮에 받은 기무라의 속달을 다시 소리 내 읽는다. "13일에 적군에게 납치된 자들은 스파이다. 납치된 자들이 돌아오면 즉시 군에 보고할 것을 명령한다. 이 명령을 어기면 그들의 가족은 물론 마을의 경방단장과 구장 역시 총살할 것이다."

두 돌이 안 된 막둥이의 기저귀를 갈던 야스코가 쌍꺼풀진 눈을 동그랗게 뜨고 남편을 쳐다본다.

"13일에 납치된 자들이면 소목장 사람들 아니에요?"

구장이 고개를 끄덕인다.

"군에 알렸어요?"

"아니." 구장은 무덤덤히 대답하곤 천장을 바라보고 눕는다.

"군에 알려야 하는 거 아니에요? 명령을 어기면 당신하고 경방단장님도 총살하겠다잖아요."

"겁을 주려는 거야." 구장은 골이 나 있다.

"겁을요? 왜요? 왜 겁을 줘요?"

"일본이 전쟁에서 고전하고 있으니까."

"그렇다고 무고한 사람들을 총살하겠다고 겁을 줘요? 당신하고 경방단장님 말이에요."

"신경 쓰지 마."

야스코는 그러나 불안한 생각이 밀려들어 우려스런 눈빛으로 남편을 바라본다. 그녀는 본섬을 오가는 배가 끊기기 전 떠돌이 이발사에게서 일본군이 본섬에서 스파이들을 처형하고 있다는 얘기를 들었다.

"우치마 씨가 밤에 북쪽 바닷가에서 미군들하고 몰래 만나는 걸 본 어부가 있대요. 우치마 씨가 소목장 일꾼 아이하고 처남하고 미군들한테 납치됐다 하루 만에 풀려난 걸 두고 의아해하는 사람들도 있던데요."

구장은 잠이나 자려고 눈을 감아버린다. 기름종이를 바른 벽 너머에서 어머니가 손녀들을 재우려 노래를 흥얼거리는 소리가 들려온다. "봉선화 꽃잎은 손톱에 물들지만 부모님 말씀은 가슴에 물들지…. 밤바다 건너는 배는 북극성에 의지하고 날 낳으신 부모님은 날 의지하시네…."● 구장이 어릴 때도 밤마다 자장가처럼 불러주시던 노래다.

"옛 노래는 부르면 안 된다고 귀에 딱지가 앉도록 말씀드렸는데도 부르시네요."

"부르시게 둬."

● 오키나와의 전통 민요 〈봉선화〉.

"여보, 전쟁이 나는 건 아니겠지요?"

구장이 도로 눈을 뜬다. 미간이 접히도록 눈에 힘을 준다.

"야스코, 전쟁은 벌써 났어."

"우리 섬에서요. 우리 섬에서도 전쟁이 나는 건 아니겠지요?"

야스코는 마저 기저귀를 갈고 막둥이를 들어 품에 안는다. 졸려하는 막둥이를 재우려 등을 토닥토닥 두드린다. 그녀는 전쟁보다 미군들이 더 무섭다.

"사이판에서 미군이 남자들은 잡으면 눕혀 놓고 그 위로 전차를 지나가게 해 죽이고 있대요. 여자와 아이들은 노리개로 삼으려고 군함에 실어 미국으로 보내고요. 그래서 부모들이 미군한테 잡히느니 죽는 게 낫다며 아이들을 바다에 던져 버리고 있대요. 아침이 되면 파도에 떠밀려 온 아이들 시체가 모래사장에 널려 있다지 뭐예요."

구장은 아무 대꾸가 없다. 야스코는 태평한 남편에게 경각심을 갖게 하기 위해 계속 말한다.

"본섬에서는 딸 셋을 둔 여자가 집에 불을 질러 딸들하고 함께 죽은 일도 있었다네요. 딸들이 미군 노리개가 되도록 놔둘 수 없어서 그런 해괴한 짓을 저질렀다지 뭐예요. 그 여자가 이불과 장작을 집 마당에 쌓고 석유를 뿌리는 걸 이웃 여자들이 말리기는커녕 도왔다네요."

"끔찍하군!"

"네… 하지만 그 여자 심정이 이해되기도 해요. 그 여자가 너무 괴로워하니까 이웃 여자들도 도왔겠지요?"

"누구한테 들었어?"

"촌장님이요."

"촌장님이 채신머리없게 마을 여자들 겁이나 주고 다니고 있군." 구장은 화가 나 인상을 쓴다. 그런데 정확히 누구에게 화가 난 것인지 모르겠어서 더 화가 난다.

"참, 여보, 옥쇄가 뭐예요?"

구장이 몸을 일으킨다.

"어디서 들었어?"

"기무라 총대장이 그랬다던데요. 여차하면 섬을 옥쇄할 수 있다고. 본섬에서 온 국민학교 도덕 선생도 섬을 옥쇄해야 한다는 소리를 하고 다닌다는걸요."

"그런 일은 없을 거야."

구장은 혼잣말인 듯 중얼거리고 도로 눕는다.

"옥쇄가 적군에게 잡혀 능욕을 당하기 전에 다 같이 깨끗이 자결하는 거라던데요, 갓난아기들까지…"

❖

(아홉 명이 처형되기 한 달 전)

　기무라 총대장이 허리춤에 늘 차고 다니는 군도를 뽑아 든다. 군인 하나가 새파랗게 질린 얼굴로 그의 앞에 서 있다. 앳된 얼굴의 군인은 기무라 총대장의 명령에 복종하지 않았다.

　"약해빠진 군인은 필요 없어!"

　정오의 태양빛을 받아 번쩍이는 군도가 사선으로 휘둘러진다. 가는 핏줄기가 3미터 높이까지 솟구친다.

　군도를 능란하게 휘두르지 못해서 목은 베어지다 말았다. 군인은 절반만 붙어 있는 목을 방울처럼 달랑달랑 흔들며 30미터쯤 내달린다. 인간이 내는 소리라고 할 수 없는 괴상한 소리를 지르며 덤불에 쓰러진다. 일렬로 서서 처형식을 지켜보던 군인들과 소년들은 공포에 사로잡혀 아무 소리도 내지 못한다. 소년들은 땅굴 파는 부역을 하러 성터로 불려 올라왔다 처형식을 지켜보게 됐다. 소년들은 선망하던 일본군과 기무라 총대장이 얼마나 무시무시한 존재인지 그제야 똑똑히 알게 된다.

　덤불을 피로 물들이며 죽어가는 군인이 불복종한 명령은 자신보다 계급이 낮은 군인을 군도로 처형하라는 것이었다.

❖

(아홉 명이 처형되기 석 달 전)

1945년 3월 22일.

말짱하던 하늘이 호두가 으깨어지는 소리를 내며 흔들리더
니, 나막신처럼 생긴 미 제트기들이 섬의 서쪽에서 날아온다.
제트기들은 하늘을 덮으며 본섬이 있는 동쪽으로 몰려간다.
바다에서는 미 함선들이 바다를 덮으며 동쪽으로 몰려간다.
잠든 아기들이 놀라 깨어나 울부짖고 풀밭에 매어놓은 산양들
이 겁에 질려 날뛴다. 섬을 가로질러 날아가던 제트기들이 섬
에 소똥 같은 폭탄을 떨어뜨린다. 폭탄 하나는 사탕수수 공장
의 사탕수수를 짜는 기계에, 또 하나는 온천장에, 그리고 또 하
나는 섬에서 공출한 쌀을 싣고 부두에 정박해 있던 군량선에
떨어진다. 사탕수수를 짜는 기계는 순식간에 불길에 휩싸인다.
산신●을 연주하는 소리가 나른히 울리던 온천장 건물의 천장
과 벽이 폭삭 주저앉는다. 출항을 앞두고 있던 군량선은 시커
먼 연기를 토하며 불길에 휩싸인다. 마침 갑판에서 담배를 피
우던 선원은 바다에 뛰어들어 군량선을 탈출한다. 혼자 살아남
은 선원은 부두에서 군량선이 침몰하는 걸 바라보다 일본 군

● 三線, 오키나와의 전통 악기.

대가 주둔하고 있는 성터로 올라간다.

본섬뿐 아니라 다른 섬들을 오가는 배가 끊기고 섬은 통신
이 두절된다. 대본영◆의 뉴스를 들을 수 없게 된 주민들은 소년
둘을 성터로 올려 보낸다. 성터에서 돌아온 소년들은 통신병에
게 전해 들은 대본영의 뉴스를 토씨 하나 바꾸지 않고 전한다.

"태평양에서 우리 전투기가 미 함선 세 대를 격침시켰대요!"

주민들은 그다음 날도 소년들을 성터로 올려 보낸다.

"태평양에서 우리 전투기가 미 함선 다섯 대를 격침시켰대
요!"

그 뉴스를 마지막으로 주민들은 소년들을 더는 성터로 올려
보내지 않는다. 통신병이 알려주는 대본영의 뉴스가 거짓이라
는 걸 알았기 때문이다.

◆ 일본 제국이 전쟁 혹은 전투 상황 중에 설치한 육군 및 해군의 최고 통수
기관.

❖

(아홉 명이 처형되기 열 달 전)

군인들은 섬 주민들이 농사지어 수확한 쌀로 지은 밥을 먹으며 말한다.

"덜 떨어지고 미개한 오키나와 놈들!"

군인들은 섬 주민들이 땅콩으로 쑨 찹쌀떡처럼 말랑말랑하고 고소한 두부를 먹으며 말한다.

"오키나와 놈들을 믿지 마. 간에 붙었다 쓸개에 붙었다 하는 배알도 없는 놈들이어서 언제 적군의 스파이가 돼 우릴 배신할지 몰라."

군인들은 섬 주민들이 키운 돼지를 먹으며 말한다.

"오키나와 놈들은 돼지를 하도 처먹어서 애고 어른이고 다들 더럽고 미련한 돼지가 됐다지."

군인들은 본토 출신으로 군국주의 사상 교육을 받고 자랐다. 그들은 이 섬을 잡도雜島이자 조선이나 타이완과 마찬가지로 일본의 식민지로 생각한다.

군인들 속에는 오키나와 본섬 출신도 한 명 있다. 황민화 교육을 받고 자란 군국 소년에서 통신대 대원이 된 걸 자랑스러워하는 그 군인은 본토 출신 군인들이 떠드는 소리를 들으며 속으로 투덜거린다. '지들은 돼지만도 못하면서!'

그날 소목장의 주인 우치마는 암소 한 마리를 잡아 성터로 올려 보낸다. 구운 소고기를 배부르게 먹은 군인들은 성터를 내려간다. 소풍 가는 아이들처럼 신이 난 군인들 속에는 통신병인 이케다도 있다.

군인들은 마을들을 돌아다니며 주민들이 농사일을 게을리하지 않는지, 혹시나 군대에 불만을 품은 주민들이 작당을 꾸미고 있지는 않은지 감시하며 돌아다닌다. 군대는 '전시 식량 증진'을 위해 주민들에게 미군의 공습이 있는 날에도 논과 밭으로 나가 일하라고 명령했다. 그래서 주민들은 미기가 날아와 기관총을 소낙비처럼 퍼붓는 중에도 논으로 밭으로 나간다.

팽나무 그늘에서 담배를 피우던 군인들은 대나무 바구니를 흔들며 걸어가는 여자아이를 본다. "지금은 비상시국, 파마는 하지 말자." 군국 소녀가 꿈인 여자아이는 담배밭에서 일하는 아버지에게 물과 새참을 가져다주는 길이다.

이케다가 여자아이에게 말한다.

"너, 이리 와봐."

잔뜩 겁을 집어먹은 여자아이가 빤히 바라보기만 하자 이케다가 말한다.

"재밌는 얘기가 있어."

"재밌는 얘기가 있다잖아." 다른 군인이 거든다.

여자아이가 다가가자 이케다가 주먹으로 여자아이의 얼굴을 퍽 소리가 날 만큼 세게 때린다. 여자아이의 입에서 피가 뚝뚝 떨어지다 주르륵 흐른다.

울며 집으로 뛰어가는 여자아이의 뒤에 대고 군인들이 낄낄 웃으며 합창한다.

"재밌는 얘기가 있어, 재밌는 얘기가 있어…."

3부

❖

    소목장에서 동쪽으로 3백 미터쯤 떨어진 개울가, 오줌을 누려고 바지를 내리던 겐은 자신의 손등에 묻은 피를 본다. 피는 달빛을 받아 이물스럽게 번들거린다. 얼굴과 옷에도 피가 묻어 있지만 그에게는 손등에 묻은 피만 보인다.

    겐은 스파이의 피가 자신의 몸에 묻어 있는 게 께름칙하다. 가까이에 수북이 자라 있는 풀을 한줌 뜯어 손등을 문지른다. 그러나 피는 이미 딱지가 돼 낙인처럼 달라붙었다.

    "스파이, 스파이…." 흥분이 아직 남아 있어 자신도 모르게 중얼거리던 겐은 바지를 마저 내리고 오줌을 눈다. 오줌이 마려웠나 싶게 찔끔찔끔 나오는 오줌을 누는 그를 두고 형들이 멀어진다.

    "료타 형! 다람쥐 형!"

    형들은 그러나 겐이 부르는 소리를 듣지 못하고 멀어져 어둠 속으로 삼켜진다.

    겐은 오두막에 불을 지르고 황급히 떠나온 소목장을 바라본다. 엉덩이를 내놓고 활활 타고 있는 오두막을 멍하니 바라보던 그는 갑자기 몸을 떨기 시작한다. 그제야 자신이 '인간 사냥꾼'이 된 게 실감 난다.

겐의 어깨에 매달려 있던 총검이 개울가 풀밭으로 떨어진다. 그는 피가 흠씬 묻은 총검을 내려다보며 중국에서 우는 아기를 공중으로 던져 총검으로 받았다는 군인의 말이 꾸며낸 얘기가 아니었다는 걸 깨닫는다.

성터의 땅굴 안, 촛불 앞에 왕처럼 앉은 이케다가 피 묻은 손으로 주먹밥을 먹고 있다. 핏발이 선 눈은 뭔가를 뚫어져라 응시하고 있는 것 같지만 아무것도 보고 있지 않다. 큼직하게 뭉친 주먹밥을 그는 네 덩이째 먹고 있다.

너구리는 곡괭이 날 자국이 굵고 세찬 빗줄기처럼 내리고 있는 벽에 붙어 땅굴이 진동하도록 코를 세차게 골며 자고 있다. 휘어진 총검이 그의 머리맡에 놓여 있다. 깨진 항아리에 계속 물을 붓듯 벌컥벌컥 물을 들이켜던 족제비는 오줌을 누러 땅굴을 나간다.

어깨를 맞대고 앉아 입에 담배를 물고 있는 군인들은 얼이 나간 표정이다. 스물서너 살인 군인들은 하룻밤 사이에 폭삭 늙어 마흔 살은 돼 보인다. 이케다와 마찬가지로 완벽한 일본인인 그들은 자신들을 인간 사냥꾼이라고 결코 생각하지 않는다. 그래서 인간 사냥꾼들인 섬의 소년들을 경멸 어린 눈빛으로 쳐다본다. 머리에 피도 안 마른 인간 사냥꾼들은 제 부모와 형제들도 도마 위의 고깃덩이처럼 난도질해 죽일 수 있는 살인광들이다.

땅굴 입구로 여명이 비쳐든다.

성터 아랫마을에서 수탉이 우는 소리가 땅굴 안까지 들려온다. 섬에서 3백 마리가 넘는 산양들이 도축될 때 운 좋게 살아남은 산양들이 우는 소리도 들려온다.

이케다가 밥알을 입 안 그득 물고 기절하듯 쓰러진다. "스파이, 스파이…" 중얼거리며 곯아떨어지는 그의 입에서 밥알이 흘러내린다.

'내가 무슨 짓을 한 거지?' 미나토는 숱 많은 머리를 세차게 가로젓는다. 죽은 새처럼 늘어뜨린 손을 심하게 떠는 그의 몸에서는 타는 냄새가 짙게 난다. 오두막이 불길에 휩싸이며 날린 재가 그의 머리와 얼굴, 옷에 거뭇거뭇 묻어 있다.

"미나토, 괜찮아?" 다람쥐가 묻는다.

미나토가 고개를 저으며 신음을 토한다. "날 봤어."

"구장, 그 자식 말이야?" 료타가 말한다.

"날 봤다니까!" 미나토는 울먹이는 소리로 말한다.

"이미 죽은 인간이야! 그리고 우린 악마 같은 스파이들을 처형한 거야." 료타가 피와 밥알이 묻은 손으로 미나토의 어깨를 툭툭 두드린다.

군인 하나가 담배 연기를 뿜으며 료타를 내려다보듯 응시한다. "네 동생은 어딜 갔지?"

"내 동생이요?" 군인을 쳐다보는 료타의 눈에 살기가 서려 있다.

"강아지처럼 널 졸졸 따라다니는 녀석 말이야."

"내뺐나 보군." 다른 군인이 말한다.

"겐 그 자식 내 동생 아니거든요." 료타가 큼직한 어금니를 드러내며 으르렁거린다.

"너희들, 친형제 아니면 사촌지간 아니야? 오시로 료타, 오시로 겐⋯."

오시로는 세 사람이 모여 있으면 하나는 그 성씨일 만큼 섬에서 흔한 성씨다.

'한주먹거리도 안 되는 게!' 료타는 우두둑 소리가 나도록 주먹을 움켜쥔다. 그는 군인을 흠씬 두들겨 패주지 못하는 게 분하다.

❖

섬의 서북쪽에 자리한 쇠부엉이숲.

얼마 전 일흔다섯 살 생일을 맞은 산가키는 모밀잣밤나무들 사이에서 헤매고 있는 소년을 본다.

소년은 열병을 앓을 때 내는 것 같은 소리를 토하며 같은 곳을 쳇바퀴 돌듯 맴돌고 있다. 소년을 유심히 지켜보던 산가키가 다가가 묻는다.

"넌 누구냐?"

소년이 소스라치게 놀라며 눈을 번쩍 뜨더니 소리 지른다.

"스파이들을 태웠어요!"

"뭐?"

"스파이들을 태웠어요!"

근처에서 땔감으로 쓸 나뭇가지를 줍던 여자 둘이 그 소리를 듣고는 놀라서 달려온다. 얼굴이 기마와 주근깨로 뒤덮인 여자들은 산가키의 딸들이다. 둘 다 등에 대나무 바구니를 혹처럼 매달고 있다.

"날 보거라."

소년은 그러나 눈동자가 흔들려 산가키를 똑바로 보지 못한다.

"스파이들을 태웠다니, 그게 무슨 소리냐?"

"소목장에서요!" 소년은 한 손을 들어 북쪽을 가리켜 보인다. "저기서 스파이들을 전부 태웠어요. 이케다 부대장이 불태우라고 시켰어요."

산가키의 딸들이 비명을 지른다.

"이케다?" 산가키가 다그친다.

"네, 기무라 총대장의 부하요."

산가키는 새벽에 소목장 쪽에서 피어오르던 연기를 봤다. 서쪽에서 동쪽으로 부는 바람을 타고 재 가루가 쇠부엉이숲까지 불어왔다.

그 숲에 피난 와 있는 사람들이 무슨 일인가 하고 모여든다. 하나같이 맨발에 누더기를 걸쳤다. 사내들은 이라나*를 허리에 매달고 있고, 여자들은 아기를 업고 있거나 칡잎, 고구마줄기 따위가 담긴 바구니를 등에 매달고 있다. 아이들이 콧물을 훔치며, 이가 득실거리는 산발한 머리를 긁으며 눈을 동그랗게 뜨고 어른들 틈에 서 있다. "소목장에서 스파이들을 태웠대요!" "누가요?" "왜요?" "스파이들, 누구요?" 웅성거리는 사람들 속에는 사토라는 사내도 있다. 마흔 초반이지만 새치와 비죽비죽거리듯 기울어진 입 때문에 쉰 살은 돼 보이는 그의 어깨에는 대나무로 짠 바구니가 매달려 있다. 바구니 속에서 삐악삐악 병아리가 꽤나 시끄럽게 운다.

● イラナ, 오키나와의 풀 베는 작은 낫.

소년은 잔뜩 겁에 질려 떨면서도 자신과 산가키를 둘러싸고 모여드는 사람들을 흘겨본다.

"너도 그곳에 있었던 거냐?" 산가키가 다그쳐 묻는다.

"네?"

"소목장 말이다. 너도 거기에 있었던 거냐?"

소년이 고개를 흔든다. "스파이!" 하고 높고 날카롭게 소리 지르더니, 목에서 뼈 소리가 날 만큼 거세게 고개를 끄덕끄덕한다.

"왜 죽였어?" 산가키의 큰딸이 묻는다.

"죽이라고 해서요. 그래서 죽였어요! 우리는 총으로 쏴 죽이려고 했어요! 정말이에요! 총으로 쏴 죽이려고 했는데 찔러서 죽이라고 했어요!"

"저걸로 찔러 죽였군!" 사토가 개구리처럼 폴짝 뛰며 새청맞게 소리 지른다. 그제야 사람들이 소년의 어깨에 달랑달랑 매달려 있는 게 총검이라는 걸 깨닫는다.

"누가?" 산가키가 소년을 다그친다.

"이케다 부대장이요! 우리는 총으로 쏴 죽이려고 했는데…. 총검으로 찔러 죽이라고 해서 죽을 때까지…."

"우리가 누구냐?"

"우리요…."

"우리가 누구냐니까?" 산가키가 다그친다.

"료타 형, 다람쥐 형, 너구리 형, 족제비 형…."

"군인들이 아니야?" 산가키의 둘째 딸이 묻는다.

"아, 우리는 인간 사냥꾼이에요."

고개를 천천히 가로젓는 산가키의 얼굴이 침울해진다.

"몇 명이나 죽였어?" 사토가 눈을 반짝이며 오리가 캑캑거리는 것 같은 목소리로 묻는다.

"아, 아홉 명… 열 명…." 겐은 혼란스러워하며 고개를 흔든다.

"열 명이나? 정말이야?" 흥분해 또 폴짝 뛰는 사토를 산가키가 엄한 눈길로 노려본다.

"아아, 모르겠어요…." 소년의 얼굴이 일그러진다. '아홉 명? 열 명…?' 그보다 더 많았던 것도 같다. 소년은 스파이들의 수를 세보지 않았다.

"열 명이면 소목장 사람들을 다 죽인 거야? 소목장 주인이 스파이라는 소문이 사실이었나 보네!"

사토의 말에 사람들이 술렁거린다.

"사토!"

산가키가 호통치는 소리에 사토는 마지못해 입을 다문다.

"인간 사냥꾼이라고 했니? 그게 뭐지?" 그렇게 묻는 산가키의 가짓빛 입이 떨린다. 턱에 아지랑이처럼 난 수염 스무여 가닥도 떨린다.

"스파이 잡아 죽이는 사냥꾼이요." 소년은 사토를 흘끗 바라보며 말한다.

"네 이름이 뭐냐?" 산가키가 겐의 얼굴을 똑바로 응시하며 묻는다.

"겐이요."

"나이는?"

"열다섯 살이요."

"어쩌다 인간 사냥꾼이 된 게냐?"

"아, 그게… 료타 형이 스파이들 때문에 일본이 전쟁에서 지고 있다고 했어요. 스파이들을 소탕하지 않으면 일본이 전쟁에서 질 거라고…. 둑에서 친구들을 기다리고 있는데 료타 형이 날 보고는 다가왔어요. 형이 그랬어요. 전부터 내 친구들하고 날 지켜보고 있었다고요. 내 친구들은 겁쟁이로 보였는데, 나는 겁쟁이로 보이지 않았다고 했어요. 성터에 올라가는 길인데 자기를 따라오면 인간 사냥꾼이 되게 해주겠다고 했어요. 겁쟁이는 결코 인간 사냥꾼이 될 수 없다고 했어요. 그래서 친구들을 기다리다 말고 형을 따라갔어요."

"집은 어디지?"

"서쪽 끝마을…." 겐은 말을 하다 만다. 혹시나 아는 얼굴이 있나 싶어 사람들을 둘러본다.

"쯧쯧, 안됐구나." 산가키는 고개를 흔들며 혀를 찬다. "남은 나날을 캄캄한 밤길만 골라 숨어 다니며 살아야 하니 안됐구나!"

산가키는 순진해 보이는 겐의 앞날이 염려스러워 탄식이 절로 나온다.

겐 자신은 그러나 정작 자신보다 예순 해를 더 산 산가키가 하는 말을 이해하지 못한다.

겐의 배에서 천둥이 치는 것 같은 소리가 난다.

"배고프냐?" 산가키가 묻는다.

겐이 고개를 끄덕인다.

산가키가 딸들에게 말한다.

"저 아이한테 먹을 걸 줘."

둘째 딸이 먹을 걸 가지러 피난 오두막으로 간다. 산가키의 딸들은 전날 홀로 사는 아버지를 모시고 쇠부엉이숲에 있는 오두막으로 피난을 떠나왔다. 나흘 전 미군들이 섬에 상륙하자 기무라 총대장은 섬의 전 주민들에게 피난 명령을 내렸다.

겐과 산가키를 둘러싸고 모여 있던 사람들이 수군대며 흩어진다.

"인간 사냥꾼이라…." 사토가 의미심장하게 중얼거리며 자리를 뜬다.

돌아온 둘째 딸이 주먹밥 한 덩이와 감자 세 개가 담긴 대나무 바구니를 겐에게 내민다. 꼬박 하루 동안 아무것도 먹지 못한 겐은 허겁지겁 주먹밥을 입 속으로 욱여넣는다.

산가키의 둘째 딸이 말한다.

"체할라, 천천히 먹어라."

❖

쇠부엉이숲에서 뭔가가 느닷없이 튀어나온다. 놀라 뒷걸음
질하는 조선인 고물상 앞에 웬 사내가 서 있다. 사내의 어깨에
매달린 대나무 바구니에서 삐악삐악 병아리가 운다.

"조선인! 피난을 안 간 거야? 피난을 떠나라는 기무라 총대
장의 명령을 못 들었어?"

"사토 씨, 안녕하세요?"

조선인 고물상이 허리를 굽혀 인사한다.

사토는 뽕나무에 매달려 오디를 따 먹다 조선인 고물상을 보
고는 급히 내려왔다.

"인사는 집어치워! 우리가 서로 인사를 주고받을 만큼 허물
없는 사이는 아니지, 안 그래? 피난을 왜 안 간 거야?"

사토와 조선인 고물상은 한 마을에 산다.

"저도 아내와 아이들을 데리고 산으로 피난을 갔습니다. 그
런데 큰애가 감기에 걸려 열이 심하게 나는 데다 먹을 게 없어
서 어쩔 수 없이 내려왔습니다."

조선인 고물상의 공손한 말투와 태도에 사토는 빈정이 상한다.
그는 조선인 고물상이 자신보다 열 살 남짓 더 나이가 많다는 걸
알고도 여전히 반말로 묻는다.

"그래? 그래서 어딜 가는 거야?"

자신보다 키가 두 뼘은 더 큰 조선인 고물상을 올려다보느라 사토는 돼지털 같은 수염이 촘촘하게 난 턱을 한껏 치켜든다.

"바닷가에 다녀오는 길입니다. 바닷말이라도 주워 아이들을 먹이려고요."

"바닷가에? 거긴 미군들이 갯강구만큼 우글우글하다던데."

사토가 의심스런 눈초리로 조선인 고물상을 쳐다본다.

"간밤에 소목장에서 미군 스파이들이 처형당한 건 알고 있어?"

조선인 고물상의 눈동자가 흔들린다. 그는 뭔가 말을 하려고 입을 벌린다. 하지만 희미한 신음소리만 토해진다. 그는 산에서 내려와 집에 돌아오자마자 자루를 챙겨 집을 나섰다. 갯바위가 넓게 펼쳐진 북쪽 해안에는 해초가 떠밀려 와 널려 있곤 했다.

"아홉 명인지 열 명인지, 암튼 인간 사냥꾼들이 스파이들을 죽이고 불태웠다더군."

"인간 사냥꾼들이요?"

조선인 고물상은 소름이 끼쳐서 몸을 떤다.

"스파이 잡아 죽이는 사냥꾼!"

"…"

"총검으로 마구 찔러 죽였다지 뭐야. 죽을 때까지 찔렀다니

얼마나 많이 찔렀을까?"

조선인 고물상이 별 반응이 없는 듯해 맥이 빠진 사토는 목소리를 몹시 낮게 하고 속삭이듯 말한다.

"살아 있는 토끼를 못으로 찔러 죽인다고 생각해봐. 얼마나 찔러야 숨통이 끊어질까?"

용수철이 튕겨 오르듯 병아리가 대나무 바구니 밖으로 머리를 내민다.

"태풍아, 들어가라."

사토는 병아리를 바구니 속으로 밀어넣고 조선인 고물상을 쏘아본다.

"이 섬에서 최고가는 싸움닭이 될 거야. 내가 태풍이라고 이름을 지어줬거든. 섬에서 가장 무서운 게 태풍이니까. 근데 태풍보다 더 무서운 게 이 섬에 생겼지 뭐야. 스파이 죽이는 인간 사냥꾼 말이야."

그때 멀지 않은 곳에서 기관총을 난사하는 소리가 들려온다.

"악랄한 미군 놈들! 우릴 갈기갈기 찢어 죽일 거야!" 사토가 겁에 질려 몸을 부르르 떤다.

"옥쇄해야 해! 옥쇄해야 해!"

사토는 조선인 고물상을 남겨두고 소리 지르며 숲속으로 뛰어 들어간다.

❖

까마귀산 중턱.

붉은강의 발원지인 계곡에 큰밭 마을 주민들이 모여 있다. 나흘 전 마을 북쪽의 까마귀산으로 피난을 떠나온 그들은 계곡물을 떠 고구마와 감자를 쪄 먹고 아이들을 씻긴다.

아기를 가져 배가 부른 여자가 돌멩이로 옷을 치대듯 때려 깨처럼 붙은 벼룩을 죽이고 있다. 여자는 이웃인 여자들에게 옥쇄했다는 다른 섬에서 어떤 일이 벌어졌는지 들려준다.

"그 섬의 동쪽 마을 사람들이 가장 높고 험한 절벽으로 올라갔대요. 미군 놈들이 남자들은 팔다리를 찢어 죽이고, 여자들은 자식들이 보는 앞에서 욕을 보이고 죽인다고 해서요. 사람들은 서로 떠밀고 떠밀리며 절벽 아래로 떨어졌대요. 사람들이 떨어지며 부딪친 절벽이 피로 얼룩지고, 피거품이 몇 날 며칠 끓어올랐대요. 절벽 밑에는 여전히 파도에 부서지고 찢긴 시체 조각들이 널려 있대요."

"세상에나!"

"그 섬의 서쪽 마을 사람들은 일본군이 '살아서 치욕을 당하지 말고 자결하라'며 나눠준 수류탄을 들고 마을 뒷산 동굴로 피신했대요. 가족, 친지들끼리 모여 앉아 '천황 폐하 만세'를 세

번 외치고 수류탄의 안전핀을 뽑았대요. 그런데 수류탄이 제대로 터지지 않자, 촌장이 사람들을 이끌고 동굴 밖으로 나갔대요. 마을 사람들이 지켜보는 앞에서 작은 나무를 쪼개더니 그 조각으로 아내와 자식들을 때리고 찔러 죽였대요. 구경하던 사내들도 돌과 나뭇가지로 아내와 자식들을 죽이기 시작했대요. 동굴 앞에는 금세 시체가 산처럼 쌓이고 피가 냇물이 돼 흘렀대요."

"있을 수 없는 일이야!"

"숲으로 몰려간 사람들은 가족끼리 둥글게 풀밭에 모여 서서는 수류탄을 터트렸대요. 숲 여기저기서 하얀 연기가 피어오르고 화약 냄새가 진동했대요. 비명, 신음, 절규…. 숲은 금세 찢긴 사지와 살점, 피로 뒤덮였대요."

"정말이야?"

"어떤 엄마는 어린 자식 셋의 목을 면도칼로 그었대요. 첫째부터 차례로 자식들의 목을 쓰윽― 쓰윽―. '엄마, 살려주세요. 엄마, 무서워. 엄마, 아파….' 애원하는 첫째의 목을 베고 나서 미쳐버린 엄마는 웃으며 나머지 자식들의 목마저 베고 자식들의 피가 묻은 칼로 자기 목을 벴대요. 그런데 목이 끊어지다 만자식 하나가 살아남아서는 얼굴을 방울처럼 흔들며 혼자 집으로 내려왔대요."

"끔찍해라!"

"남편이 아내를, 아내가 남편을, 부모가 자식들을, 자식들이 부모를 돌로 나뭇가지로 면도칼로 낫으로 곡괭이로 도끼로 죽이는 걸 보고는 실성한 어떤 여자는 물이 펄펄 끓는 가마솥에 갓난쟁이 자식을 퐁당 집어넣었대요."

"지어낸 얘기지?"

"어떤 사내는 도끼를 들고 방으로 뛰어 들어가, 젖먹이 자식을 안고 있는 아내를 향해 냅다 휘둘렀대요. 아내와 자식들을 도끼로 찍어 죽이고 자신도 죽으려고요. 그런데 아내가 피하는 바람에 도끼가 아기를 쳐 아기의 턱이 돌아갔대요. 놀란 사내는 마당에서 흙을 퍼 와 아기의 얼굴을 문질렀대요. 기절했다 깨어난 아기가 미친 듯이 울부짖자 아기 엄마가 주전자 물을 아기의 얼굴에 부었고, 아기 얼굴이 그만 진흙덩이가 됐대요."

옥쇄했다는 섬은 이 섬에서 동쪽으로 60킬로미터 떨어져 있다. 60킬로미터면 배로 한나절을 가야 한다.

❖

성터의 벚나무 아래, 군인들이 모여 앉아 있다. 군인들과 멀지 않은 곳에서는 인간 사냥꾼 소년들이 혹시나 미군들이 전차를 몰고 성터로 올라오지 않는지 망을 보고 있다. 미나토는 소목장의 불타 잿더미가 된 오두막을 집요하게 바라보고 있다.

"미나토!" 구장이 부르는 소리가 들려와 그는 화들짝 놀라며 뒷걸음질 친다.

기무라의 오두막에서 퉁퉁한 사내가 걸어 나온다. 돼지도축장과 목장을 운영하고 있는 도축업자다. 그는 기무라를 만나러 미군들 눈을 피해 까마귀산을 가로질러 성터로 올라왔다. 그의 의뭉스러우면서도 야무진 눈길이 소년들을 향한다.

"료타!"

료타가 몸을 일으킨다. 대견해하는 눈빛으로 자신을 바라보는 도축업자에게 꾸벅 인사한다.

"아주 큰일을 했더구나."

"오키나와 놈들 피가 붉더군."

소목장에서 스파이 처형식이 있던 날, 인간 사냥꾼들과 함께 그곳에 내려갔다 온 군인이 지껄인다.

"피부가 검고 더러워서 피도 구정물 같을 줄 알았는데 말이야."

그때 우물 속에서 울리는 것 같은 소리가 군인들에게 들려온다.

"무기를 버리고 투항하면 전원 살려주겠다."

스피커에서 흘러나오는 소리다. 미군이 스피커에 대고 성터를 향해 똑같은 말을 반복한다.

"미군 놈이 천박한 오키나와 사투리로 떠들고 있군." 흑당 덩어리를 입에 넣고 빨던 군인이 비아냥거린다.

낄낄거리는 군인들의 얼굴은 쇳덩이처럼 굳어 있다.

혼자서만 웃지 않고 있던 군인이 흑당 덩어리를 빨고 있는 군인을 바라보며 묻는다.

"무기를 버리고 투항하면 우릴 정말 살려줄까?"

군인이 흑당 덩어리를 어금니로 깨물며 말한다.

"성터를 내려가기 전에 기무라 총대장이 쏘는 총알에 머리통이 날아갈걸."

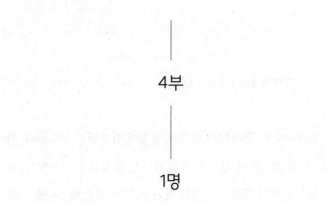

4부

1명

❖

(아홉 명이 처형되기 사흘 전날 밤)

검보랏빛 어둠 속에서 황록색 불빛이 깜박깜박 떠오른다. 한 점, 또 한 점, 또 한 점… 점점 늘어나는 불빛은 반딧불이다. 마침 반딧불이가 한창 짝짓기를 하는 시기다. 붉은개구리숲은 며칠 새 반딧불이 천지가 될 것이다. 짝짓기에 성공한 반딧불이는 좀 더 크고 밝은 빛을 낸다. 수컷과 암컷이 하나로 합쳐지며 빛도 합쳐지기 때문이다.

짝짓기에 성공한 반딧불이 한 쌍이 아련한 빛의 곡선을 그리며 날아간다.

"멀리 날아가라, 멀리 멀리 날아가라…."

홀린 듯 바라보며 주문을 외우던 지에코의 뒤에서 노인의 코맹맹이 소리가 들려온다.

"지에코, 어둠이 깊구나. 오두막으로 들어오렴."

"그이가 아직 돌아오지 않았어요."

귀가 어두운 아버지에게는 그러나 딸의 목소리가 잘 들리지 않는다.

집에 돗자리와 몇 가지 필요한 물건을 가지러 간 남편 이토가 돌아오지 않았는데 그만 밤이 됐다. 남편은 날이 어두워지기 전에 오두막으로 돌아오겠다고 했다.

부엉이 우는 소리가 불길하게 들린다.

숲이 깊어지고 있는 것 같은 착각에 휩싸여 있던 지에코가 정신을 차리고 아버지에게 묻는다.

"아버지, 그이가 설마 미군들한테 붙잡힌 건 아니겠지요?"

섬에서는 종일 미군 전차가 이동하는 소리와 기관총을 쏘는 소리가 산발적으로 들려왔다.

"응?"

"그이가 설마 미군들한테 붙잡힌 건 아니겠지요?"

"그럴 리가!"

"그럼 왜 여태 안 돌아오는 걸까요?"

"날이 밝으면 올 거야."

아버지의 호언장담에도 지에코는 불안한 마음이 진정되지 않는다. 그녀는 두 손을 가슴께에 모아 잡고 짝짓기에 성공한 반딧불이 불빛을 찾는다. 하지만 오늘따라 홀로 쓸쓸히 날아다니는 반딧불이만 눈에 띈다.

"지에코, 마음 편히 기다리다 보면 올 거야. 뭐든 조마조마 애를 태우며 기다리면 더 오지 않는 법이야."

그때 숲에서 바스락거리는 소리가 들린다.

"당신이에요?"

소리는 그러나 잠깐 들려오다 만다.

"애야, 그만 오두막으로 들어오렴. 이 늙고 외로운 아버지를
위해 자장가를 불러주렴."

지에코의 아버지는 딸이 숲의 독한 모기에 뜯기며 서 있는
게 안타까워서 애처럼 보챈다.

"저는 잠이 하나도 안 와요."

"지에코, 네 남편 이토가 얼마나 조심성 있고 야무진지 네가
누구보다 잘 알고 있지 않니?"

아버지의 말에 지에코는 불안한 마음이 조금 가라앉는다.

"날이 금세 어두워졌어. 언제 밤이 되나 했는데 말이야."

"네, 여름인데 날이 너무 일찍 어두워졌어요."

"지에코, 아비 말을 들으렴. 사람도, 고깃배도, 집 나간 개도
목을 빼고 기다리면 더 오지 않는 법이란다."

도토리 껍질 같은 오두막 안, 거미줄 같은 모기장 속에 지에
코와 아버지가 누워 있다. 지에코는 잠들지 못한다. 그녀는 남
편이 돌아오는 발소리를 듣지 못할까 봐 숲에서 들려오는 소리
에 귀를 기울인다.

집은 붉은개구리숲에서 멀지 않지만 붉은강을 건너야 한다.

❖

(아홉 명이 처형되기 이틀 전날 아침)

까마귀산 성터로 이어지는 산길. 다부진 체구의 사내가 땀을 비 오듯 흘리며 부지런히 걸어 올라가고 있다.

지에코의 남편 이토다. 그의 손에는 미군이 기무라 총대장에게 보내는 서신이 들려 있다. '투항하라'는 내용이 일본어로 적힌 서신 때문에 그는 혈혈단신 적지로 향하는 기분이 들면서 두렵고 긴장된다.

날이 밝기를 기다리며 집에서 머물던 그는 집들을 수색하고 다니던 미군들에게 발각됐다. 그가 전신국 정비 직원이라는 사실을 알아낸 미군들은 그의 손에 서신을 들려주며 기무라 총대장에게 전달할 것을 명령했다. 그리하여 그는 지금 기무라를 찾아가는 길이다.

성터를 향해 발을 놓던 이토는 불현듯 뒤를 돌아다본다. 그의 뒤에는 아무도 없다. 까마귀 울음소리가 웅장히 울리는 산길에 자신뿐이라는 사실이 그의 두려움을 증폭시킨다. 미군에게서 서신을 받자마자 쫓기는 멧돼지처럼 성터를 향해 달리기 시작한 자신의 모습이 떠오르면서 심한 수치심이 밀려든다.

'서신을 버리고 도망칠까?'

이토는 미군들이 자신의 뒤를 미행하고 있는 것 같다. 햇빛을 받아 반짝이는 나뭇잎들이 자신을 겨누고 있는 총구로 보인다. 서신을 땅바닥에 버리는 순간 총알이 머리에 박혀 올 것 같다.

이토는 지난밤 미군들에게 발각돼 끌려간 곳에서 사오백 명은 되는 미군과 전차, 화포를 봤다. 기무라의 군대는 고작 서른 명 남짓이다. 바보 천치도 오합지졸인 기무라의 군대가 미군을 이길 수 없다는 걸 알 것이다.

투항하라는 미군의 서신을 기무라가 어떻게 받아들일까? 서신에는 투항하면 살려주겠다는 내용이 적혀 있다. 의심 많고 자존심 센 기무라가 미군의 말을 순순히 믿을까?

갈팡질팡하는 사이에 십 년은 늙은 것 같은 생각이 들 만큼 이토는 괴롭고 고통스럽다. 땀에 전 손으로 서신을 만지작거리던 그는 문득 산길 아래를 내려다본다. 모든 게 다 그대로 있다. 집, 논밭, 숲, 길, 우물…. 성터에서 남쪽으로 7킬로미터쯤 떨어진 붉은개구리숲까지 시야에 들어온다. 울창히 우거진 숲은 기분 좋게 출렁이고 있다. 본섬 출신으로, 이 섬의 전신국에 발령을 받아 온 그는 이 섬이 고향처럼 푸근하다. 섬 주민들과 정이 들었다. 순박하고 착한 지에코는 그의 아기를 가졌다. 서신 전달을 명령한 미군은 그에게 선량한 섬 주민들을 해치지 않을 거라고 말했다. 기무라 군대가 서둘러 투항하는 것이 주민들 뿐 아니라 군인들을 위해서도 가장 현명한 선택이라는 확신이 들면서 그는 두려움과 수치심이 누그러든다. 도리어 자신이 막중한 임무를 수행하고 있다는 책임감마저 든다. 그는 한시라도 빨리 서신을 전달하기 위해 경사가 심한 구간을 단숨에 달려 올라간다.

구덩이에 두 발을 담그고 서 있는 이토는 난쟁이처럼 보인다. 서신은 기무라 총대장의 손에 들려 있다. 서신을 읽자마자 기무라 총대장은 성터에 와 있는 소년들을 시켜 구덩이를 파게 했다.

"미군 스파이 짓을 하다니, 천황 폐하를 위해 명예롭게 죽겠는가?"

스파이 누명을 벗을 수 없다고 판단한 이토는 중고등 시절 학교에서 배운 대로 말한다.

"천황 폐하를 위해 명예롭게 죽겠습니다!"

그리고 조금 뒤, 한 발의 총성 소리가 산 아래까지 울려 퍼진다.

❖

(아홉 명이 처형되기 두 달 보름 전)

마을에서 조금 외떨어져 성터로 이어지는 산길 초입에 있는 집. 그 집의 딸이자 '섬의 여자아이'인 유미코는 툇마루에 앉아 머리를 빗고 있다. 그녀는 한없이 따분하다. 그녀는 자신처럼 고향을 떠나와 간호 견습생으로 있던 여자애들과 기숙사에서 복닥복닥 어울리며 살던 나하에서의 날들이 그립다. 작년 가을에 미 해군이 나하에 엄청난 공습을 퍼부을 때 병원과 기숙사 건물이 불탔다. 그녀는 그때 섬으로 돌아왔다. 마침 부하들을 거느리고 마을에 내려가던 기무라가 유미코를 본다.

이튿날 군인 둘이 유미코의 집을 찾아온다. 마당 텃밭에서 고추를 따고 있는 유미코의 어머니에게 말한다.

"기무라 총대장이 당신 딸을 데려오래."

"내 딸을?"

"통신대에 간호사가 필요해." 군인이 입에 문 흑당 덩어리를 굴리며 말한다.

"내 딸은 간호사가 아니야."

"당신 딸이 나하에서 간호 견습생이었던 걸 알고 있어."

66

"기다려. 내 딸한테 물어볼게."

부엌에 들어갔다 나온 유미코의 어머니가 군인들에게 말한다.

"내 딸이 싫대."

군인들은 순순히 성터로 돌아간다.

이튿날 똑같은 군인 둘이 또다시 유미코의 집을 찾아온다.

"명령이야. 기무라 총대장이 당신 딸을 데려오래."

유미코는 하는 수 없이 속옷과 겉옷 두 벌, 빗, 손거울, 간호 교재 한 권을 싼 보따리를 들고 군인들을 따라나선다. 어릴 때 하루가 멀다 하고 올라가 놀던 곳이지만 그녀는 멀고 낯선 곳으로 떠나는 것 같다.

호랑지빠귀가 우는 소리가 들려오자 유미코가 멈칫 서버린다.

군인들이 유미코를 돌아다본다.

"뭐야? 왜 안 따라오는 거야?"

시비조로 묻는 군인에게 유미코가 말한다.

"나 안 갈래요."

"뭐?"

군인들은 어이없어한다.

"기무라 총대장의 명령이라고 했잖아."

"가기 싫어요."

유미코는 고개를 가로젓는다. 그녀는 온천장 거리에 다니러 갔다가 군인들이 대낮부터 아와모리를 마시고 취해 행패를 부리는 걸 봤다. 군인들이 조선인 위안부들을 거리로 개처럼 끌고 나와 미치광이처럼 소리를 지르고 찻종을 깨부수며 난리법석을 떨었지만 무서워서 아무도 말리지 못했다. 그녀는 나하에 살 때도 군인들이 술을 마시고 난동을 부리는 걸 봤다. 그녀가 견습생으로 있던 병원에서 멀지 않은 나하 항구 앞에 유곽이 있었다. 그곳도 미 해군 공습 때 불탔다. 견습생 친구들과 그곳 근처를 지날 때면 그녀는 이상한 기분이 들었다. 섬에서 태어나 열네 살 먹도록 섬을 떠난 적이 없던 그녀는 세상에 그런 곳이 있는 줄 몰랐다.

"명령을 어기면 바로 총살이라는 건 알고 있겠지?"

❖

(아홉 명이 처형되기 넉 달 전)

성터에서 땅굴 파는 부역을 하고 있는 소년들 속에는 료타와 미나토, 다람쥐, 족제비, 너구리, 마사루도 있다. 료타는 군인과 잡담을 나누고 있다. 그는 군인들과 친하게 지내며 성터에서 살다시피 하고 있다. 전날 강제로 불려 올라와 밤새 땅굴을 판 마사루는 불만이 가득한 표정이다. 그의 집은 담배 농사를 지어서 손 하나가 아쉽다.

다람쥐, 족제비와 함께 있던 미나토가 몸을 일으키더니 마사루의 곁으로 와서 앉는다.

"어디로 가게 될까?" 미나토가 중얼거린다.

"뭐?"

"징집영장이 나오면. 필리핀, 말레이시아, 팔라우?"

전쟁이 언제까지나 끝나지 않으면 소년들은 일본군이 돼 섬을 떠날 것이다. 소년들은 아직 만으로 스무 살이 안 됐다. 스무 살이 되자마자 소년들에게는 소집영장이 날아올 것이다. 그럼 소년들은 신체검사를 받고 일본군이 돼 격전지로 떠날 것이다.

마사루는 아침에 기무라의 오두막으로 마실 물을 나르다, 우연히 엿들은 말을 떠올린다. 오두막에는 이케다가 와 있었다.

"스파이는 우군처럼 떳떳이 모습을 드러내고 오지 않아. 언제, 어떤 교묘한 방법으로 침입해 올지 몰라. 이 섬 주민은 누구나 스파이로 돌변해 적에게 군사 기밀을 빼돌릴 수 있다는 걸 똑똑히 명심해."

기무라가 오두막에서 나온다. 군인들과 소년들은 몸을 일으킨다.

소년들에게 무심히 눈길을 주던 기무라의 얼굴이 굳는다. 자신을 빤히 쳐다보고 있는 소년을 노려보며 말한다.

"마사루 군, 얼굴 펴!"

그러곤 성터에서 가장 높은 곳으로 성큼성큼 걸어간다. 평화롭고 싱그러운 분위기에 휩싸여 있는 섬을 자신의 발밑에 두고 내려다본다.

"기무라 총대장이 네 이름을 어떻게 알지?"

미나토가 의아해하며 묻는다.

"그러게."

❖

(아홉 명이 처형되기 여덟 달 전)

　서쪽 마을 아이들의 낚시터이자 놀이터인 둑 위.

　방금 히데오가 잡은 물고기는 안개처럼 희다. 한순간 증발해
버릴 것 같다.

　녹색의 가미카제 전투기 한 대가 둑 위로 날아간다. "신의 바
람이다!" 전투기를 가장 먼저 발견한 사내아이가 소리 지르며
전투기를 향해 손을 흔든다. 다른 아이들도 소리 지르며 손을
흔든다. 동쪽에서 날아온 전투기는 섬을 가로질러 서쪽으로
날아간다.

　출발할 때만 해도 여러 대이던 전투기가 섬에 도착할 즈음
한 대로 줄어들었다는 걸 아이들은 모른다. 아단 나무 그늘 아
래서 그물을 짜던 늙은 아낙이 전투기를 바라보며 중얼거린다.
"뉘 집 아들인가, 귀엽게 생겼네." 백 살이 넘은 늙은 아낙의 눈
은 백내장이 껴 텅 비어 보인다. 앞에서 어슬렁거리는 개를 보
지 못하는 아낙은 전투기에 타고 있는 소년의 얼굴이 앞에 있
는 듯 보인다.

　전투기를 가장 먼저 발견한 사내아이가 말한다. "어제 일기

한 대가 바다에서 미기 세 대를 떨어뜨렸대!"

또 다른 소년이 말한다. "난 못 봤어!"

"바보야, 태평양 하늘에서!"

태평양에서는 일본군과 미군이 전쟁 중이다.

흰 물고기는 이제 둑 바닥에 놓여 있다. 허벅지만 한 물고기의 몸을 뒤덮은 흰 비늘이 햇빛을 받아 은빛으로 빛난다. 미유의 손가락이 물고기를 만져보고 싶어서 꼼지락거린다.

"꼬맹이들!"

물고기를 둘러싸고 구경하던 아이들의 고개가 들린다. 아이들은 자신보다 서너 살 더 먹은 형들을 바라본다. 일본 해군 모자를 쓴 소년이 히데오 앞으로 걸어 나온다. 모자가 커서 입과 턱만 보이는 소년의 손에 돌멩이가 들려 있다. 소년들 속에는 겐도 있다. 오줌이 마려운 겐이 다리를 떨며 해군 모자를 쓴 소년에게 묻는다.

"저 녀석이야?"

흰 물고기를 구경하던 아이들이 일어선다. 형들은 조선인 고물상의 아들 히데오 때문에 화가 나 있다. 겁을 먹은 미유가 울먹이며 오빠의 교복 웃옷 자락을 움켜잡는다.

"스파이!"

해군 모자를 쓴 소년이 히데오를 향해 돌멩이를 던진다. 돌멩이는 히데오의 허벅지를 맞히고 떨어진다. "스파이! 스파이!" 다른 소년들도 히데오를 향해 돌멩이를 던진다. 히데오의 친구인 사내아이들은 겁에 질려 지켜보기만 할 뿐 자신들보다 덩치가 큰 형들을 말리지 못한다. 마침 둑 근처를 지나가던 료타가 그 광경을 본다.

히데오는 물고기를 버려둔 채 미유의 손을 잡고 집 쪽으로 달리기 시작한다.

"스파이! 또 우리 눈에 띄면 죽을 줄 알아!"

❖

(아홉 명이 처형되기 열한 달 전)

쌀을 푸는 소리, 그리고 쌀을 자루에 붓는 소리.

마당에서 쌀알이 떨어지는 소리를 잠자코 듣고 있던 조선인 고물상이 속으로 중얼거린다. '미요 씨가 쌀을 한 톨이라도 더 담으려고 애를 쓰고 있구나!'

오늘 조선인 고물상은 그 집에서 모내기 품을 팔았다. 이기작을 하는 섬은 한창 모내기철이다.

작고 통통한 여자가 얼굴 가득 상냥한 미소를 지으며 부엌에서 나온다. 큰밭 마을 서쪽에 붙어 있는 작은밭 마을에서 논농사를 크게 짓는 집의 안주인 미요다.

미요가 살진 토끼같이 생긴 자루를 조선인 고물상에게 내민다.

"자, 받으세요."

자루를 받아들며 조선인 고물상은 공손히 고개를 숙여 인사한다.

"고맙습니다."

"아, 제 딸이 댁의 큰아들을 잘 알던데요. 큰아들 이름이?"

"히데오요."

"히데오! 제 딸이 히데오하고 2학년 때 같은 반이었어요. 히데오가 2학년 때 이 섬의 국민학교로 전학을 왔지요?"

"네."

조선인 고물상 가족은 2년 전 섬으로 이사를 왔다.

"제 딸 이름은 에이코예요. 에이코가 그러는데, 히데오가 공부도 잘하지만 노래를 무척 잘 불러서 학예회 때 전교생 앞에서 독창을 했다고 하던데요?"

"네, 히데오는 아름다운 목소리를 가졌답니다." 조선인 고물상의 굵은 주름이 진 얼굴에 웃음이 번진다.

"에이코도 그러더군요."

"네, 히데오는 노래 부르는 걸 무척이나 좋아한답니다. 게다가 한 번 들은 노래도 술술 외워 부른답니다."

평소 말수가 적은 편인 조선인 고물상은 기분이 좋아 말을 많이 한다.

"목소리가 아름다우면 자기 자신도 행복하지만 다른 사람들도 행복하게 해주지요. 저는 어려서부터 아름다운 목소리를 가진 사람이 세상에서 가장 부러웠어요. 아름다운 얼굴보다 아름다운 목소리를 갖고 싶었다니까요."

눈웃음을 짓던 미요는 진심이 느껴지는 목소리로 말한다.

"히데오가 부르는 노래를 들어보고 싶네요."

"네, 언젠가 히데오가 부르는 노래를 들으실 수 있을 겁니다. 요즘 히데오는 모내기 노래를 즐겨 부른답니다. '길가의 작은 풀도 쌀이 된답니다.' 그렇게 끝나는 노래요."

며칠 뒤 미요는 히데요의 친부가 조선인 고물상이 아니라는 소문을 이웃 여자에게 전해 듣고는 묻는다.

"그 애가 조선인 고물상의 친아들이 아니라는 걸 사람들은 어떻게 알았을까?"

"그 여자가 자기 입으로 소문을 내고 다녔는걸. 큰아들의 친부가 일본 순사라고 말이야. 그 여자가 시켰는지, 조선인 고물상을 아버지라고 부르지 않고 삼촌이라고 부른다네. 삼촌, 삼촌 하고 말이야. 그래서 동생들도 큰애를 따라 아빠를 삼촌이라고 부르곤 한다지 뭐야. 조선인 고물상은 배알도 없는지 자식들이 자신을 삼촌이라고 불러도 혼내지 않는다네." 이웃 여자가 비웃는다.

"그래? 그 여자가 왜 누워서 침 뱉기 같은 짓을 했을까?"

미요는 고개를 갸웃거린다. 그녀는 조선인 고물상의 마누라를 잘 알지는 못하지만 타관인 섬에서 국방부인회 회장까지 한 걸 보면 멍청한 여자는 아닐 거라고 생각한다. 그래서 이해가 안 된다.

"아버지가 조선인인 것보다 일본인인 게 백 배 나으니까 소문을 냈겠지. 아버지가 조선인이면 자식도 어쩔 수 없는 조선인이니까."

"아름다운 목소리를 가졌어. 조선인 고물상 말이야."

미요는 히데오의 목소리가 아름다운 게 조선인 고물상을 닮아서일 거라고 생각한다.

5부

나이 1세.

기무라는 아기의 이름을 모른다. 남자아기인지 여자아기인지도 모른다. 그는 아기의 존재를 조금 전에 알았다. 그래서 '스파이 장부'에 '아기'라고 적는다.

소목장에서 아홉 명이 스파이로 처형된 다음 날, 섬에서는 그렇게 '1세 스파이'가 탄생한다.

"아기, 아기, 아기!"

기무라는 아기가 싫다. 아기는 전쟁에 아무 도움이 안 된다. 그런데도 이 섬의 무식한 여자들은 쥐처럼 끊임없이 아기를 낳는다. 가슴을 풀어 헤치고 아기에게 젖을 물리고 있는 여자들이 마을마다 널려 있고, 여자아이들은 콧물과 침 범벅인 아기를 하나씩 등에 매달고 있다.

기무라는 스파이 장부를 덮는다. 촛불이 흔들리며 한 줄기 검은 그을음을 토한다.

첫 걸음마를 타기도 전에 스파이가 된 아기는 엄마의 등에 업혀 있다. 소녀티가 남아 있는 엄마는 집에서 가까운 도랑에서 물냉이를 뜯고 있다. 엄마는 막 뜯은 물냉이를 아기의 코 가까이 가져가 향을 맡게 한다. 태어나 처음 물냉이 향을 맡아보는 아기가 '1세 스파이'가 된 것은 아기의 아빠가 요미치이기 때문이다. 다른 이유는 없다.

✤

1세 스파이는 할아버지인 요이시네의 품에 안겨 "아빠" 소리를 내고 있다. 요이시네는 셋째 아들을 빼닮은 손자의 얼굴을 지긋하지만 근심이 깃든 눈길로 바라본다. 셋째 아들이 자신을 빼닮았으니 손주는 자신을 빼닮은 셈이다.

'요이시네'라는 성씨를 딴 마을이 있을 만큼 이 섬에 깊이 뿌리를 내린 집안의 어른인 요이시네는 불과 6년 전까지도 남부럽지 않은 인생을 살았다. 논과 밭이 있어서 곤궁하지 않게 식구들을 건사했으며, 자식 여섯을 전부 본섬으로 보내 교육시켰다. 타고난 품성이 온유하고 너그러워서 이웃의 존경을 받았다. 6년 전, 그는 중일전쟁으로 큰아들을 잃고 인생에서 가장 큰 시련과 슬픔을 맞봤다. 그런데 일 년 전 아들 하나를 또 잃었다. 큰아들과 마찬가지로 군인으로 징집된 둘째 아들은 팔라우 전투지에서 전사했다. 전사 소식을 듣고 그는 닷새 내내 밥알 한 톨 삼키지 못했다. 셋째 아들 요미치는 살아서 돌아왔다. 새벽마다 불단 앞에 죄인처럼 앉아 빌고 빌었으면서, 그는 아들이 돌아온 게 마냥 기쁘지만은 않다. 본섬에서 미군 포로로 잡혀 있던 아들은 미군들을 데리고 섬에 들어왔다.

요이시네는 황금빛 논들을 바라본다. 여느 해 같으면 벼 베기로 한창 바쁠 때지만 사람 그림자 하나 없다. 다들 피난을 떠나 마을은 텅 비었다. 그는 피난을 가지 않았다.

요미치는 무덤으로 다가간다. 거북 모양으로 돌을 쌓고 회반죽을 덕지덕지 바른 석조 분묘다. 무덤 입구를 막고 있는 돌문 틈새에 희미하게 불빛이 고여 있다.

요미치는 무덤 가까이 다가간다. 돌문에 대고 섬 사투리로 묻는다.

"들리세요?"

무덤에서는 아무 대답도 들려오지 않는다.

"들리세요?"

돌문 틈새에 고여 있던 불빛이 거둬진다.

"저는 큰밭 마을에 사는 요이시네 요미치라고 합니다. 해치지 않아요. 결코 해치지 않아요. 그러니 겁먹지 말고 제가 하는 말을 잘 들으세요."

무덤에서는 여전히 아무 대답도 들려오지 않는다.

"놀라지 마세요, 놀라지 마세요."

돌문을 향해 총구를 겨누고 긴장한 눈빛으로 자신을 지켜보고 있는 미군에게 요미치는 고개를 끄덕여 보인다. "놀라지 마세요." 그는 그 말을 강박적으로 반복하며 미군 둘과 함께 돌문을 옆으로 밀어서 연다. 무덤에서 토해진 역겨운 냄새에 미군 하나가 욕설을 내뱉는다.

키가 180센티가 넘는 미군이 손전등으로 무덤 안을 헤집듯 비춘다. 해산한 고양이처럼 퀭한 여자의 얼굴이 손전등 불빛에 떠오른다. 여자의 입은 비명을 지르듯 벌어져 있다. 손전등 불빛은 여자의 얼굴에 거머리처럼 달라붙어 있다.

'귀신 같군.'

요미치는 뒷걸음질할 만큼 충격을 받는다. '저 얼굴이 내 고향 섬 여인의 얼굴이란 말인가.'

여자의 얼굴에 아내 게이코의 얼굴이 겹쳐 떠오르려고 해서 요미치는 고개를 흔든다.

또 다른 손전등 불빛이 백발 노파를 비춘다. 노파는 진흙 뭉치 같은 젖가슴을 내놓고, 앞니가 몽땅 빠진 입으로 이상한 소리를 토하고 있다. 츠츠 츠츠… 혀를 차는 소리다. 노파의 두 눈은 백내장이 심하게 껴 텅 비어 보인다.

"제발 겁먹지 말고 제가 하는 말을 잘 들으세요. 저는 미군들과 함께 피난한 주민들을 찾아다니고 있습니다."

요미치는 여전히 섬 사투리로 말한다. 그래야 자신의 절박한 진심이 온전히 전달되리라는 판단에서다.

"살려줘!"

노파가 무릎을 꿇고 앉더니 두 손을 맞대고 비비며 간곡히 애원하기 시작한다.

"살려줘!"

노파의 돌연한 행동에 요미치는 상처를 받는다.

그는 이미 마음에 큰 상처를 받았다. 섬 주민들에게 받은 상처였다. 섬 주민들이 그에게 상처를 주려고 해서 받은 게 아니라 자해하듯 그 스스로 만든 상처였다. 그는 미군들과 함께 섬의 산으로, 숲으로, 가마ガマ라고 부르는 천연동굴로 숨어든 섬주민들을 찾아다니며 집으로 돌아갈 것을 권유하고 있다. 미군들이 지켜보는 앞에서 섬 주민들을 설득하는 동안 요미치의 머릿속에서는 질문들이 터져 나왔다.

'저 사람들은 누군가? 저 사람들은 왜 저렇게 겁에 질려 있나? 저 사람들은 왜 자신들과 같은 주민인 나를 믿지 못하는 것인가? 저 사람들이 믿는 건 뭔가? 일본? 천황 폐하? 이 섬에 주둔하고 있는 해군통신대? 기무라 총대장?'

그가 떠나 있는 사이에 섬사람들의 모습은 변해 있었다. 그가 포로수용소에서 그토록 그리워하던 섬사람들의 모습이 아니었다. 섬사람들은 본섬 사람들과 달랐고, 오키나와의 다른 섬사람들과 또 달랐다.

요미치는 혼란스럽고 절망적인 생각과 감정을 극복하고 섬 사투리로 말한다.

"빌지 않으셔도 돼요. 해치지 않아요."

어린 여자아이의 울먹이는 소리가 무덤 안쪽에서 들려온다.

"엄마, 무서워!"

여자아이는 미군의 손전등 불빛에 붙들려 요미치와 미군들 앞에 끌어내진다.

노파의 등 뒤에 생쥐처럼 숨어 있던 사내아이 둘도 손전등 불빛에 끌어내진다.

북쪽 마을에 사는 그들은 미군들이 섬에 상륙하던 날 문중 무덤으로 피난했다. 조상의 해골들을 한쪽으로 치우고, 산에서 뜯은 칡잎을 무덤 바닥에 깔고 그 위에서 잠을 자며 숨어 지내고 있었다.

아이들의 엄마인 여자는 과부로, 중일전쟁에서 살아 돌아온 이웃 사내에게서 미군들이 섬의 여자들을 닥치는 대로 욕보일 거라는 말을 들었다. "짐승이야, 짐승! 자식들이 보는 앞에서 욕보이고 사지를 갈기갈기 찢어 죽일 거야."

비명조차 지르지 못하는 여자에게 요미치가 말한다.

"미군들은 주민들을 절대 해치지 않아요. 그러니 제발 제 말을 믿고 그만 무덤에서 나와 집으로 돌아가세요."

여자는 그러나 고개를 흔든다.

"해치지 않아요. 해치지 않아요."

미군 하나가 무덤 안으로 성큼 발을 들여놓자 여자가 발작한다.

"아아, 안 돼요! 안 돼! 안 돼!"

❖

"아가야, 옛날에 이 섬에 세 마리 새가 살고 있었단다. 까마귀, 왜가리, 매였단다. 새들은 달이 환히 뜬 밤이면 이 섬의 매부리산에 모이곤 했단다. 그 산은 풀이 무성하고 아무도 찾지 않아서 새들이 한가롭게 달빛을 즐기기에 그만이었단다.

황금빛 보름달이 뜬 밤에, 세 마리 새는 매부리산의 가주마루 나무에 모여 앉아 달빛을 쬐며 한가로운 시간을 보내고 있었단다.

까마귀가 갑자기 까악 하고 슬프게 울더니 말했단다. '내가 아기 까마귀일 때만 해도 이 섬에는 굶는 사람이 없었어. 밤이면 사람들이 몰려 나와 노래를 부르고 춤을 추며 달빛을 즐겼지. 그런데 쌀독이 비고 옷이 떨어지고 돼지우리의 돼지가 줄어든 뒤로 사람들이 달빛을 즐길 줄 모르게 됐어.'

보름달을 향해 길고 우아한 목을 늘어뜨리고 있던 왜가리가 잠시 생각에 잠겼다가 말했단다. '태풍과 가뭄, 홍수 탓이야. 결국 운명 탓이지.'

왜가리의 말을 잠자코 듣고 있던 까마귀가 까만 눈을 반짝이며 말했단다. '왜가리야, 미안하지만 네 생각이 잘못된 것 같아. 하늘은 착한 마음과 착한 행실은 복으로, 나쁜 마음과 나쁜 행실은 불행으로 되돌려줘. 복과 불행은 운명이 아니라 인간 자신의 마음 씀씀이와 의지에 달려 있어. 우리는 이 섬에서 태어나 이 섬 사람들과 함께 살아가고 있어. 사람들이 행복해야 우리도 행복하지. 이 섬 사람들이 어떻게 하면 굶지 않고 헐벗지 않을 수 있을까? 왜가리야, 너는 논에서 사니 벼 수확에 대해 잘 알겠구나. 매야, 너는 들판을 날아다니니 농장에 대해 잘 알지? 나는 마을들을 돌아다니니 집에 대해 잘 알지. 매야, 네가 먼저 말해보겠니?'

'나는 오늘 낮에 이 섬의 동쪽을 날다 목화를 따고 있는 여자들을 봤어. 간밤에 이 섬을 휩쓸고 지나간 비바람에 목화가 거의 다 날아가고 없었어. 식물들은 저마다 맞는 땅이 있어. 목화는 땅을 가리지 않지만 바람이 많이 부는 땅에는 심지 않는 게 좋아. 이 섬은 바람이 많이 불지. 나는 이 섬 사람들이 목화를 덜 심고 곡물을 심으면 좋을 것 같아.'

매의 말을 귀담아듣고 있던 왜가리가 머리를 갸웃하더니 말했단다. '하지만 목화가 부족하면 옷감이 부족할 거고 그럼 사람들은 옷을 짓지 못하지. 노인들은 겨울에 옷이 없어 언 몸을 녹이느라 잠을 잘 수 없을 거야….'"•

게이코의 목소리가 갑자기 흐려진다. 그녀의 표정도 덩달아 흐려진다. 아기는 잠들었다.

• 나카하라 히로시(仲原裕) 시역(試訳)의 『구메지마의 세 마리 새 이야기(久米島三鳥論)』에 실린 이야기 인용.

'내 남편은 어디에 있나?'

그녀는 남편이 돌아왔지만 돌아오지 않은 것 같다.

❖

　미군들과 헤어져 집으로 돌아가는 요미치는 고독감을 느낀다.
'나는 누굴까?'

　미군들과 함께 다니고 있지만 그는 여전히 일본 육군 군복을
입고 있다. 본섬의 포로수용소에서도 내내 일본 육군 군복을
입고 지냈다. 그는 미군 포로가 된 걸 몹시 수치스럽게 여겼었
지만 이제는 아니다. 죽지 않고 살아남아 포로가 된 건 행운이
다. 승산도 없고 의미도 없는 전쟁 때문에 게이코를 과부로 만
들고 싶지 않다. 그는 자신이 본섬의 전투지를 떠돌 때 태어난
아들이 아버지 없이 자라게 하고 싶지 않다. 그는 다시 본섬의
전선으로 보내진다면 총을 버리고 스스로 포로가 될 것이다.

　요미치는 자신이 일본인이자 일본 군인이라고 믿었다. 그런
데 본토 출신 병사들과 격전지를 헤매며 자신이 오키나와인이
라는 걸 절감했다. 집들과 가축들이 불타는 걸, 오키나와 주민
들이 총알이나 폭탄을 맞고 참혹하게 죽어가는 걸 눈앞에서
보면서도 안타까워하지 않는 본토 출신 병사들에게 그는 심한
배신감을 느꼈다. '너희는 어떻게 아무렇지 않을 수 있지? 너희
의 부모, 친형제가 아니지만 너희와 같은 인간이 극도의 고통
에 시달리며 처참하게 죽어가는 게 너희들 눈에는 보이지 않는

거야?'

'전쟁이 끝나면 내가 누군지 알 수 있을까?'

그는 머릿속을 떠나지 않는 질문에 다시 사로잡힌다.

'섬 주민들이 지금 절대적으로 믿고 매달리는 건 뭘까? 일본? 천황 폐하? 해군통신대? 기무라 총대장?'

섬 주민들은 조상의 영혼을 섬겼다. 조상의 영혼이 곁에서 자신들을 돌봐주고 있다고 믿었다. 그래서 집집 마루에는 불단이 모셔져 있고 부엌에는 부뚜막 조상신이 있다. 또한 섬사람들은 나무와 돌 같은 자연물을 신성시해 그것에 빌었다. 데이고, 백합, 벚꽃, 히비스커스… 마당과 들에서 뜯은 꽃으로 장식한 불단 앞에서 새벽마다 빌던 아버지의 모습은 그에게 아름답고 고귀하게 보였다. 그런데 죽은 형들의 생전 사진을 놓아둔 불단 앞에 말없이 앉아 있는 아버지의 모습은 초라하고 궁색해 보인다.

소목장 근처를 지나가는 요미치에게 불안감이 엄습한다. 엊그제 소목장에서 주민 아홉 명이 미군 스파이 혐의로 처형됐다.

그는 본섬에서 이미 일본군이 주민들에게 스파이 혐의를 씌워 처형하는 걸 봤다. 어떤 여자는 한밤중에 손전등으로 잿더미가 된 자신의 집을 비추며 서 있다가 스파이 누명을 쓰고 일본 헌병들에게 체포됐다. 헌병들은 여자의 머리를 빡빡 깎이고, 깃털이 뽑힌 닭처럼 기이하게 마른 여자의 몸에 반팔 군복을 입혔다. 어디선가 광목 수건으로 머리를 동여맨 조선인 위안부들을 데리고 와서는, 그녀들에게 총검을 들려주고 여자를 찔러 죽이라고 명령했다. 여자만큼이나 겁에 질린 위안부들이 망설이자 헌병 하나가 말했다. "어서 찔러!" 그래도 위안부들이 쭈뼛거리자 헌병이 말했다. "너희도 스파이야?" 그 말에 위안부들이 떨며, 울며, 공포에 질려서는 눈을 질끈 감고 '에잇, 에잇' 소리를 내며 여자를 찌르던 광경은 요미치가 세상에 태어나서 본 가장 괴이하고 진저리쳐지는 장면이었다.

'주민 아홉 명이 미군 스파이로 살해당한 걸 미군들도 알고 있겠지? 알고 있다면 어째서 내게 아무 말도 하지 않는 걸까?'

❖

 게이코는 곤하게 잠든 남편을 물끄러미 내려다본다. 남편은 집에 돌아오자마자 군복도 벗지 못하고 곯아떨어졌다.

 '내 남편은 뭘까?'

 그녀는 남편이 스스로에게 한 질문을 똑같이 한다. 날은 환하게 밝았다. 일본 군인? 미군 포로? 그녀는 남편이 둘 중 무엇인지 모르겠다. 남편은 일본 군인이기도 하고 미군 포로이기도 하다.

 게이코는 남편의 형들과 자신의 사촌 오빠들을 떠올린다. 일본 군인이 돼 섬을 떠난 그들은 유골함에 담겨 돌아오거나 전사통지서로 돌아왔다. 남편이 돌아오기 전까지 게이코는 일본이 전쟁에서 이기기를 간절히 바랐다. 그래야 남편이 살아서 돌아올 거라고 믿었기 때문이었다. 남편과 함께 징집돼 섬을 떠난 이들이 전사했다는 소식이 들려올 때마다 그녀는 남편이 팔이나 다리 하나가 없는 불구의 몸으로라도 살아서 돌아오기를 바랐다. 남편은 살아서 미군들과 함께 돌아왔다. 그래서 그녀는 이제 미군이 전쟁에서 이기기를 바란다. 그래야 남편이 살아 있을 수 있다. 남편이 자신과 아기 곁에서 살아 있는 것, 그것이 그녀에게는 가장 중요하다.

게이코는 남편이 입고 있는 일본 육군 군복이 허물 같다. 벗지 못해 어쩔 수 없이 걸치고 있는 허물. 그녀는 허물을 벗기기 시작한다.

❖

부화한 새끼 뻐꾸기들이 우짖는 소리로 요란한 까마귀산 속을 소년 둘이 달려간다. 두더지와 미나토다. 소년들은 보름달처럼 둥글고 이끼로 뒤덮인 커다란 바위 앞에서 헤어진다. 우기여서 산은 이끼가 무섭게 번지고 있다.

비상식량으로 챙겨온 감자, 고구마를 계곡물에 씻던 여자들이 두더지를 본다. 땀범벅인 두더지가 거친 숨을 토하며 여자들에게 말한다.

"기무라 총대장이 산에서 내려가는 주민들은 미군에 협조하는 스파이로 간주하고 총살하겠대요!"

미나토는 산을 내려가고 있는 한 무리의 가족들을 뒤따라간다. 그는 거칠고 뜨거운 숨을 토하며 두 팔을 벌려 가족들 앞을 가로막는다.

"산에서 내려가면 죽어요!"

"미나토?"

눈을 부릅뜨고 묻는 사내는 미나토의 이웃이다.

"아저씨, 산에 계세요!"

"미군들이 집으로 돌아가라고 했어."

"미군들이요?"

"저 위 계곡에서 미군들을 만났어. 본섬에서 미군 포로로 잡혀 있었다던 주민하고 함께였어. 이름이 요이시네 요미…."

"요미치요?"

"응, 요이시네 요미치! 미군들이 선량한 주민들을 절대로 해치지 않을 거라고 장담하던걸. 산에 남아 있으면 미군들이 일본 군인으로 오해해 총살할 거라고도 했어."

"그자는 미군 스파이예요!"

"뭐?"

"요이시네 요미치요!"

"음, 그 사람하고 그 집안을 잘 아는 이가 그러던걸. 절대 스파이 짓을 할 사람이 아니라고. 요이시네 요미치가 미군 스파이면 손에 장을 지지겠다고 하던걸. 미나토, 너도 어서 집으로 돌아가. 부모님이 네 걱정을 많이 하던데. 친구 따라 성터로 올라간 뒤로 살았는지 죽었는지 감감무소식이라고 말이야. 네 부모님은 벌써 산을 내려갔을걸."

"아저씨, 스파이가 되고 싶으세요?"

"스파이?"

"기무라 총대장이 산에서 내려가는 주민은 전부 미군에 협조하는 스파이로 간주하겠다고 했단 말이에요."

"미나토, 스파이가 아닌데 어떻게 스파이가 되지?" 사내는 어이없어하며 헛웃음을 짓는다.

미나토는 소목장에서 무슨 일이 있었는지 사내에게 말하고 싶은 걸 입술을 꾹 깨물며 참는다. 그는 자신이 인간 사냥꾼이 된 걸 부모님이나 이웃들이 알길 바라지 않는다.

"아저씨, 기무라 총대장이 스파이라고 하면 스파이예요!"

❖

　히데오가 흰 물고기를 버리고 도망쳤던 둑 위쪽으로 펼쳐진 해변 모래밭. 키가 훌쩍한 사내가 걸어간다. 조선인 고물상이다. 길고 잘록한 허리를 숙이고 모래밭에 떨어져 있는 깡통을 집어 든다. 미군이 먹다 버린 식량이다. 조선인 고물상은 깡통을 얼굴 가까이 가져가 냄새를 맡는다. 푹 삶은 돼지고기 냄새가 난다. 깡통 속 옅은 갈색 덩어리를 손가락으로 조금 떼어 입에 넣고 맛을 본다. 낯선 맛이다. 상한 것 같기도 하지만 깡통을 자루 속에 집어넣는다. 집에는 먹을 게 없다. 아이들 교복에 달린 쇠단추도 전부 뜯어다 총알을 만드는 데 쓸 만큼 전쟁이 길어지고 있어서 반년 넘게 고물상 일을 아예 못하고 있는 데다, 다들 숲으로 산으로 피난을 떠나서 품을 팔아 양식을 얻을 수도 없다. 서쪽 마을에서 작은밭 마을로 이사를 하고 그의 가족은 그가 날품을 팔아 얻어 오는 곡식으로 살아가고 있었다. 본섬에서 이주한 그들에게는 이 섬에 고구마를 심어 먹을 밭도 없다. 집도 없어 방 한 칸을 세 얻어 살고 있다. 섬에는 밭이 널렸다. 남의 밭에서 몰래 고구마를 캐다 먹을 수는 없다. 그는 구걸을 하는 한이 있더라도 도둑질은 하지 않을 것이다. 섬에 들어와 살면서 남의 밭에서 고추 하나 몰래 딴 적이 없다.

❖

붉은개구리숲. 지에코는 땅에 털퍼덕 주저앉아 푸르스름하게 멍든 가슴패기를 쥐어뜯으며 괴로워한다. 남편이 스파이로 몰려 총살당했다는 충격과 슬픔을 견디기가 힘들어 그녀는 자기 자신을 때리고 할퀴며 밤을 샜다. 까무룩 기절했다 깨어난 그녀는 손 놓고 구경만 한 주민들에 대한 원망과 분노가 더해져 지난밤보다 더 고통스럽다.

호랑지빠귀가 우는 소리가 숲에 스산하게 울린다. 지에코가 얼굴을 들고 나무들 사이사이에 서 있는 사람들을 바라본다. 그녀의 이웃들로 그들은 그녀의 남편 이토가 성터에서 스파이로 처형당했다는 소문을 들었다.

그녀는 쥐약을 먹은 쥐처럼 입에서 거품이 끓도록 괴로워하며, 참나무 사이에 서 있는 여자에게 묻는다.

"내 남편이 스파이야?"

지에코의 친구인 여자는 대답이 없다.

"제발, 말해줘. 알고 싶어서 그래. 내 남편이 미군 스파이야?"

그래도 대답이 없자 지에코는 갓난아기를 안고 있는 여자에게 묻는다.

"아주머니, 내 남편이 스파이예요? 내 남편이 스파이인 걸

나만 바보처럼 모르고 있었던 거예요?"

그 여자도 아무 대답이 없자 지에코는 모밀잣밤나무에 손을 짚고 배스듬히 서 있는 노인에게 묻는다.

"할아버지, 내 남편이 스파이예요?"

그러나 노인 역시 대답이 없다.

"다들 꿀 먹은 벙어리가 됐네…."

지에코는 사람들이 아무 말이 없어서 몸의 모든 핏줄이 활활 타오르는 것처럼 화가 치민다.

"말해줘, 내 남편이 스파이야?"

사람들이 하나둘 그녀에게서 돌아서더니 나무들 사이로 멀어진다.

"가지 마! 가지 마! 제발 말해줘! 내 남편이 스파이야?"

지에코는 작살에 영혼이 꿰뚫리는 고통을 느낀다. 그녀 안에서 생겨난 광포하고 독살스러운 힘이 그녀의 심장을 할퀴고, 눈동자를 후벼 파고, 목구멍을 조르고, 혀를 태운다.

그녀는 너무 괴로워 자신의 앞에 있는 참나무에 달려든다. 이끼로 덮인 줄기를 손으로 찢기 시작한다. 손톱에서 피가 흐르지만 고통을 느끼지 못한다. 그녀는 숲의 모든 나무를 찢을 수 있을 것 같다.

한쪽 발에만 짚신을 신은 노인이 두 팔을 앞으로 뻗듯이 내

밀고 지에코에게 다가간다. 노인이 늘 짚고 다니는 지팡이는 땅에 버려져 있다.

"지에코, 불쌍한 내 딸…"

노인은 딸을 끌어안는다. 피가 묻은 딸의 손을 자신의 옷에 문질러 닦는다.

"아버지, 다들 입이 붙어버렸나 봐요. 아, 괴로워…. 아버지 칼 좀 갖다 줘요. 붙어버린 입들을 칼로 찢어줘야겠어요."

아버지의 품에서 죽어가는 새처럼 늘어져 고통스러워하던 지에코는 지쳐 잠든다.

꿈에 지에코는 탯줄을 달고 있는 갓난아기를 안고 있다. 구유처럼 커다랗고 시커먼 가마솥이 그녀 앞에 놓여 있다. 가마솥에서는 물이 끓고 있다.

'아가야, 엄마 어디 갔어?'

꿈에 그녀는 미쳤다.

'엄마 어디 갔어?'

아기는 해골 같은 돌덩이가 됐다가, 흉측하게 생긴 살쾡이가 됐다가, 썩은 호박이 됐다가, 도로 아기가 된다. 막 세상에 나온 듯 실오라기 한 가닥 걸치지 않은 아기는 차갑고 오싹한 기운을 내뿜는다.

그녀는 가마솥 위로 아기를 가져간다.

'엄마, 엄마, 엄마….'

그녀는 주문처럼 외우며 물속에 아기를 퐁당 떨어뜨린다.

그녀는 산양 다리만 한 나무 국자로 팥죽을 쑤듯 가마솥 안을 휘휘 젓는다.

지에코는 뿌리처럼 땅에 엎드려 눈을 빤히 뜨고 있다. 그녀는 죽은 듯 보인다.

축축한 땅에서는 이끼가 무섭게 올라오고 있다. 개미, 지렁이, 거미, 지네로 들끓는다.

그녀는 피를 토하며 소리를 지르고 싶지만 가는 신음을 토할 기운조차 남아 있지 않다.

노인이 물이 든 대접을 들고 딸에게 다가간다. 노인은 여전히 한쪽 발에만 짚신을 신고 있다.

"지에코, 배 속의 아기를 생각하렴."

노인은 딸의 몸을 일으킨다. 지푸라기처럼 늘어지는 딸의 어깨를 한 팔로 감싸 안는다. 햇볕에 그을리고 굵은 주름이 진 손으로 딸의 얼굴에 묻은 흙을 털어준다. 딸의 자그마한 얼굴은 더 작아져 쪼그라든 감자 같다. 보라색 싹이 딸의 얼굴 여기저기에 돋아 있는 것 같다. 노인은 딸의 머리카락과 옷에 묻은 흙도 털어준다.

"물이야, 마시렴."

그녀는 물 냄새를 맡는다. 그녀는 어려서부터 물 냄새를 좋아했다. 우물에 얼굴을 들이밀고 물 냄새를 맡다가 우물에 빠질 뻔한 적도 있었다.

"지에코, 착한 내 딸, 입을 벌리렴."

지에코는 입을 벌린다. 그러나 다물린 것처럼 보일 만큼 아주 조금밖에 벌리지 못한다. 눈물이 메마른 그녀의 눈동자는 움직임이 없다.

노인은 붉은개구리숲에서 가장 가까운 우물에서 떠 온 물을 딸의 입으로 흘려 넣어준다. 물을 마시고 기운이 조금 난 지에코가 노인에게 묻는다.

"아버지, 그이가 정말 죽었어요?" 그녀의 눈동자는 여전히 움직임이 없다.

"지에코, 이토는 죽었어."

"누가 그이를 죽였어요?"

"지에코…."

"누가 그이를 죽인 거예요?"

"내 딸, 이 애비가 하는 말을 잘 새겨들으렴…. 이토가 살아 있다 해도 언젠가 널 떠날 거야…."

지에코의 눈이 번개가 치듯 번쩍인다.

"언젠가 전쟁이 끝나면 이 섬을… 널 떠날 거야. 본섬에 이토의 본처와 자식들이 있다는 걸 너도 알고 있지?"

지에코는 고개를 흔든다.

"아버지, 이토는 제 남편이에요! 그리고 저는 그이 아기를 가졌어요!"

"이토는 네 남편이지…. 이토가 널 얼마나 아꼈는지 애비가 잘 알지. 너희 둘이 얼마나 다정한 한 쌍이었는지 이 애비가 알지. 이 애비 잘못이야…. 본섬에서 온 사내를 내 집에 들이는 게 아니었어. 이토와 네가 서로 좋아한다는 걸 알았을 때 이토를 내 집에서 내쫓았어야 했어. 본섬에 본처와 자식들이 있다는 걸 알고도 쫓아버리지 못한 이 애비를 원망하렴. 지에코, 이토는 잊어라…. 살아 있다 해도 언젠가 널 떠날 이토는 잊어라. 나는 이토가 한없이 원망스럽구나. 고향에 처자식을 두고, 섬의 순진한 처녀인 내 딸의 마음을 함부로 훔친 이토가 한없이 밉구나. 바다 건너에서 온 사내들은 하나같이 섬 처녀를 울리고 떠나더구나."

지에코가 고개를 세차게 흔들더니 몸을 일으킨다.

"지에코, 어딜 가는 거냐?"

노인은 딸의 뒤를 따라가다 어깨를 늘어뜨리며 서버린다. 대접이 기울어지며 그 안에 든 물이 쏟아진다.

노인은 닷새쯤 지나면 딸의 정신이 돌아올 거라고 생각한다. 그는 하루아침에 남편이나 자식을 잃고도 멀쩡히 살고 있는 여자들을 섬에서 많이 봤다. 그의 어머니도 그런 여자였다.

지에코는 돌다리 난간에 매달려 흘러가는 강물을 바라보고 있다. 돌다리 여기저기에 흰 히비스커스와 분홍색 히비스커스가 뒤섞여 떨어져 있다. 돌다리 양쪽에 모여 있는 히비스커스 나무들은 무심히 꽃을 떨어뜨리고 있다. 돌다리 아래로 흐르는 붉은강은 새벽에 내린 비로 불어나 있다.

바다로 흘러드는 그 강을 섬 주민들이 붉은강이라고 부르기 시작한 것은 그 어느 해인가 이즈음 그 강으로 붉은 뱀 떼가 떠내려 온 적이 있어서였다. 지에코가 어린아이였을 때였다. 그녀는 친구들과 강가에서 놀다가 붉은 뱀들이 강물에 휩쓸려 떠내려가는 걸 봤다. 강물은 바다로 이어진다.

지에코의 참새처럼 작은 발이 들린다. 발에 밟혀 들러붙어 있던 흰 히비스커스도 함께 들린다. 발은 점점 더 높이 들린다. 가까이에서 참새 떼가 시끄럽게 운다. 발은 점점 더 높이 들리다 한순간 어딘가로 사라져버린다. 짓뭉개진 흰 히비스커스가 누군가 떨어뜨린 혼처럼 소리 없이 내린다.

❖

    북쪽 마을, 석양빛이 내리는 외길에 야스코가 서 있다. 등에 막둥이를 업은 그녀는 성터를 올려다본다.

    흙먼지가 이는 길 양옆으로는 사탕수수 밭이 펼쳐져 있다. 단물은커녕 쓴물 한 방울도 안 날 듯 비쩍 마른 사탕수수들은 석양빛을 받아 불타고 있는 것 같다.

    야스코가 길을 걸어가기 시작한다.

    "야스코! 야스코!"

    갑작스레 들려오는 소리에 야스코는 깜짝 놀란다. 그녀는 황급히 사방을 둘러본다.

    "야스코, 어디 가?"

    돌무덤에서 들려오는 소리다.

    "야스코, 나야. 어디 가?"

    야스코와 둘도 없이 친한 이웃 여자의 목소리다. 무덤은 여자의 집안 묘다. 여자는 무덤 입구를 막고 있는 돌문 틈새로 야스코를 내다보고 있다.

    "남편이 안 돌아와서…. 성터에 올라가서는 감감무소식이지 뭐야."

    야스코의 남편은 북쪽 마을 구장이다. 남편이 돌아오지 않아서 그녀의 가족은 피난을 떠나지 못했다.

"무슨 일을 시키느라고 나흘 넘게 붙들고 있는 걸까?"

야스코가 가려 하자 여자가 말한다.

"야스코, 어서 집으로 돌아가 숨어 있어. 겁없이 돌아다니다 미군을 만나면 어쩌려고 그래?"

"걱정이 돼서 집에 있을 수가 있어야지."

"걱정하지 마."

"어떻게 걱정을 안 해."

"걱정한다고 살아서 돌아올 것도 아니잖아."

"응? 그게 무슨 말이야?"

"뭐가?"

"살아서 돌아올 것도 아니라니?"

"야스코, 어서 집에 가 숨어 있어. 미군들이 가까이 있는 것 같아."

야스코는 다시 발걸음을 놓지 못하고 서서 성터를 올려다본다. 그녀는 소목장에서 있었던 일을 모르고 있다.

❖

"지에코, 지에코…."

노인은 한쪽 발에만 신은 짚신을 끌며, 핏대가 드러난 목을 외로 떨어뜨리고 두 팔을 흐느적이며 걸어간다. 지팡이는 어딘 가에 버리고 없다. 앞니가 빠지고 어금니만 남은 입에서 송진 같은 침이 흐른다. 눈에는 눈곱이 엉겨 붙어 있다. 노인은 피난 오두막에 머물 이유가 없어졌다.

"이 애비를 두고 죽다니…."

노인은 딸 둘을 뒀다. 큰딸이 시집가고 둘째 딸 지에코와 단 둘이 오순도순 의지하며 살다가, 지에코가 이토와 부부가 된 뒤로 딸 부부와 함께 살았다.

바위를 뒤덮은 칡잎을 두 손으로 뜯던 여자가 노인을 보고는 다가온다.

"지에코가 강에 몸을 던졌다면서요! 늙은 홀아버지를 두고 젊으나 젊은 딸이 스스로 목숨을 끊다니, 쯧쯧."

노인이 입으로 토하던 울음을 그치고 눈을 부릅뜬다. 칡잎 다 발을 손에 들고 혀를 차는 여자를 무섭게 노려본다.

"어떤 놈이 그래? 어떤 놈인지 주둥이에 똥을 한 무더기 처 넣어줘야겠어!"

머리를 닭처럼 떨던 노인은 소똥처럼 보이는 돌을 집어 든다.

"내 딸이 스스로 목숨을 끊었다고 지껄이고 다니는 놈이 누구야?"

놀란 여자가 칡잎 다발을 휘저으며 뒷걸음질한다.

"그럼 누가 죽인 거예요? 누가 죽였어요?"

"누가?" 노인이 탄식하듯 중얼거리며 허방을 짚은 듯 휘청거린다. 바쇼후를 걸친 노인의 허리에 느슨하게 감겨 있던 끈이 풀어진다.

"누가? 내 딸을 누가 죽였지? 누가 죽였지?"

"설마 인간 사냥꾼들이 죽였어요?"

인간 사냥꾼들이 소목장에서 소목장 사람들을 죽이고 오두막과 함께 불태웠다는 소문은 그새 붉은개구리숲까지 퍼졌다.

"아니야, 아니야…."

휘청이며 머리를 가로젓던 노인은 땅에 발라당 넘어진다. 노인의 구부러지고 뒤틀린 팔과 다리가 하늘을 향한다. 바쇼후 자락이 벌어지며 움푹 꺼진 배와 사타구니, 빈 사마귀알집 같은 허벅지가 드러난다.

"아니야, 아니야…."

노인은 일어나지 못하고 허공에 대고 사지를 떤다.

"전쟁… 원수 같은 전쟁이 내 딸을 죽인 거야…. 어디 내 딸만 죽였나? 배 속의 아기도 죽였어…. 지에코, 불쌍한 내 딸 지에코, 지에코…. 어떤 몹쓸 놈이 전쟁을 일으킨 거지? 일본군? 미군? 영국군? 천황 폐하? 아, 천황 폐하!"

노인이 팔다리를 더 격렬히 떤다.

"천황 폐하 만세! 천황 폐하 만세!"

노인의 전신이 경련하더니 수축한다. 대나무로 짠 바구니 요람에 담을 수 있을 만큼 쪼그라든 노인은 숲에 버려진 갓난애처럼 울부짖기 시작한다.

"미쳤어! 미쳤어!"

여자는 칡잎을 버리고 소리 지르며 자신의 피난 오두막으로 뛰어간다.

❖

안개가 말끔히 걷힌 성터.

기무라와 이케다는 산과 숲, 동굴과 무덤에서 나와 집으로 돌아가는 주민들을 내려다보고 있다. 더 일찌감치 하산해 낫을 들고 논으로 향하는 한 무리의 주민들을 노려보던 기무라가 분노에 찬 목소리로 말한다.

"이 섬에 스파이가 우글우글하군!"

이케다는 기무라가 이 섬을 옥쇄하지 않은 이유가 궁금하다. 자신이 총대장이었다면 주민들에게 피난 명령이 아니라 옥쇄 명령을 내리고 자신은 명예롭게 할복 자결했을 것이다.

기무라가 홱 돌아서며 말한다. "아무래도 인간 사냥꾼이 더 있어야겠어."

이튿날 늦은 오후 경방단장들이 미군들 눈을 피해가며 성터로 올라간다. 기무라의 부름을 받고 성터로 향하는 그들의 얼굴은 하나같이 걱정과 불안으로 잔뜩 굳어 있다.

6부

❖

    쇠부엉이숲과 붙어 있는 저수지 근처에서 헤매던 겐의 발목을 뭔가가 감아온다.

    순간 소목장의 오두막에서 손이 발목을 감아오던 게 떠오르며 겐의 심장이 쿵 하고 울린다.

    꽃이 진즉에 다 진 산벚나무 위 둥지에서 뻐꾸기가 날아오른다. 뻐꾸기는 지빠귀의 둥지에 몰래 알을 낳고 내달아 날아가는 중이다.

    '그 손은 없어. 내가 찢어버렸으니까.'

    겐은 발목을 내려다본다. 산딸기 덩굴 줄기가 발목에 감겨 있다.

❖

"다마키 씨, 안녕하세요?"

무뚝뚝한 인상의 다마키는 자신에게 공손히 인사하는 조선인 고물상에게 눈길조차 주지 않는다. 까마귀산으로 피난을 떠났던 다마키는 오늘 아침에 집으로 돌아왔다. 피난 보따리를 풀자마자 담배밭을 둘러보러 가는 길이다.

"소 닭 보듯 하는데도 꼬박꼬박 인사를 하는군."

"밸도 없는 조선인이야!"

"밸도 없으니까 일본군 노예가 돼 오키나와까지 끌려온 게지. 조선 놈은 일본군 노예! 조선 년은 일본군 노리개!"

마침 돼지도축장 마당에 모여 있던 일꾼 사내들이 한마디씩 한다. 피난에서 돌아온 그들은 오늘 모처럼 돼지를 잡았다. 돼지는 토막 내져 자루 네 개에 나뉘어 담겼고, 기무라에게 보내졌다.

사내들은 딱따구리처럼 이를 소리 나게 부딪치며 웃는다.

다마키는 웃지 않는다. 그는 평소에도 조선인 고물상을 없는 사람 취급한다. 조선인 고물상은 사기꾼이 아니다. 도둑 강도도 아니다. 오히려 예의 바르고 품성이 순박하고 차분한 조선인 고물상이 다마키는 꼴도 보기 싫다.

다마키는 본섬 요미탄에서 반년 넘게 활주로를 다지는 공사장에서 부역을 살다 돌아왔다. 공사장에는 조선반도에서 온 사내들도 부역을 살았다. 그때 그는 일본 군인에게 채찍으로 맞으며 "아이고, 아이고" 소리를 내며 우는 조선인들을 봤다. 공사장 근처 농가에서 소에게 주려고 비지와 함께 가마솥에 삶고 있는 고구마를 구걸하는 조선인들을 봤다. 팔려 가는 가축 떼처럼 무리 지어 들판을 걸어가는 조선인들을 봤다. 그는 조선인 고물상을 볼 때마다 본섬에서 봤던 조선인들이 떠오르며 착잡한 심정이 된다. 그는 조선인이 자신의 고향 섬에까지 들어와 있을 줄은 몰랐다.

❖

저수지 물에 얼굴을 씻고 돌아서던 겐은 정찰 중인 미군들과 맞닥뜨린다. 미군들은 벌벌 떨며 서 있는 겐을 쳐다보기만 하고 가버린다. 그들의 눈에 겐은 섬의 더럽고 불량해 보이는 소년에 불과하다.

겐은 집에 가고 싶지만 엄마 얼굴을 못 보겠다. 닭도 못 죽이는 겁 많은 엄마. '엄마, 엄마….' 애기처럼 엄마를 부르던 겐은 덤불 위로 쓰러진다. 갑자기 과부인 엄마를 무시하던 마을 사람들의 얼굴이 하나하나 떠오르며 증오심이 뱃속에서 이글거린다. '죽여 버리겠어.' 이를 부드득거리다 잠이 든 겐은 직박구리 울음소리에 놀라 벌떡 일어선다.

목이 마른 겐은 우물을 찾아 서쪽 마을을 헤매고 다니다 도축장 근처에서 료타와 맞닥뜨린다. 료타는 성터에서 내려와 인간 사냥꾼이 될 만한 친구들을 찾아다니던 중이다.

"너, 이 자식!"

료타는 물어뜯을 듯 겐을 향해 누렇고 큼직한 이를 한껏 드러낸다. 도망치려는 겐의 멱살을 잡는다. 코에서 피가 흐를 때까지 주먹으로 겐의 얼굴을 가격한다.

얼굴이 시퍼렇게 붓고 코와 입에 피가 덕지덕지 묻은 겐은 료타를 따라 성터로 향한다. 그는 자신이 여전히 인간 사냥꾼이라는 사실에 소름이 끼치면서도 안도감을 느낀다. 형들이 자신을 찾아내 죽이지 않을까 하는 불안에 떨며 혼자 숲을 헤매고 다니지 않아도 된다.

"료타 형!"

"왜?"

겐은 숲에서 미군들을 만났다는 얘기를 하려다 만다.

"료타 형!"

"뭐?"

"목장에서 우리가 몇 명이나 죽였어요? 스파이 말이에요."

"아홉 명!"

"열 명 넘지 않았어요?"

"겐, 너 설마 일부터 십까지도 못 세는 거야?"

"내가 바보인 줄 알아요?"

눈을 흘기며 료타를 따라가던 겐은 또다시 "료타 형!" 하고 부른다.

"왜? 또 뭐가 궁금한 거야?"

"형, 아직 전쟁이 끝나지 않았지요? 스파이들을 처단하면 일본이 전쟁에서 승리할 수 있는 거지요?"

"응! 이 섬에 스파이가 우글우글해."

❖

섬사람들이 메뚜기언덕이라고 부르는 고갯길. 수풀에서 기관총이 저 혼자 하늘에 대고 총알을 발사하고 있다.

기관총에서 두서너 발짝 떨어진 곳에 소년 하나가 미군이 쏜 총에 머리를 맞고 죽어 있다. 총알이 관통한 머리에서 피가 무섭게 토해지고 있다. 소년의 머리에서 튕겨져 나간 해군 모자가 길에 나뒹굴고 있다.

소년의 맞은편 수풀에서는 덩치가 제법 큰 사내가 가슴과 배에서 피를 흘리며 죽어 있다. 미 제트기가 떨어뜨린 폭탄을 맞고 침몰한 군량선에서 탈출해 성터로 올라간 선원이다.

소년과 선원은 오늘 아침 기무라 총대장의 명령을 받고 성터에서 내려왔다. 메뚜기언덕 수풀에 잠복해 있다가 지나가는 미군 지프에 대고 기관총을 갈겼다.

❖

　뽕나무 열매를 따 먹어 입이 까마귀 부리처럼 검은 사내아이들이 쇠부엉이숲 앞에 모여 있다. 조선인 고물상의 아들 후미오도 있다. 작은오빠를 종일 졸졸 따라다니는 기코가 후미오의 손을 꼭 잡고 있다.

　"스파이 때문에 학교가 불탔어." 빡빡머리 사내아이가 말한다.

　"스파이 때문에 우리 형이 죽었어." 흰 토끼를 인형처럼 안고 있는 사내아이가 말한다.

　"우리 섬에 스파이가 우글우글하대." 배가 맹꽁이처럼 불룩한 사내아이가 말한다.

　"스파이가 뭐야?" 기코가 묻는다.

　"고자질쟁이!"

　"염탐꾼!"

　사내아이들이 다투듯 말한다.

　"누가 스파이야?" 기코가 또 묻는다.

　미군 삐라를 줍는 사람, 미군에게 겁탈 당한 여자, 미군에게 포로로 잡혔다 풀려난 사람. 오키나와 말을 해도, 섬 사투리를 써도 스파이이다. 군인들보다 좋은 음식을 먹어도 스파이이다.

　사내아이들은 스파이 놀이를 하려고 한다. 스파이를 미행하고 처형하는 놀이다. 피난에서 돌아온 사내아이들은 스파이 놀이에 빠져 있다.

누가 스파이가 될 것인가?

"네가 스파이 해." 빡빡머리 사내아이가 후미오에게 말한다.

"싫어. 인간 사냥꾼 할래."

"네가 스파이 하라고." 흰 토끼를 안은 사내아이가 다그친다.

"나 스파이 하기 싫어!"

"조선인이니까 스파이 해." 빡빡머리 사내아이가 말한다.

"조선인들은 전부 스파이야." 배불뚝이 사내아이가 말한다.

"나 조선인 아니야!" 후미오가 말한다.

"네 아버지가 조선인이니까 너도 조선인이야." 흰 토끼를 안은 사내아이가 말한다.

"아니야, 난 오키나와인이야. 일본인이야." 후미오가 말한다.

후미오는 자신을 오키나와인으로 알고 있다. 그리고 일본인으로 알고 있다. 섬으로 오는 배 안에서 엄마가 귓속에 대고 속삭인 말을 그 애는 기억하고 있다. "너는 오키나와인이야, 일본인이야." 배 안에는 사람뿐 아니라 닭, 산양, 꿩이 타고 있었다. 아침에 나하 항을 떠난 배는 저녁이 돼서야 섬 부두에 닿았다. 그때 후미오는 기코만큼 어렸다. 기코는 지저귀를 차는 아기였다. 그래서 기코는 온 가족이 배를 타고 섬을 찾아오던 날을 기억하지 못한다.

스파이 놀이에 끼고 싶은 기코가 말한다. "내가 스파이 할래."

후미오는 스파이가 돼 쇠부엉이숲으로 도망친다.

기코는 후미오 오빠가 날쌘 다람쥐처럼 나무들 사이를 달려나가 사라지는 걸 뚱한 표정으로 바라본다. 오빠들은 기코를 스파이 놀이에 끼워주지 않았다.

후미오는 계곡 기슭의 땅 위로 솟은 나무뿌리들 사이에 숨는다. '오키나와인? 일본인? 조선인? 아빠가 조선인이어서 나도 조선인인가? 아니야! 난 조선인이 아니야!' 후미오는 머리를 가로젓는다. 그 애는 조선인이 싫지 않지만 조선인이고 싶지 않다.

사내아이들의 발소리와 흥분한 숨소리가 들린다. 후미오는 정말로 스파이가 된 것 같다. 조선인이 전부 스파이면 아빠도 스파이다. 발소리가 가까이서 들려온다. 더 납작 엎드리던 후미오는 쇳빛 독사를 보고 비명을 지르며 벌떡 일어난다.

"스파이! 스파이!"

인간 사냥꾼이 된 사내아이들은 칡 줄기로 스파이의 손목과 발목을 묶는다. 칡잎으로 스파이의 눈을 가린다.

"찔러 죽여!"

사내아이들은 광분해 나뭇가지로 스파이의 어깨와 배를 찌른다. 빡빡머리 사내아이가 휘두르는 나뭇가지가 후미오의 얼굴을 찔러 피가 흐른다. 놀란 기코가 울음을 터트린다.

사내아이들은 소목장에서 인간 사냥꾼들이 스파이들을 어떻게 죽였는지 어른들에게 들어 알고 있다.

쇠부엉이숲 근처, 작은밭 마을의 경방단장은 앞에서 걸어오는 누군가를 본다. 요이시네 요미치다. 잿빛 기모노 차림에 짚신을 신은 경방단장은 주민들의 눈을 피해 아침 일찍 기무라 총대장을 만나러 가는 길이다. 손에 든 자루 속에는 기무라 총대장에게 줄 담배와 아와모리가 들어 있다.

경방단장은 곤욕스런 낯빛을 구태여 감추지 않는다.

"돌아왔다고 들었네."

경방단장은 요미치의 큰형과 무척 절친한 사이였다. 큰형이 중일전쟁에서 전사하지 않았다면 둘은 처남 매부 사이가 됐을 것이다. 그는 자신의 누이가 우애 있고 화목한 요이시네 집안의 며느리가 되기를 진심으로 바랐었다. 그의 누이는 요미치의 큰형이 죽은 이듬해에 큰밭 마을의 다른 집으로 시집갔다.

경방단장은 자신을 바라보는 요미치의 눈빛에서 반가움과 함께 책망하는 기색을 느낀다.

경방단장은 마을 사람들이 자신에게 원망과 적의를 품고 있다는 걸 알고 있다. 그는 마을 사람들에게 전쟁터로 아들들을 보낼 것을 장려하고, 군대에 협조하지 않는 이가 있으면 경방단원들과 함께 찾아가 엄하게 경고하고 훈계했다.

"요미치, 미군들은 우리 섬에 무슨 목적으로 들어왔지?"

요미치가 반듯하고 야무진 입가에 호의가 담긴 미소를 지으며 눈빛을 반짝인다.

"해방시키려고요."

"해방?"

"네, 지긋지긋한 전쟁에서 해방시키려고요."

"이 섬을 전쟁터로 만들려고 들어온 게 아니었나? 본섬에서 미군들이 동굴에 피신한 주민들까지 찾아내 죽이고 있다고 하더군. 동굴 안에 화염방사기를 쏘고, 폭탄을 던져서 말이야."

"일본군도 주민들을 죽이고 있어요. 우리 오키나와인들을요."

"자네는 미군을 믿나?"

"형님, 미군을 믿어야 해요. 그래야 진저리나는 전쟁을 하루라도 빨리 끝낼 수 있어요. 미군이 압도적으로 우세하다는 걸 형님도 아시잖아요."

"요미치, 나는 미군을 믿지 않아. 나는 일본군도 믿지 않지. 하지만 일본군은 아군이고, 미군은 적군이야." 경방단장은 아내에게도 털어내지 못한 속내를 요미치에게 털어놓는다.

요미치와 헤어져 집으로 돌아가는 경방단장은 심정이 복잡하다. 일본 해군통신대가 섬에 들어오고 나서부터 마을마다 치안을 명목으로 경방단이 조직됐다. 학식 있고, 밥술깨나 먹고 살며, 일본 문화를 익힌 이들이 단장이 돼 경방단을 이끌었다. 하지만 치안은 빌미에 지나지 않았다. 경방단은 마을 사람들을 감시하고, 부역에 강제로 동원하며, 기무라 총대장의 명령을 마을 사람들에게 전달하는 역할을 주로 했다.

경방단장은 북쪽 마을의 경방단장이 처형당한 걸 알고 누구보다 충격을 받았다. 그는 아홉 명이 그것도 여자들까지 죽임을 당했다는 사실보다 그 아홉 명에 경방단장이 포함됐다는 사실에 경악했다. 북쪽 마을의 경방단장은 기무라 군대에 협조적이었다. 그는 새삼 기무라가 몹시 두려워지며 철저히 숨기고 억눌러온 분노가 치밀어 탄식을 토한다. 그는 기무라의 만족할 줄 모르는 요구와 병적인 의심에 염증이 났다. 기무라는 섬 주민들을 언제든 적군의 스파이로 돌변할 수 있는 존재로 여기고 있다. 노련하고 차분한 그는 기무라 앞에서 자신의 감정을 잘 통제하고 있다고 생각하면서도 자신의 속마음을 기무라에게 들킨 것 같아 불안해지곤 한다.

근심에 잠겨 경직된 경방단장의 낯빛이 어두워진다. 그에게 허리를 굽혀 인사를 해오는 사내 때문이다.

'조선인이군….'

경방단장은 조선인 고물상이 자신의 마을에 살고 있는 게 무척 신경 쓰인다. 기무라는 조선인 고물상의 존재를 알고 있다. 누군가 조선인 고물상에 대해 안 좋게 귀띔했을 수 있다. 기무라는 스파이 혐의를 씌울 주민들을 찾아내는 데 혈안이 돼 있다. 조선인이 고물상을 하며 리어카를 끌고 집집마다 돌아다닌 것을 두고는 비밀 정보를 수집하고 다녔다고 말하는 주민들이 있다는 걸 경방단장은 알고 있다. 사토가 엊그제 자신의 집을 불쑥 찾아와 고자질하듯 이른 말도 신경 쓰인다. "경방단장님, 조선인 고물상 집을 지나오며 보니까 아이들이 툇마루에 참새 새끼들처럼 쪼르르 모여 앉아 미군 식량을 맛나게 먹고 있더군요."

경방단장은 소목장에서 있었던 일이 자신의 마을에서도 일어나는 것을 결코 바라지 않는다.

'이 섬에 애당초 조선인을 들여놓지 말았어야 했어.'

경방단장은 조선인 고물상에게도 자신의 속마음을 빈틈없이 감추고 예의 바르게 고개를 숙여 보인다.

"백합이 피었더군요."

"아, 그런가요?"

"어제까지 보이지 않더니, 오늘 아침에 마당에 나와 보니 두 송이가 피어 있더군요."

"경방단장님 댁 마당이 환해졌겠네요."

"예년보다 백합이 지나치게 늦게 폈어요. 제때가 아닌 때 피어서인지 반갑지가 않더군요. 참, 조선에서는 방 안에 새가 들어오면 좋지 않은 징조라고 한다지요?"

"그런가요? 제가 조선을 떠나온 지 하도 오래돼서요. 조선말도 거의 까먹었는걸요."

가볍게 고개를 숙여 보인 뒤 걸음을 놓던 경방단장은 문득 뒤를 돌아다본다. 그사이 조선인 고물상은 가고 없다. '스파이라….' 그는 자신의 섬에 스페인 독감보다 무서운 게 이미 마을마다 집집마다 퍼져 있는 걸 느낀다. 스페인 독감이 크게 유행할 때 그 지독한 병원체는 바다가 철옹성처럼 에워싸고 있는 섬에까지 들어와 그의 어머니의 목숨을 앗아갔다.

❖

회색 바쇼후 차림에 백발을 흐트러뜨린 노인이 논두렁을 다급히 걸어간다. 벼를 베던 사람들이 노인을 본다. 요이시네다. 그는 분홍 봉선화가 소복이 피어 있는 집 마당으로 들어서며 숨넘어가는 소리로 아들을 부른다.

"요미치! 요미치!"

아기를 업고 부엌에서 가지를 볶던 게이코가 놀라 마당으로 나온다.

"요미치, 당장 멀리 떠나거라!"

요이시네는 기무라의 스파이 장부에 대한 소문을 들었다. 요미치가 스파이 장부에 이름이 올랐을 것이라는 건 불 보듯 뻔했다.

시아버지와 남편 사이에 불안하게 서 있던 게이코는 가지가 타는 냄새를 맡고 도로 부엌으로 뛰어 들어간다.

요이시네는 아들을 바라본다. 말끔히 면도를 한 요미치는 일본 군복을 입고 있다. '내 아들이 스파이 짓을 할 리가 없어. 내 아들은 절대 스파이가 아니야.'

울 것 같은 아버지의 표정에 요미치의 얼굴에 번져 있던 웃음이 거둬진다.

"아버지…."

"요미치, 어째서 미군들을 데리고 돌아온 것이냐? 넌 일본군이 아니냐?"

요미치가 미군들과 함께 돌아온 것은 자신의 가족과 이웃들이 살고 있는 섬에서 비참하고 끔찍한 일이 벌어지는 걸 손 놓고 보고 있을 수 없어서였다. 포로로 잡혀 있던 본섬의 수용소에서 그는 미군이 자신의 고향 섬에 대규모 폭격을 퍼부을 계획이라는 소문을 우연히 들었다. 미군은 섬에 대규모 병력의 일본군이 주둔하고 있으며 무기를 대량 보유하고 있다는 잘못된 정보를 입수하고 있었다. 그는 영어를 조금 할 줄 아는 본섬 출신 일본군 포로와 함께 미군 대령을 찾아갔다. 섬에 주둔하고 있는 해군통신대의 부대원 수가 서른 명 남짓에 불과하며, 보유하고 있는 무기가 기관총 정도이고, 섬 주민들은 결코 섬에서 전쟁이 일어나는 걸 바라지 않는다는 사실을 알렸다.

요미치는 자신이 본섬에서 보고 겪은 걸 아버지에게 말하지 않았다. 아내에게도, 남동생과 두 누이에게도 말하지 않았다.

"아버지, 일본군은 미군을 이길 수 없어요."

"미군은 적군이야."

"본섬에서 일본군이 우리 오키나와인을 어떻게 학살하고 있는지 아버지가 모르셔서 그래요."

"일본군은 우리 오키나와를 지키려고 싸우고 있어."

"아버지, 일본군은 오키나와 땅을 지옥으로 만들었어요."

"요미치…."

"일본군 군복을 입고 죽어가는 오키나와 출신 군인들을 보면 형들이 떠올랐어요. 내 형들도 전투지에서 저렇게 총알받이로 쓰이다 버려졌겠구나…. 일본은 오키나와 소년들에게 일본 군복을 입히고 수류탄을 쥐어주며 미군 전차로 돌진하게 하고 있어요. 전쟁은 왜 하는 걸까? 누굴 위해 하는 걸까? 천황 폐하를 위해 하는 걸까? 집, 밭, 나무, 돼지, 산양… 땅째 들려 통째로 아궁이 속에 던져진 듯 모든 게 불타버린 마을에서 죽은 엄마의 발에 매달려 있는 아이들을 보며 그제야 궁금하더군요."

"요미치, 네 형들의 죽음을 헛되게 하지 말거라."

요이시네는 고개를 저으며 말을 잇는다.

"차라리 병신이 돼 돌아오지 그랬냐?"

"아이고, 아버님, 그게 무슨 말씀이세요." 게이코가 부엌에서 뛰어나오더니 원망에 찬 눈길로 시아버지를 바라본다. 그렇잖아도 생사불명이던 아들이 살아서 돌아온 걸 시아버지가 탐탁지 않게 여기는 것 같아 야속하다.

"요미치, 당장 네 처자식을 데리고 멀리 떠나라."

❖

"다마키! 다마키!"

담배밭에서 돌아와 거의 알몸으로 방에 대자로 누워 자고 있던 다마키는 놀라 깨어난다. 두리번거리는 그의 눈에 마당에 서 있는 사토가 들어온다.

"다마키, 얼른 도망쳐!"

사토의 어깨에는 어김없이 대나무 바구니가 길게 매달려 있다. 바구니에서는 삐악삐악 소리 대신에 꼭꼭꼭꼭 소리가 난다. 그의 어깨는 대나무 바구니가 매달려 있는 쪽으로 심하게 기울어져 있다.

다마키의 눈이 커지며 핏발이 선다.

"인간 사냥꾼들이 네 집으로 몰려오고 있어!"

다마키가 벌떡 일어선다. 햇볕에 검게 탄 얼굴과 머리카락에 서 땟국 섞인 땀이 뚝뚝 떨어진다.

"인간 사냥꾼들이 네 집으로 몰려오고 있다니까! 어서 도망 쳐!"

공포에 질려 두툼한 입술을 떨며 말뚝처럼 서 있는 다마키에 게 사토가 말한다. "돼지우리에 숨는 게 좋겠어! 인간 사냥꾼 들이 오면 네가 저 북쪽 바닷가로 도망갔다고 할게."

다마키가 허둥지둥 방에서 나온다. 돼지우리에서 흘러나온 배설물을 맨발로 첨벙첨벙 밟으며 돼지우리 안으로 들어간다. 새끼를 가진 암퇘지가 놀라 꿀꿀 꿀꿀 시끄럽게 운다.

"다마키, 머리통이 보이네. 돼지처럼 네 발로 기어. 그래야 머리통이 안 보이지."

다마키는 사토가 시키는 대로 네 발로 긴다. 그의 손과 얼굴에, 사타구니에, 엉덩이에 돼지 배설물이 추저분하게 묻어난다.

"하하, 하하, 다마키가 돼지가 됐네!"

사토가 웃는 소리를 듣고서야 다마키는 자신이 속았다는 걸 알고 몸을 일으킨다. 몸에 잔뜩 묻은 돼지 오물을 흘리며 돼지우리에서 나온다. 그는 씩씩거리며 낫을 찾아 집어 든다.

"사토, 거기 서지 못해!"

다마키는 그러나 사토를 쫓아가지 못하고 마당에 서서 부들부들 떤다. 그는 분을 참지 못하고 마당의 메꽃 덩굴에 대고 낫을 미친 듯이 휘두른다.

사토는 벌써 멀리 가 있다. 그는 웅덩이에서 개구리를 잡고 있는 사내아이들에게 소리친다.

"다마키가 돼지가 됐어!"

사토는 돼지도축장 앞을 지나가면서도 소리친다.

"다마키가 돼지가 됐어!"

❖

마을의 집들을 돌아다니며 겁을 주고 그 위세로 잔뜩 의기
양양해져서 집에 돌아온 사토는 노래가 절로 흥얼거려진다.

"당나라 배가 들어오네. 금덩이를 잔뜩 싣고 들어오네…."

중국이 당나라이던 시절에 섬의 북쪽 바닷가 사람들이 부르
던 노래로, 사토가 어릴 때 귀동냥으로 익힌 탓에 가사와 음의
조합이 제멋대로다.

"나 사토가 얼마나 대단한 사람인지 다들 똑똑히 알았겠지?"

밭에 다녀오던 사토의 아내가 혼자 웃고 있는 남편을 보고는
묻는다.

"당신은 맨날 혼자 뭐가 그렇게 좋아 죽어요?"

"다들 나 사토를 보고는 저승사자를 본 듯 무서워서 벌벌 떨
더군."

사토는 대나무 바구니에서 자신의 싸움닭 태풍을 꺼내 닭장
에 넣는다. 태풍은 병아리 모습을 완전히 벗고 닭이 돼 있다. 태
풍이 파닥파닥 퍽이나 야단스런 날갯짓 소리를 내며 날아오르
더니 횃대에 내려앉는다.

횃대를 발로 움켜잡고 박제한 듯 꼼짝 않고 있는 태풍을 사
토는 유심히 노려본다.

사토는 태풍이 아직도 싸움닭으로 변모하고 있다고 믿고 있다. 이 섬에서 우두머리 싸움닭이 되려면 지금보다 몸집이 배는 더 커야 한다. 깃털들이 화살촉 같은 느낌이 들 만큼 더 날렵해져야 하며, 목과 다리가 길어져야 하고 사나운 인상을 풍겨야 한다. 태풍은 그가 그리는 싸움닭의 모습에 한참 미치지 못하고 있다. 사토의 머릿속에는 그가 이상적으로 그리는 싸움닭의 풍모가 또렷이 새겨져 있다. 어릴 때 다마키의 아버지가 그리던 싸움닭으로, 그는 그 닭이 하부라고 부르는 독사보다 무서웠다.

게이코는 아기를 등에 업고 보따리를 손에 들고 종종걸음을 놓는다.

우물에서 물을 긷던 여자가 게이코를 보고 말을 건넨다. 여자의 남편은 그 마을의 경방단원이다.

"날 저물었는데 어딜 그렇게 정신없이 가?"

"친정에."

"그래? 그 보따리는 뭐야?"

"기저귀하고, 친정집에 가져다줄 거." 게이코는 대충 둘러댄다. 손에 든 보따리 속에는 쌀과 감자, 된장이 들어 있다.

"네 남편은 어디에 있어?"

"응?"

"뭘 그렇게 놀라?"

게이코가 어물쩍거리자 여자가 눈을 가늘게 뜨며 의뭉스레 말한다. "미군들하고 있나 보네."

❖

　총격전이 있었던 메뚜기언덕. 야자나무 삿갓을 쓰고 덧대 기운 곳투성이인 바쇼후를 걸치고 짚신을 신은 사내가 성터를 바라보고 있다.

　"여보, 뭘 그렇게 보고 있어요?"

　"아, 게이코."

　요미치는 아내의 손에 들린 보따리를 받아 든다. 아내를 안심시키려 고른 이를 환히 드러내고 웃어 보이고는 섬의 남쪽 마을로 발걸음을 놓는다.

　남편을 좇아 종종걸음을 놓으며 게이코는 혹시나 누가 뒤따라오지는 않나 뒤를 돌아다본다. 그녀는 집에서부터 누군가 미행하고 있는 것 같은 기분이 든다. 그래서 남편과 만나기로 약속한 언덕까지 오는 동안 스무 번도 넘게 뒤를 돌아다봤다.

　"멀어요?"

　"아니, 아주 멀진 않아."

　"등불을 켜두고 왔어요." 게이코가 말한다.

　"등불을?"

　"집에 사람이 있는 것처럼 보이려고요."

　게이코는 벌써 숨이 차지만 자신들이 숨어 지낼 오두막이 있다는 숲이 성터에서 멀었으면 좋겠다.

섬 곳곳에 있는 우타키* 중 하나로, 풍장터이기도 했던 바위 고개를 넘어가자 마을이 나온다. 게이코는 섬에서 태어나고 자랐지만 생전 처음 보는 마을을 지나간다. 주황색 한련화가 지천인 마을은 평화로워 보인다. 사람이 보이지 않는 밭에 돼지 새끼만 한 흰 무가 무더기무더기 쌓여 있다. 밥 짓는 냄새와 쌉싸름한 고야를 돼지기름에 볶는 냄새가 나는 집 앞을 지나가며 게이코는 자신도 모르게 찔끔 눈물을 흘린다. '여긴 다른 세상 같네.' 그러나 그녀의 눈에는 보이지 않지만, 수령이 백 년은 된 듯한 소철나무가 있는 집 뒷마당에는 방공호가 있다. 란타나가 알록달록 꽃을 피운 집 마구간은 미기의 기관총 사격에 지붕이 무너져 내렸다.

'저 숲일까?'

요미치는 그러나 숲을 지나쳐 간다.

'저 숲일까?'

요미치는 그 숲 역시 지나쳐 간다.

● 御嶽, 신이 사는, 기도를 올리는 신성한 장소.

❖

"왜 이제 알려준 거야?"

야스코는 방금 자신의 남편이 소목장의 사람들과 함께 죽임을 당했다는 얘기를 전해 들었다. 그녀는 남편이 성터에서 노역을 하고 있는 줄 알았다.

야스코는 친구이자 이웃인 여자를 원망 가득한 눈길로 바라본다. 입술을 떨며 노여움에 찬 목소리로 묻는다.

"어째서 이제야 알려주는 거야? 응?"

"군인들이 무서워서."

길에 서서 성터를 하염없이 올려다보며 서 있던 야스코를 볼 때마다 여자는 몹시 괴롭고 미안했다.

"야스코, 군인들이 무서워서 다들 말 못 하고 있었던 거야."

야스코가 울지 않아서 여자는 불안하다.

"야스코, 괜찮아?"

"남편을 찾으러 가야겠어!"

"야스코, 가지 마! 군인들이 스파이들의 유해를 가져가는 자도 죽이겠다고 했대."

"스파이?"

"응."

"내 남편은 스파이가 아니야."

"그럼, 그럼, 스파이가 아니지. 그런데 야스코, 스파이가 아니어도 기무라 총대장이 스파이라고 하면 스파이가 된대."

"죽이라고 해. 무섭지 않아. 난 내 남편을 찾으러 가야겠어."

소목장은 짙은 초록빛으로 일렁인다. 아무것도 모르는 소들은 흩어져 풀을 뜯고 있다.

두 여자, 야스코와 시어머니가 불타 잿더미로 변한 오두막 앞에 서 있다. 여자들은 맨발에 반쯤 혼이 나간 얼굴이다. 야스코의 등에는 막둥이가 매달려 자고 있다. 바람이 불자 재가 일어나 두 여자를 휘휘 감싼다. 소들처럼 아무것도 모르고 자고 있는 막둥이의 얼굴에 재가 벌레처럼 달라붙는다.

"땅까지 탔네." 시어머니가 주먹으로 강파른 가슴을 멍이 들도록 때리며 우는 소리로 말한다. 그녀는 밭에서 씨감자를 심다 소목장으로 걸어가는 며느리를 보고는 쫓아왔다.

야스코는 피가 나도록 입을 이로 꽉 물어 다물고 티져 나오려는 울음을 간신히 참으며 서 있다. 타다 만 다리를 보고는 복부에서 터져 나오는 신음을 연거푸 토하며 철퍼덕 주저앉는다.

"내 남편 다리가 아니야. 봐, 여자 다리야. 남자 다리가 아니야."

그녀는 타다 만 다리를 일부러 더 빤히 노려보며 낮지만 외치는 것 같은 목소리로 중얼거린다.

시어머니의 눈길이 며느리를 향한다. 그녀는 며느리가 미쳐버릴까 봐 미쳐버릴 수가 없다. 자신이 미쳐버리면 며느리도 미쳐버릴 것이다.

'정신 차려, 야스코! 남편을 찾아야지!' 야스코는 매섭게 채찍질을 하듯 스스로를 다그친다. 검게 멍든 것 같은 땅을 손으로 쓰다듬듯 쓸고 쓴다.

"어머니, 땅이 아직 뜨거워요."

그러나 뜨거운 것은 야스코 그녀의 손이다.

"땅이 아직 타고 있어요."

그러나 타고 있는 것은 야스코 그녀의 발이다.

흩어져 나뒹굴고 있는 해골과 뼈들, 손발을 묶었던 철사를 멀거니 바라보던 시어머니가 말한다.

"다 타고 뼈만 남아서 찾을 수 있을지 모르겠구나."

"재작년 봄에 금니를 해 넣었으니 금니가 박힌 해골을 찾으면 돼요."

야스코는 해골들을 하나씩 들어 살피기 시작한다. 깨어난 막둥이가 칭얼거리지만 그녀에게는 들리지 않는다. 막둥이의 두 발이 땅에 질질 끌려 재가 묻어나는 것도 모른다. 불에 그을린 철사가 그녀의 손을 찔러 온다. 그녀는 그것을 들어 멀리 던져버린다.

시어머니는 살이 다 타고 뼈만 남아 땅에 들러붙어 있는 손을 들여다보고 있다. 잡풀이 아니라 손이라는 걸 깨달을 때까지 그녀는 들여다본다.

"어머니, 그이를 찾았어요!"

야스코는 금니가 반짝 하고 빛나는 해골을 두 손으로 집어든다. 심하게 떨리는 두 손으로 해골을 잡고 가슴으로 끌어당긴다. 늑골이 눌려 숨이 제대로 쉬어지지 않을 만큼 해골을 꽉끌어안는다. 점점 더 격하게 떨며 축사의 잠든 소들을 깨울 만큼 커다란 소리로 흐느끼기 시작한다.

"여보, 여보…."

소목장에 다녀온 그날 밤, 야스코는 해골을 품에 끌어안고 누워 있다. 그녀는 자신의 몸이 장작처럼 불타고 있는 것 같다. 목구멍, 혀, 눈동자, 팔, 손가락, 심장, 다리… 뜨거워서 환장할 것 같다. 머리카락은 이미 불타고 없는 것 같다.

'뜨거워, 뜨거워.'

그녀는 몸을 일으킨다. 해골이 그녀의 품에서 떨어져 잠든 막둥이의 발치로 굴러간다. 야자나무 부채를 집어 들어 미친 듯이 부채질을 하다 마당으로 달려 나간다. 마당에 있는 우물에서 물을 퍼 몸에 붓는다. 마을에서 달기로 소문난 야스코의 우물물은 머리에서 쨍 소리가 날 만큼 차갑다. 얼굴이 새파랗게 질리고 몸이 바들바들 떨리도록 우물물을 퍼붓지만 보이지 않는 불은 꺼지지 않는다. 그녀는 자신의 몸이 영원히 꺼지지 않는 불길에 휩싸여, 영원히 불탈 것 같다. 불타는 형벌에서 헤어 나오지 못할 것 같다. 우물 속으로 뛰어든다 해도 불은 꺼지지 않을 것 같다.

남편은 몸집이 컸다. 오두막과 함께 불태워진 아홉 명 중 가장 몸집이 컸을 것이다. 그래서 가장 오래 불탔을 것이라고 야스코는 생각한다.

논에서 돌아와 혼곤한 낮잠에 빠져든 긴조는 우치마의 꿈을 꾼다. 우치마는 누더기를 걸치고 부러진 지팡이를 짚으며 그의 집을 찾아온다. 폐가처럼 풀이 우거진 마당에서 낫을 휘두르며 풀을 베고 있던 긴조는 우치마에게 묻는다.

"우치마 씨, 내 집에는 어쩐 일입니까?"

우치마는 아무 말 없이 해골처럼 마른 얼굴로 긴조를 바라보기만 한다.

긴조는 죽은 우치마가 거지꼴을 하고 자신의 집 마당에 서 있는 게 께름칙하다. 그래서 우치마를 내쫓으려 그를 향해 낫을 휘두른다.

"찢지 마! 찢지 마!"

우치마가 울부짖으며 사정하지만 긴조는 낫을 휘두르는 걸 멈추지 못한다.

"찢지 마! 찢지 마!"

그날 저녁, 작은밭 마을 긴조의 집 북쪽 방.

도축업자와 긴조, 작은밭 마을의 경방단장이 술상에 둘러앉아 아와모리를 마시고 있다. 어릴 때 강에서 발가벗고 놀았던 사이인 셋은 종종 그 방에서 아와모리를 마시며 이 섬과 세상 돌아가는 이야기를 나누곤 한다. 논농사를 제법 크게 짓는 긴조의 집은 아와모리가 떨어지는 날이 없다.

술상 위 안주를 마뜩찮은 눈길로 둘러보던 도축업자는 속으로 투덜거린다. '형편없군!' 아버지 없이 자라서 국민학교를 겨우 나온 도축업자는 섬을 떠나 오사카에서 15년 남짓 살았다. 고향인 섬으로 돌아와 돼지농장과 도축장을 운영하고 군인들과 가깝게 어울려 지내면서 유지 행세를 하고 있다.

긴조의 아내가 오더니 돼지 내장탕이 담긴 그릇을 방 안으로 밀어 넣어주고 간다. 그녀는 도축업자가 가져온 돼지 곱창과 선지, 간을 한꺼번에 솥에 넣고 서둘러 끓였다. 된장을 풀어 넣고 끓여 노란 기름이 둥둥 떠 있는 돼지 내장탕의 구릿한 냄새가 방 안에 금세 진하게 퍼진다.

'죽은 우치마 씨가 왜 날 찾아왔을까?' 낮에 꾼 꿈 때문에 기분이 개운치 않은 긴조는 평소보다 빠른 속도로 아와모리를 마신다.

경방단장은 아침에 요미치를 만난 것 때문에 여전히 불쾌하고 찝찝하다.

긴조는 찻종을 술상에 소리 나게 놓으며 혼잣말인 듯 중얼거린다.

"우치마 씨가 정말로 미군 스파이였을까?"

"우치마 씨가 싱가포르에서 살다 와서 영어를 할 줄 알지. 미군들이 우치마 씨를 납치했다 하루 만에 풀어준 것은 의심을 살 만하지." 경방단장이 말한다.

"처남하고 일꾼 소년도 같이 납치했는걸."

긴조가 두둔하자 도축업자가 자세를 똑바로 하더니 본토인처럼 정확한 본토어로 말한다.

"기무라 총대장이 스파이라고 하면 스파이야."

"우치마 씨가 정말로 미군 스파이였다면 미군들이 우치마 씨를 보호해주지 않았을까? 그날 밤 미군들은 소목장에서 무슨 일이 벌어지고 있는지 몰랐을까?"

긴조는 술김에 마음속에 품고 있던 의문을 털어놓는다.

도축업자는 모찌를 우물거리는 듯한 긴조의 말투가 거슬린다. 본토 표준어로 말하고 있는데도 섬 사투리로 말하는 것처럼 들린다. 곱지 않은 눈초리로 긴조를 노려보는 도축업자를 경방단장이 슬쩍 바라본다.

긴조는 경방단장의 찻종에 아와모리를 따르며 묻는다. "다음 차례는 요미치일까?"

경방단장은 물끄러미 허공을 응시하며 말을 아낀다.

"어디까지나 소문이지만 다들 그렇게 말하더군." 도축업자가 끼어들며 말한다.

"미군들도 그 소문을 누군가에게 들어서 알고 있다면 자신들에게 적극 협조한 요미치를 죽이게 둘까?" 긴조가 묻는다.

"요미치는 일본군 포로이기도 해. 미군 스파이이자 일본군 포로. 우리 도축장 일꾼 하나가 미군들하고 다니는 요미치를 봤는데, 여전히 일본군 군복을 입고 있다더군. 요미치가 자신들에게 총부리를 들이대던 일본군이었다는 걸 미군들이 잊었겠어?"

결코 취하는 법이 없는 경방단장은 취한 척하며 부러 한숨을 토한다. "미군들이 이 섬 주민들의 환심을 사려고 어지간히 애를 쓰더군."

"무슨 꿍꿍이속일까? 미군들 말이야. 마을들을 돌아다니며 돼지우리에 소독약이나 뿌리고 있으니. 기무라 군대가 알아서 항복하길 기다리고 있는 걸까?" 긴조가 말한다.

"흥, 기무라 군대를 독 안에 든 쥐라고 생각하는 거겠지." 도축업자가 콧방귀를 낀다.

"기무라 군대는 고작 서른 명 남짓인데, 섬에 들어와 있는 미군은 천 명이 넘는다니 그렇게 생각할 만도 하지."

긴조의 말에 도축업자가 입으로 가져가던 찻종을 도로 내려놓는다.

"기무라 군대 뒤에 만 명이 더 있다는 걸 멍청한 미군들이 아직 몰라서 그래."

"만 명?" 긴조가 묻는다.

"우리 섬 주민들이 만 명은 되지." 도축업자가 말한다.

도축업자를 바라보는 긴조의 눈빛이 곱지 않다. 그는 도축업자가 스스로를 일본인으로 착각하고 있다는 느낌을 받을 때가 있다. 방금도 그런 느낌을 강하게 받았다. '자네가 오사카에서 오키나와인인 걸 숨기고 살았다는 걸 알고 있어. 오키나와인인게 들통 나 망신을 당하고 오사카를 떠나 오키나와로 돌아왔다는 것도 알고 있지. 자네는 오사카에서 하던 일본인 행세를 고향 섬에서도 하고 있군.'

긴조가 따지듯 묻는다.

"자네가 보기에 미군들이 원하는 게 뭔 거 같은가?"

"그거야 전쟁의 승리겠지."

"승리하면 미군들은 뭘 얻지?"

"승리의 기쁨이겠지. 그리고 덤으로 이 섬도 얻겠지. 미군들이 지금은 주민들의 환심을 사려고 상냥한 웃음을 짓고, 아이들을 보면 미군 과자를 뿌려대지만 언제 그악스런 본모습을 드러낼지 알 수 없어."

도축업자의 말에 경방단장이 고개를 끄덕인다.

"이 섬은 아직 기무라 총대장의 손아귀에 있어. 그리고 그건 자네들과 나뿐만 아니라 이 섬 주민들의 운명이 아직 기무라 총대장의 손아귀에 있다는 뜻이야."

❖

야자수와 아단 나무와 맹그로브로 우거진 숲속, 남편을 따라 숨어든 오두막, 게이코는 잠들지 못한다. 그녀는 등불을 켜두고 떠나온 자신의 집이 그립다. 등불이 아직까지 꺼지지 않고 타오르며 자신을 기다리고 있을 것만 같다.

그녀는 잠든 남편의 얼굴을 보고 싶지만 방 안의 어둠이 너무 짙어 보이지 않는다.

'왜 아무 소리도 안 들리지?' 그녀는 남편의 숨소리도, 심장 뛰는 소리도 들리지 않는다.

'왜 아무 냄새도 안 맡아지지?' 머리카락 냄새도, 살 냄새도 맡아지지 않는다.

'왜 아무것도 안 느껴지지? 왜 없는 것 같지?'

게이코는 남편의 가슴에 귀를 대고 심장 뛰는 소리를 들으려 애쓴다. 남편의 숱 많은 머리카락에 얼굴을 파묻고 냄새를 맡으려 애쓴다.

오두막을 울타리처럼 둘러싸고 있는 아단 나무의 기다란 잎들이 한꺼번에 바람에 흔들리는 소리가 불길해 그녀는 잠들지 못한다. 한밤중의 숲은 폭풍에 휩싸인 바다만큼 시끄럽다. 먹지 못하는 열매들이 떨어지는 소리, 시든 야자수 잎이 꺾여 떨어지는 소리, 썩은 나뭇가지들이 부러지는 소리, 살쾡이 우는 소리, 박쥐들이 날아다니는 소리, 메마른 잎들이 굴러다니는 소리….

아기 얼굴만 한 아단 나무 열매가 땅에 쿵 하고 떨어지는 소리에 게이코는 화들짝 놀란다. 쿵, 쿵 소리에 잠들었던 아기가 깨어난다. 그녀는 얼른 아기를 들어 품에 안는다. 자신도 모르게 아기의 입을 손으로 덮는다.

발소리가 들린다.

발소리는 하나가 아니다. 그리고 오두막으로 다가오고 있다. 아기의 입을 덮은 게이코의 손에 힘이 들어간다.

'누굴까?'

그녀는 뱀이 목을 감아오는 것 같은 공포를 느낀다.

'그들일까? 인간 사냥꾼들… 그들이 우릴 찾아낸 걸까?'

그녀는 소목장에서 인간 사냥꾼들이 사람들을 어떻게 죽였는지 들었다.

그녀는 남편을 흔들어 깨우고 싶지만 가위에 눌린 듯 손가락 하나 까딱할 수 없다.

'아아, 안 돼! 안 돼!'

❖

"여보, 사네요시 씨 집에 좀 다녀와야겠어요."

들뜨고 헤진 다다미를 손보던 조선인 고물상이 고개를 들어 아내를 바라본다.

"미유가 어제 사네요시 씨의 아이들을 봤는데 거미줄 같은 옷을 입고 있더래요. 내가 꿰매주고 와야겠어요."

그녀에게는 아직 바늘과 실이 있다.

사네요시는 조선인 고물상이 서쪽 마을에 살 때 친하게 지내던 이웃이다. 그는 홀아비로 혼자 사 남매를 키우며 살고 있다.

후미는 반짇고리에 미군 과자를 챙겨 넣는다. 남편이 전날 바닷가에서 주워 온 것이다. 그녀는 자신의 아이들도 처음 맛본 미군 과자를 사네요시의 아이들에게 맛보여 주려는 것이다.

"여보, 우리가 이 섬에 살러 들어온 해에 사네요시 씨는 우리한테 밭 한 고랑을 내줬어요. 우리는 땅콩과 고구마를 심었지요. 흙이 얼마나 기름진지 땅콩이 많이 열려서 어머니께 보내드렸잖아요."

"그랬지."

"밭을 빌려주는 건 아무나 할 수 있는 일이 아니에요. 사네요시 씨는 치무°가 깊어요."

● チム. 심정, 정. 마음 깊이 생각하고 위하는 정서.

후미는 잠시 생각에 잠겼다 탄식을 토하고 말을 잇는다.

"어머니는 배에 실어 보낸 땅콩을 받고도 내가 이 섬에 살고 있는 걸 모르고 계세요. 어머니는 큰딸인 내가 어디서 어떻게 살고 있는지 알고 싶어 하지 않으세요."

아기와 기코를 데리고 집을 나선 후미는 서쪽 마을로 발을 놓다 말고 온천장 거리 쪽으로 방향을 튼다.

그녀는 조선인 이불장수가 어떻게 지내는지 갑자기 몹시 궁금하다. 온천장을 중심으로 점포와 식당, 술집이 모여 있어서 활기가 넘치던 거리는 허전할 만큼 한가롭다. 흉물이 된 온천장은 폭격 맞은 모습 그대로 방치돼 있다.

거리 끝에 자리한 이불 가게의 미닫이문은 안에서 잠겨 있다. 이불과 옷감이 즐비하던 진열대는 텅 비어 먼지 뭉치가 굴러다닌다. 진열대 모서리마다 거미줄이 주렁주렁 달리고, 바닥에는 쥐똥이 어지럽게 떨어져 있다. 이불장수의 모습은 보이지 않는다.

미닫이문 유리 너머로 이불 가게 안을 들여다보던 후미는 혹시나 싶어서 미닫이문을 흔들어본다.

미닫이문에서 돌아서는 후미를 보고 국수 가게 여자가 말한다.

"안에 있으면서 없는 척하는 거야."

"왜요?"

"소문 못 들었어?"

"무슨 소문이요?"

"스파이, 조선인은 전부 스파이라던데."

여자는 후미의 남편도 조선인인 걸 뒤미처 깨닫고는 고개를 흔들며 국수 가게 안으로 들어가 버린다. 미닫이문을 소리 나게 닫는다.

온천장 앞을 지나가는 후미의 눈에 까만 바쇼후 차림에 밀짚 모자를 쓰고, 이라나를 허리춤에 매단 사내가 들어온다. 영락 없는 농부 차림이지만 풍기는 분위기가 이상해 후미는 사내를 유심히 바라본다. 사내는 지나다니는 사람들을 살피느라 후미가 자신을 바라보고 있는 걸 깨닫지 못한다. '군인이야!' 작년 봄에 국방부인회 여자들과 두부를 쑤고 흑설탕을 넣은 무치● 를 만들어 성터에 올라갔을 때 후미는 그 군인을 봤다. 사내의 고개가 후미를 향한다. 그녀는 얼른 고개를 돌리고 기코의 손을 잡아끈다.

후미가 알아본 군인은 이케다다. 그는 오늘 아침에 료타와 너구리, 겐을 데리고 성터에서 내려왔다. 인간 사냥꾼들은 자신들처럼 인간 사냥꾼이 될 소년들을 찾아다니고 있다.

● ムーチー, 오키나와의 전통 떡.

후미가 다녀가고 한 시간쯤 지나 아이들이 이불 가게로 몰려온다.

"스파이! 스파이!"

아이들은 이불 가게에 흙과 돌을 던진다. 미닫이문의 유리가 깨지고 간판이 떨어진다.

"스파이! 스파이!"

국수 가게 여자와 그 옆 잡화점 여자가 나와 서서 뒷짐을 지고 구경하고 있다.

아이들이 한바탕 소란을 피우고 떠나고 이불 가게 앞에는 흙과 돌, 깨진 유리 조각이 어지럽게 널려 있다.

이불장수는 이불 가게 안에 있다. 뒤주처럼 옹색한 골방에 틀어박혀 어서 이 지긋지긋하고 무서운 전쟁이 끝나기를 기다리고 있다.

"나는 이 섬이 싫어, 이 섬이 정말 싫어!"

이불장수는 피붙이 하나 없는 이 멀고 먼 섬을 진즉에 떠나지 않은 자신의 발등을 도끼로 찍고 싶은 심정이다.

서쪽 마을과 앞바다가 맞바로 내려다보이는 언덕에서 후미
는 탄성을 토한다. 그녀는 고향에 돌아온 것 같은 감정을 느낀
다. 목이 메고 가슴이 찌릿찌릿하다. 섬에 이주해 두 해 남짓 살
았던 서쪽 마을은 그녀의 고향 마을과 무척 닮았다. 바다 색깔
도 고향 마을의 바다처럼 밝고 투명한 녹색이다. 그래서 고향
마을과 앞바다를 그대로 들어서 옮겨놓은 것 같다. 그녀는 본
섬의 동쪽, 구시라는 어촌 마을에서 태어나고 자랐다. 물이 풍
부해 집집마다 우물이 있고, 돼지를 길렀으며, 마당에 야채를
심어 먹었다. 마을 사람들 대개가 어업으로 먹고살았다. 마을
뒤쪽으로 평평하고 기름진 땅이 펼쳐져 있어서 논농사를 겸하
는 집이 꽤 있었다. 마을에서 남쪽으로 5킬로쯤 떨어진 곳에는
일본 본토와 중국을 오가는 큰 배들이 드나드는 항구가 있었
다. 그래서 본토인과 이국인들이 그녀의 고향 마을까지 들어와
자리 잡고 살기도 했다.

"기코, 꼭 할머니가 계실 것 같구나."

"할머니요?"

"텃밭에서 오이를 따고 부추를 뜯으며 우리를 기다리고 있
을 것 같구나."

후미는 정말로 어머니가 기다리고 있기라도 한 듯 서둘러 언덕길을 내려간다. 그녀의 어머니는 손자가 또 하나 태어난 걸 모르고 있다. 그녀가 마지막으로 들은 소식에서 어머니는 사이판으로 건너가 그곳에서 지내고 있다. 그녀의 아버지는 사이판 사탕수수 농장에서 일하고 있다. 한 집 건너 한 집이 친척일 만큼 이웃과 친밀하고 끈끈한 고향 마을에서 어머니는 수치심에 얼굴을 똑바로 들지 못하고 살았다. 부모의 만류에도 공부를 더 하고 싶다며 집을 떠나 나하에 나가 살던 맏딸이 미혼의 몸으로 임신을 해 아기를 낳더니, 조선인 사내를 만나 살고 있기 때문이었다.

서쪽 마을 초입에 있는 사네요시 집 마당에는 야자나무 한 쌍이 초가지붕보다 높이 자라 있다. 늑대처럼 생긴 갈색 개가 야자나무 그늘에 느긋이 앉아 있다. 후미는 사네요시 집 툇마루에서 그 집 아이들의 옷을 꿰매고 있다. 기코와 사네요시의 딸들이 그녀를 둘러싸고 바느질하는 걸 구경한다.

여덟 살인 사네요시의 둘째 딸이 묻는다.

"아줌마는 한 손으로 바느질을 한다면서요?"

"누가 그러든?"

"언니가요."

후미는 바늘이 부러질까 봐 바늘 잡은 손을 조심조심 놀린다. 녹이 슬고 휘었지만 바늘이 있다는 게 어딘가.

"구멍이 너무 크게 났어. 천과 실이 있으면 너희들한테 새 옷을 한 벌씩 지어줄 텐데."

후미는 엄마가 없는 아이들이 안쓰럽다. 그녀가 본 적 없는 아이들의 엄마는 폐렴으로 세상을 떠났다.

"바닷물을 떠 천을 지을 수 있으면 좋겠구나. 그럴 수만 있으면 몇 날 밤을 지새워서라도 너희들한테 옷을 몇 벌이고 지어줄 텐데."

사네요시의 딸이 마당으로 들어서는 아빠를 보고는 말한다.

"아빠, 아줌마가 우리 옷을 꿰매주고 있어요. 구멍을 전부 꿰매주고 있어요."

퉁명한 성격의 사네요시가 어부들 특유의 거친 목소리를 부드럽게 하고 후미에게 말한다.

"죽은 애들 엄마가 고마워할 거야."

"아빠, 아줌마가 미군 과자도 줬어요."

사네요시의 눈가에 떠돌던 웃음이 가신다. "네 남편한테 바닷가에 가지 말라고 해."

후미가 묻는 눈으로 사네요시를 바라본다.

"안 좋은 소문을 들었어."

후미가 손으로 계속 바느질을 하며 묻는다. "무슨 소문이요?"

"하여간 바닷가에는 가지 말라고 해."

후미가 표정을 가다듬더니 진지한 목소리로 "사네요시 씨?"하고 부른다.

사네요시가 후미를 바라본다. 그녀가 공손하게 무릎을 꿇고 앉더니 허리를 깊숙이 숙여 보인다.

"고맙습니다."

그녀는 한 번은 꼭 사네요시에게 정중히 예의를 갖춰 인사를 하고 싶었다.

"뭐가?"

"사네요시 씨는 제 남편을 형제처럼 대해주셨어요."

"이챠리바쵸데."● 사네요시는 멋쩍어하며 뒷마당으로 간다.

사탕수수 더미를 등에 짊어지고 사네요시의 집 앞을 지나가던 노인이 후미를 보고는 들어온다.

"사네요시가 어디서 마누라를 구해 왔나 했더니 조선인 고물상 마누라군."

"할아버지는 정정하시네요. 백 살까지는 거뜬히 사시겠어요." 후미는 노인을 바라보며 웃는다.

● イチャリバチョデー, 만나면 모두 형제라는 의미의 오키나와 말.

"하루 사는 게 생지옥이야!"

"생지옥이요?"

"쥐새끼 같은 스파이 놈들 때문에 인심이 흉흉하고, 끔찍한 소문만 들려오니 사는 게 생지옥이지!"

"그래요? 그럼 오늘 밤에라도 저승사자가 찾아오면 따라나서시겠네요?"

"뭐? 내 부모님이 백 살까지 사셨어! 오늘 밤 저승사자가 찾아오면 십 년 뒤에 다시 오라고 타일러 돌려보내고 나도 그 나이까지는 살아야지."

노인이 쌩하니 가버리자 열두 살인 사네요시의 딸이 말한다. "심술쟁이 할아버지예요."

조금 뒤, 얼굴이 주근깨와 기미로 뒤덮이고 깡마른 여자가 웃으며 사네요시네의 마당으로 뛰어 들어온다.

"후미, 네가 왔구나!"

남편이 그 마을의 경방단원인 여자는 객지에 나가 있던 친자매가 돌아온 듯 반가워한다. 후미는 정말로 고향에 온 것 같다.

❖

서쪽 끝마을 사내들이 북쪽으로 몰려가고 있다. 하나같이 까맣거나 잿빛인 바쇼후를 걸치고 있어서 까마귀 떼가 이동하는 것 같다.

사내들 속에는 야마자토도 있다. 중일전쟁에서 살아 돌아오긴 했지만 포탄 파편에 맞아 얼굴이 밟힌 깡통처럼 심하게 일그러지고 왼쪽 눈구멍이 함몰된 그는 자신의 나귀와 함께다.

"야마자토! 자네 나귀가 치매에 걸렸다며?"

야마자토는 그림자처럼 따라붙는 사내를 무시하고 묵묵히 발을 놓는다. 그는 눈동자와 함께 매몰된 눈구멍을 못으로 후벼 파는 것 같은 통증을 참고 있다.

밀짚모자를 쓴 사내는 꽤나 집요하게 야마자토에게 달라붙는다.

"치매 걸린 짐승이 집에 있으면 안 좋아. 잡아먹지 그래."

야마자토는 들은 척도 하지 않는다. 걸음을 빨리해 사내를 떨어뜨린다. 야마자토는 사내가 마을 사람들을 스파이로 밀고한 걸 알고 있다. 바로 엊그제까지도 기무라 군대의 끄나풀 노릇을 하던 사내는 미군에 붙어먹고 살기 위해 행렬에 동참했다.

"홍, 애꾸눈 주제에 사람 말을 귓등으로도 안 듣는군."

사내는 메말라 갈라진 땅에 침을 뱉고는 큰 소리로 말한다.

"야마자토의 나귀가 치매에 걸렸대!"

미군들은 섬의 북쪽 해안에 비행기 활주로를 놓고 있다. 서쪽 끝마을 사내들은 땅 다지는 노동을 하고 미군들로부터 밀가루나 돼지고기 통조림, 쌀을 받는다. 사탕수수 농사를 지어 먹고살아가던 그 마을 사람들은 작년에 사탕수수를 수확하지 못했다. 미군의 잦은 폭격과 가뭄으로 사탕수수 농사를 망친 데다 사탕수수 공장의 기계가 불타버렸기 때문이다. 배고프고 흉흉한 시절을 고통스럽게 보내던 차에 사내들은 미군들이 공사장에서 부역할 주민들을 모집한다는 소문을 들었다. 고구마로 죽을 쒀 먹던 서쪽 끝마을 사람들은 돼지고기 통조림으로 죽을 쒀 먹는다. 일본군들은 아무 대가 없이 일을 시켰다. 미군들은 식량을 주며 일을 시킨다.

❖

전신국 앞, 격자무늬 원피스 차림의 여자가 딸의 손을 잡고 서 있다. 아홉 살쯤 돼 보이는 여자애도 원피스를 입고 천으로 만든 신발을 신고 있다.

겐은 여자가 1학년 때 담임이라는 걸 깨닫자마자 그녀가 자신의 목에 방언찰*을 걸어 복도로 내쫓곤 했던 기억을 떠올린다. 국민학교에 입학하고 첫 수업 시간에 그녀가 자신의 목에 방언찰을 걸기 전까지 겐은 자신이 방언을 쓴다는 걸 몰랐다. 방언이 뭔지도 몰랐다.

담임은 겐의 목에 방언찰을 걸 때마다 앵무새처럼 똑같이 말했다. "진정한 일본인이 되려면 일본말을 써야 한다고 했지! 생각도 일본말로 하고 잠꼬대도 일본말로 해야 일본인이 될 수 있어! 너, 일본인이 되기 싫은 거야? 친구들은 일본인이 돼 천황 폐하를 기쁘게 해드리는데, 너 혼자 미개한 오키나와인으로 살래?"

본섬 출신인 담임은 겐이 집에서 본토 말인 표준어를 배우지 못해서 방언을 쓴다는 걸 이해하지 못했다. 비가 오면 진흙탕으로 변하는 길을 4킬로나 맨발로 걸어야 해서 학교에 올 수 없다는 걸 이해하지 못했다. 사탕수수를 수확하는 날이면 과부

● 方言札, 일본 제국이 표준어 사용을 강제하며 오키나와어를 쓰는 학생의 목에 걸었던 나무판.

인 엄마가 사탕수수를 베고 나르는 걸 도와야 해서 학교에 나오지 못한다는 걸 이해하지 못했다. 학교에 다녀오면 코피를 한 바가지 쏟던 겐의 누나는 그래서 지각과 결석을 반복하다 4학년까지 겨우 다녔다.

겐은 담임이 자신을 쳐다보길 기다리며 그녀를 노려본다.

'벚꽃이 4월에 핀다고 우겼어. 벚꽃은 2월에 피는데 말이야.'

여자가 마침내 겐을 본다. 고개를 돌리다 얼떨결에 그를 본 것인데, 그녀는 겐을 알아보지 못한다.

'어떻게 날 못 알아볼 수 있지?'

겐은 화가 난다. 그는 담임에게 자신이 누군지 똑똑히 알려주고 싶어서 안달이 난다.

'내가 인간 사냥꾼이 된 걸 알면 무서워서 벌벌 떨겠지?'

겐은 담임의 겁에 질린 모습을 보고 싶다.

여자는 겐과 눈이 마주친 게 기분 나쁜 듯 고개를 한 차례 세차게 흔들고 서둘러 거리를 벗어난다.

❖

땅굴 안, 총검을 매만지고 있는 료타에게 겐이 묻는다.

"료타 형, 벚꽃이 2월에 펴요, 4월에 펴요?"

"2월에 피지."

"틀렸어요. 벚꽃은 4월에 펴요."

"뭐? 벚꽃이 4월에 핀다고?" 료타가 어이없어한다. 섬에서는 벚꽃이 2월에 핀다. 3월 초순이면 다 지고 잎만 남는다.

"국민학교 1학년 때 담임이 4월에 핀다고 했거든요. 담임선생님이 벚꽃이 4월에 핀다고 하면 4월에 피는 줄 알아야 해요."

교과서에도 벚꽃은 4월에 핀다고 씌어 있는데, 일본 본토에서는 그때 벚꽃이 피기 때문이다.

"웃긴 선생이군!"

"스파이 같은 선생이에요!"

"스파이? 그럼 우리가 처형해야겠군." 료타의 말에 너구리, 다람쥐, 족제비가 웃는다. 군인들처럼 낄낄 소리를 내며 과장되게 웃는 그들의 눈에서 살기가 품어져 나온다.

"료타 형, 우리 섬에 스파이가 몇 명이나 있어요?"

"우글우글하다고 했잖아!"

"스파이 장부가 정말로 있어요?"

"오줌싸개, 그만 쫑알대고 물이나 가져와." 족제비가 손으로 겐의 머리를 쥐어박는다.

겐이 족제비를 흘겨본다.

"오줌싸개라고 부르지 말라고 했잖아요."

겐은 투덜거리면서도 순순히 물을 가지러 가기 위해 일어선다.

총검을 앞에 놓고 멍하니 허공을 응시하고 있던 다람쥐가 미나토를 내려다본다.

"미나토, 자는 거야?"

미나토는 한쪽 팔로 얼굴을 가리고 죽은 듯이 누워 있다. 노란 왕지네가 목을 기어가는데도 꼼짝도 않는다. 손은 주먹을 꽉 쥐고 있다. 팔에도 심줄이 불거지도록 힘이 들어가 있다. 인간 사냥꾼이 돼 소목장에서 아홉 명을 처형하고 성터로 돌아온 뒤로 그는 잠을 거의 못 자고 있다. 그는 잠드는 게 두렵다. 겨우 잠들면 자신의 이름을 부르는 구장의 목소리가 어김없이 들려온다.

'미나토! 미나토!'

깜박 잠든 미나토는 구장이 부르는 소리에 놀라 깨어난다. 땀범벅인 몸을 일으킨다. 비틀거리며 땅굴을 나서는 그의 등에 대고 다람쥐가 걱정스런 목소리로 묻는다.

"어디 가는 거야?"

땅굴 앞에서 미나토는 이케다와 맞닥뜨린다.

이케다가 차갑게 쏘아보자 미나토는 개가 꼬리를 내리듯 비굴하게 눈을 내리뜬다.

미나토는 기무라를 은밀히 만나고 돌아가는 사내들을 바라본다. 경방단장들이다.

미나토는 무너진 성벽을 밟고 서서 자신의 집이 있는 북쪽 마을을 내려다본다. 후쿠기 나무가 울타리처럼 둘러싸고 있는 집이 그의 집이다. 그는 자신이 인간 사냥꾼이 된 걸 부모님이 알고 계시는지 궁금하다. 미군들이 상륙하기 사흘 전, 그는 자신을 찾아온 너구리와 다람쥐를 따라 성터로 올라왔고 인간 사냥꾼이 됐다.

그는 지금 소목장 오두막에서 도망치고 싶었던 것보다 더 간절히 도망치고 싶다.

'도망치면 날 가만두지 않겠지. 그 자식들이 나도 스파이들과 똑같이 잔인하게 죽일 거야. 너구리, 다람쥐, 족제비, 오줌싸개 겐…'

미나토는 친구인 인간 사냥꾼들이 기무라나 이케다만큼이나 두려워진다.

❖

　서쪽 끝마을, 과부 다미는 자신의 아들 겐이 인간 사냥꾼이 된 걸 이웃들이 알까 봐 조마조마하다. 그녀는 이웃 여자들과 마주치지 않으려고 날이 미처 밝기 전에 우물물을 뜨러, 집에서 1킬로미터나 떨어진 우물까지 다녀온다.

　그녀는 아들을 제 누나에게 딸려 떠나보내지 않은 걸 후회한다. 아들은 누나가 있는 오사카로 가 공장에 취직하고 싶어 했다.

　다미는 아들이 인간 사냥꾼이 된 걸 슬퍼하고 걱정하다가도, 그 사실이 믿어지지 않아 고개를 흔든다. 겐은 다미에게 착하고 다정하며 아버지 없이 자란 불쌍한 아들이다. 그녀는 혹시나 아들이 집에 다녀갈까 싶어서 사탕수수밭에 나갈 때면 고구마를 삶아 아궁이 위에 놓아둔다.

　사탕수수밭에 다녀와 사탕수수로 허기를 달래고 있는데 이웃 여자가 다미의 집 마당을 기웃거린다. 그녀는 다미의 아들 겐이 인간 사냥꾼이 됐다는 소문을 듣고 정말인지 알아보려고 찾아온 것이다.

　"겐은 어디 갔어?"

　"방에 있어."

"더워 죽겠는데 문까지 처닫고 방에서 뭐 하나?" 이웃 여자는 꼭 닫힌 방문을 의심스런 눈초리로 쳐다본다.

"넋을 떨어뜨려서˙ 잠든 새처럼 멍하니 앉아 있어."

"그래? 어쩌다?"

"몰라, 사탕수수밭에 다녀왔더니 겐이 넋을 떨어뜨리고 벌벌 떨고 있지 뭐야."

"그래? 그럼 얼른 찾아서 넣어줘야지."

"그래야지." 다미의 목소리에는 기운이 하나도 없다.

"겐이 어릴 때 걸핏하면 넋을 떨어뜨려서 네 속을 썩이더니. 육손이 할머니가 겐이 떨어뜨린 넋을 우리 집 돼지우리에서 찾아 넣어준 적도 있잖아."

육손이 할머니는 서쪽 끝마을의 유타˙다. 왼손의 손가락이 여섯 개여서 그 마을 사람들은 그녀를 육손이 할머니라고 불렀다.

"내가 집에 가는 길에 육손이 할머니 집에 들러 말해줄까? 겐이 또 넋을 떨어뜨렸다고."

다미가 고개를 흔든다.

"빨리 찾아서 넣어줘야지. 안 그러면 평생 넋 없이 살게 될지도 몰라. 내 친정 섬에 떨어뜨린 넋을 못 찾고 평생을 미치광이 거지발싸개로 살다가, 천둥번개가 치는 날 바다에 뛰어들어 죽

- 어떤 일로 놀라 넋이 나갔거나 이상한 행동을 할 때 오키나와에서는 '넋을 떨어뜨렸다'고 생각해, 무당이 넋을 찾아 넣어주는 풍습이 있다.

◆ 그久, 오키나와의 무당. 마을마다 유타가 있었다.

은 사람이 있었어."

이웃 여자는 다른 섬에서 시집왔다.

"내가 찾아서 넣어줄 거야."

"네가? 네가 유타라도 돼?" 이웃 여자의 입가에 비웃음이
감돈다.

"응, 내가 찾아서 넣어줄 거야. 꼭 찾아서 넣어줄 거야."

숫돌에 낫을 가는 소리가 나던 집 마당에서 사내의 성난 목소리가 들려온다.

"내 집에 뭘 염탐하러 온 거야?"

사토를 노려보는 다마키의 손에는 낫이 들려 있다. 낫에서 쇳빛 물이 뚝뚝 떨어진다.

"염탐이라니?" 사토가 화를 낸다.

"네놈이 이 집 저 집 살피고 돌아다니는 걸 모르는 사람이 있는 줄 알아?"

낫을 움켜잡은 다마키의 손에 힘이 들어간다. 그는 사토에게 속아 돼지우리에 들어가 돼지처럼 네 발로 기었던 걸 떠올리면 피가 발밑에서부터 거꾸로 솟는다.

"오랜 벗을 반갑게 맞지는 못할망정 참으로 야박하게 구는군."

"오랜 벗 좋아하네!"

"다마키, 난 여태 널 둘도 없는 친구로 여기고 있었거든. 근데 넌 아니었던 거야?"

"난 네놈같이 남 모함이나 하고 해코지나 일삼는 놈은 친구로 생각 안 해."

"모함?"

"네놈이 뭔 짓을 하고 다니는지 내가 모를 줄 알아? 미군한테 총 한 발 못 쏘고 숨어 있는 군인들도 한심하지만, 군인들 개노릇을 하는 네놈은 더 한심하다."

작년 가을, 둘째 딸이 군인에게 주먹으로 맞아 입이 찢어져 울며 집에 돌아온 뒤로 다마키는 군인들에 대해 반발심을 갖고 있다.

"다마키, 너도 그새 미군 스파이가 된 거야?"

"뭐?"

다마키의 굳은 얼굴 근육이 꿈틀거린다.

"기무라 총대장이 그랬다더군. 우리 섬에 미군 스파이가 우글우글하다고 말이야."

"옥쇄해야 해, 옥쇄해야 해."

중얼거리며 도축장 쪽으로 걸어가던 사토는 조선인 고물상을 보고는, 씨름 선수처럼 두 다리를 넓게 벌리며 앞을 가로막고 선다.

"사토 씨, 안녕하세요?"

허리를 숙이며 인사를 해오는 조선인 고물상에게 사토가 대뜸 침을 튀기며 말한다.

"너희 조선 놈들은 소를 잡자마자 생간을 꺼내 피를 얼굴에 묻혀 가며 먹는다며?"

"사토 씨….'

사토의 눈이 조선인 고물상의 어깨에 매달린 자루를 훑는다.

"저 더러운 자루에 뭐가 들었을까? 보나마나 미군 식량이 들었겠지?"

"사토 씨….'

"내 이름 부르지 마. 일본군 노예 주제에 내 이름을 함부로 부르다니."

조선인 고물상이 고개를 깊숙이 숙인다.

"사토 씨, 부디 저를 너그럽게 봐주세요."

"미군 놈들이 일본군 노예한테 식량을 공짜로 주지는 않았겠지?"

"사토 씨, 저는 미군들을 만나지 않았습니다."

"네놈이 미군들을 몰래 만나고 다니는 걸 모를 줄 알아?"

"정말입니다. 저는 미군을 만나지 않았습니다. 저는 미국 말도 할 줄 모르는걸요."

사토가 손을 뻗더니 자루를 덥석 움켜잡는다.

"사토 씨, 부디 저를 너그럽게 봐주세요. 집에 감자 한 알 없어서 아이들이 굶고 있습니다."

자루를 움켜쥔 사토의 손에 힘이 들어가는가 싶더니 그 안에 든 깡통과 바닷말이 쏟아진다.

"미군 식량이군!"

사토가 미처 날뛰듯 발로 깡통과 바닷말을 밟기 시작한다. 깡통이 찌그러지며 그 안에 든 고깃덩이가 고름처럼 흘러나온다. 도축장에서 돼지 잡는 걸 구경하고 쇠부엉이숲으로 몰려가던 사내아이들이 우연히 그 광경을 본다.

조선인 고물상은 사토를 말리지 못하고 바라보기만 한다.

"네놈이 미군 스파이 짓을 하고 다니는 걸 모르는 사람이 있는 줄 알아?"

"군인들과 인간 사냥꾼들이 조선 놈인 네놈을 가장 먼저 죽였어야 했는데. 소목장에서 아홉 명을 죽이기 전에 말이야. 조선 놈인 네놈을 제일 먼저. 응?"

"사토 씨, 부디…."

"소목장에서 아홉 명을 죽인 걸 두고 이러쿵저러쿵 말들이 무성하더군. 스파이가 아니라느니, 불쌍하게 됐다느니, 이 섬이 악령에 씌었다느니…. 네놈이었으면 쓸데없는 뒷말이 없을 텐데. 이 섬에서 조선 놈 하나가 죽었다고 불쌍해할 사람이 있을 것 같아?"

"사토 씨…."

"마누라하고 자식들은 슬퍼하겠군."

"사토 씨, 부디 저를…."

"맞다! 네 마누라도 스파이라는 소문이 있던데!"

"사토 씨…."

"내가 성터에 볼일이 있어서 올라갔다 군인한테 들었는데 말이야…. 본섬에서 조선 놈들을 엄청 죽였다고 하더군."

조선인 고물상은 아무 말을 못 하고 고개를 가로젓기만 한다.

"내가 하는 말 잘 새겨들어. 일본이 전쟁에서 지면 스파이 짓을 한 네놈 때문이야."

7부

❖

   밤새 줄기차게 내리던 비가 그치고, 마사루는 바나나 잎으로 싼 주먹밥 여섯 덩이, 감자 열 알, 흑당 한 덩이, 성냥 한 갑, 초 세 자루, 칼 한 자루, 작은 손도끼 한 자루, 삽을 마대자루에 챙겨 어깨에 짊어지고 까마귀산으로 향한다. 까마귀산은 아주 높지는 않지만 안으로 깊다.

   전날 마사루의 집에 료타가 다녀갔다. 다저녁때 찾아온 료타는 산양 우리를 청소하고 있던 마사루를 불러내 집 뒤 들판으로 끌듯 데리고 갔다. 멀찍이 떨어져 서서 격앙된 목소리로 말을 주고받던 소년들은 주먹다짐을 할 듯 으르렁거리다 누가 먼저랄 것 없이 돌아서서는 서로에게서 멀어졌다.

   마사루의 어머니는 산양 다리라도 자루 속에 넣어주지 못한 게 안타깝다.

   아들을 까마귀산으로 올려 보내고 내내 울고 있는 그녀에게 남편이 말한다.

   "전쟁터로 보내는 것도 아니잖아."

❖

　마사루는 까마귀산이 낯설다. 나무도, 바위도, 계곡도, 나뭇잎 사이로 쏟아지는 빛의 반짝거림도 낯설다. 어디가 북쪽이고 어디가 남쪽인지 방향도 가늠이 안 된다. 뻐꾸기, 산비둘기, 지빠귀, 종달새, 참새… 귀에 익은 새소리들이 섬뜩섬뜩하다.

　이끼로 덮인 바위에 걸터앉아 주먹밥을 먹던 마사루는 발자국 소리에 소스라치게 놀라 주먹밥을 떨어뜨린다.

　거북이다. 마사루만큼이나 놀란 거북이 방향을 틀더니 부지런히 도망간다.

　마사루는 떨어뜨린 주먹밥을 줍는다. 그새 개미들이 달라붙어 있다. 그는 개미들을 떼어내고 마저 주먹밥을 먹고 몸을 일으킨다. 혹시 누가 있는지 주위를 살펴본 뒤 마을이 내려다보이지 않을 만큼 깊은 곳까지 들어간다. 산비둘기 울음소리를 들으며 높이가 20미터쯤 되는 상수리나무 뿌리 근처를 삽으로 파기 시작한다. 쌀자루만 한 구덩이가 파질 때까지 그는 삽질을 멈추지 않는다.

　어스름이 내린 산에 떠도는 소리들이 더 또렷이 들려온다. 들쥐나 청설모 같은 작은 짐승들이 재빠르게 움직이며 내는 소리가 그에게는 발소리로 들린다. 그는 몸을 둥글게 말며 구덩이 안으로 기어 들어간다. 꿈틀거리는 뿌리와 축축하고 거친 돌이 마사루의 얼굴과 몸을 찔러 온다. 흙이 흘러내려 그의 얼굴로 떨어진다.

태아처럼 몸을 말고 구덩이 속에 웅크리고 있는 그의 배꼽을 억센 뿌리가 찔러 온다. 실지렁이가 얼굴에서 기어간다. 손으로 실지렁이를 떼어내고 있는데 지네가 그의 발목을 톡 문다.

"스파이 자식!" 들판에서 료타가 돌아서기 직전에 했던 말이 그의 귓가에서 울린다. 자신과 함께 성터로 올라가자는 요구를 거절하자 료타는 그를 스파이로 몰아붙였다. 전신국 정비 직원인 이토가 스파이로 총살당할 때 그는 성터에 있었다. 기무라는 자신이 쏜 총알 한 발에 이토가 즉사하지 않자 군인들을 시켜 총검으로 그의 옆구리를 죽을 때까지 찌르게 했다. 그날 밤 마사루는 친구들에게 말도 없이 혼자 성터를 도망쳐 집으로 돌아왔다.

그는 미나토가 인간 사냥꾼이라는 사실이 믿기지 않는다. 료타는 미나토의 친구다. 미나토가 아니었다면 그는 료타와 친구가 되지 않았을 것이다.

발소리가 들린다.

발소리는 무척 가까이서 들리고 있다.

거북일까? 뱀일까? 꿩일까? 인간 사냥꾼일까?

❖

밭에 다녀오는 길에 다마키는 사토의 모함으로 자신의 이름이 기무라의 스파이 장부에 올라 있다는 소문을 전해 듣는다.

다마키는 사토의 집으로 잰걸음을 놓는다.

사토는 집에 없다. "사토! 사토!" 사토를 찾아 마을을 돌아다니던 다마키는 도축장 처마 그늘에 모여 있는 일꾼들에게 묻는다.

"사토 못 봤어?"

"사토는 왜 찾아? 너희 원수지간 아니었어?" 심술궂은 표정의 사내가 놀리듯 묻는다.

"원수지간이라고 누가 그래?" 다마키가 화를 낸다.

"네가 낫으로 사토의 목을 베려고 했다며?"

"흥, 별 해괴한 소문이 다 돌고 있나 보군. 내가 인간 사냥꾼이라도 된단 말이야?"

"마누라하고 담배밭에 가는 것 같던데." 다른 사내가 말한다.

사토네의 담배밭 쪽으로 허둥지둥 걸어가는 다마키를 바라보며 사내들이 한마디씩 한다.

"살인나는 거 아니야?"

"마누라한테도 쥐어 사는 저 인간이 사람을 죽여? 싸움소처럼 씩씩거리기만 하지 속은 토끼처럼 순해 빠졌어."

사토는 다마키를 보고도 못 본 척한다. 담뱃잎을 따던 그의
아내가 시큰둥한 표정으로 다마키를 흘끗 쳐다본다.

"사토, 내 이름이 스파이 장부에 올라가 있다는 소문이 정말
이야?"

"뭐?"

"내 이름이 스파이 장부에 올라가 있다고 하던데."

"그래?"

"사토 네가…." 다마키는 하고 싶은 말을 간신히 삼키고, 분
을 억누른 목소리로 사토에게 묻는다. "소문이 사실이야?"

"내가 어떻게 알아?"

"네가 스파이 장부에 있는 이름들을 줄줄 외우고 있다고 하
던걸."

"어떤 놈이 그래? 내가 기무라 총대장이야? 스파이 장부 같
은 건 구경도 못 했어."

"사토, 비밀로 할게."

"비밀? 내 마누라가 듣고 있어. 내 마누라 귀가 얼마나 밝은
데. 마누라 귀가 귀신 귀야, 귀신 귀!"

사토는 일부러 목청을 높이고 말한다.

사토의 아내가 "흥!" 하고 콧방귀를 낀다.

다마키는 주먹 쥔 손을 부들부들 떤다.

"다마키, 내가 마침 궁금한 게 있는데…."

사토가 말을 하다 말고 담배밭 위쪽 길을 턱으로 가리켜 보인다.

"다마키, 저게 누구지?"

다마키는 사토가 가리켜 보이는 곳을 바라본다.

"저게 누구야?" 사토가 재차 묻는다.

"조선인 고물상이군." 다마키가 중얼거린다.

사토의 눈빛에 사악한 빛이 스친다.

"다마키, 너는 어떻게 생각해?"

"뭘?"

"내가 내내 지켜봤는데 조선인 고물상이 미군 스파이 짓을 하고 다니는 것 같거든?"

"…."

"너도 그렇게 생각하지?"

"글쎄…."

"다마키, 그럼 말이야. 너하고 조선인 고물상하고 둘 중 하나가 미군 스파이라고 쳐. 둘 중 누가 스파이일 것 같아? 누가 미군 스파이 짓을 했을 것 같아?"

다마키는 대답을 못하고 곤란해한다.

"오키나와인인 네가 스파이 짓을 했을까? 조선인 고물상이 스파이 짓을 했을까?"

"…."

"다마키, 말해봐."

다마키는 입을 다물고 괴로워한다.

"난 네 대답을 꼭 들어야겠어."

"그거야…."

이튿날, 다마키는 우물에서 물을 긷고 있는 조선인 고물상을 본다. 다마키는 자신의 아내가 부러움이 담긴 목소리로 지나가 듯 했던 말을 떠올린다. "조선인 고물상이 마누라를 얼마나 위 하는지, 마누라가 힘들까 봐 아침저녁으로 우물물을 길어다 놓는대요."

다마키는 조선인 고물상을 바라보는 심정이 전보다 더 복잡 하고 착잡하다. 그는 자신이 도둑으로 몰리지 않으려 무고한 사람에게 도둑 혐의를 씌운 것 같은 죄책감마저 든다.

전날 사토네 담배밭에서 돌아온 다마키는 조선인 고물상이 라는 인간에 대해 처음으로 곰곰이 생각해봤다. 그는 조선인 고물상이 마누라나 자식들에게 성을 내거나 그들을 때리는 걸 본 적이 없었다. 아와모리에 취해 있는 모습도, 웃통을 벗고 돌아다니는 모습도 보지 못했다. 친자식이 아닌 장남을 구박하는 모습도 보지 못했다. 조선인 고물상과 그의 가족에 대한 마을 사람들의 평판은 한결같이 호의적이었다. 아이들은 인사성이 밝아 자신의 아버지를 없는 사람 취급하는 다마키에게도 꼬박꼬박 인사를 했다. 조선인만 아니었다면 그는 고물상에게 밭을 빌려줬을 것이다. 봄에 조선인 고물상의 마누라는 고구마 심어 먹을 밭을 한 고랑 빌리려 구걸하듯 집집마다 돌아다녔다. 씩씩한 그 여자는 갓난애를 업고 다마키의 집에도 찾아왔다. 다마키는 그 집 형편이 몹시 어렵다는 걸 알았지만 단번에 거절했다.

조선인 고물상이 다마키를 보고 허리를 깊숙이 숙여 인사를 해온다.

"다마키 씨, 안녕하세요?"

다마키는 평소처럼 들은 척도 않고 가버리려다 말고 퉁명스레 말한다.

"조선인, 조심해."

조선인 고물상이 다마키를 묻는 눈빛으로 물끄러미 바라본다.

"하여간 조심해."

❖

지붕과 벽이 무너지고 불탄 채로 방치되고 있는 온천장 건물을 바라보며 서 있는 조선인 고물상을 보고 웬 사내가 재빠르게 다가간다.

"아무래도 내가 미군 스파이로 의심 받고 있는 것 같소."

뒤통수에 대고 은밀히 중얼거리는 소리에 조선인 고물상은 머리털이 곤두선다

"나요, 나!"

조선인 고물상은 그러나 혀까지 얼어붙어 말이 나오지 않는다.

"나, 이불장수요!"

이불장수가 조선인 고물상의 팔목을 손으로 움켜잡더니, 자신보다 키가 머리 하나는 더 큰 그를 온천장 건물 안으로 납치하듯 데리고 들어간다.

조선인 고물상과 이불장수는 깨지고 그을음이 안개처럼 번진 거울 앞에 서 있다. 건물 어딘가에서 폭격에 살아남은 괘종시계의 초침 바늘이 째깍째깍 소리를 내며 돌아가고 있다.

조선인 고물상에게 이불장수가 취조하듯 묻는다.

"그쪽은 어떻소?"

일본인처럼 제비 꼬리 같은 콧수염을 기르고 기름을 발라 머

리를 올빼미처럼 하고 다니던 이불장수였다. 다른 사람인가 싶게 수염을 덥수룩이 기르고 머리는 까치집처럼 부스스하다.

"그쪽도 당연히 미군 스파이로 의심 받고 있겠지."

조선인 고물상을 노려보는 이불장수의 눈이 토끼 눈처럼 벌겋다. 그는 조선인 고물상에게 대꾸할 새를 주지 않고 말을 속사포처럼 내뱉는다.

"미군 스파이로 의심 받는 건 순전히 내가 조선인이기 때문이오. 골백번을 생각해도 다른 이유는 없소. 스파이 삼을 제물이 필요하니까 말이오. 오키나와인 천지인 이 섬에서 조선인만한 제물도 없지, 안 그렇소? 미국 말도 할 줄 모르는 내가 미군 스파이 짓을 어떻게 하겠소?"

이불장수는 갑자기 무시무시한 뭔가를 본 듯 눈을 부릅뜬다. 고물상의 얼굴 앞에 자신의 손가락들을 펼쳐 보인다.

"내가 미군 스파이면 내 열 손가락에 장을 지지겠소!"

밖에서 사람들 소리가 들려오자 이불장수가 입을 다문다. 숨을 참고 있는 그의 관자놀이 핏줄이 부풀어 오른다. 사람들 소리가 멀어지자 그는 참았던 숨을 내뱉고 말한다.

"난 이 섬이 무섭소! 이 섬 사람들도 애 어른 할 것 없이 무섭기만 하오. 유이마루의 정신●, 유이마루의 정신! 유이마루의 정신은 죄다 어디로 가버렸는지 모르겠소이다. 누구나 따뜻하게

● ユイマールの精神, 품앗이 정신.

맞아주는 상냥한 사람들인 줄 알았더니 개뿔!"

이불장수는 캬 하고 가래침을 뱉는다.

"내가 두문불출하고 죽은 듯이 이불 가게 안에 들어앉아 곰곰이 생각해보니 이 섬 사람들이 날 퍽이나 괄시했더이다. 본토인들이 자기들을 업신여기고 차등한다며 입에 거품을 물고 화를 내던 이들이 더하더이다. 본토인들한테 은연중에 배운 것인지, 아니면 종로에서 뺨 맞고 한강에서 눈 흘긴다는 속담이 맞는 것인지, 하여간 더하면 더했지 못하지 않더이다."

그때까지 일본말로 말을 하던 이불장수가 갑자기 조선말로 말하기 시작한다.

"이러니 저러니 해도 제 집이 제일 좋다고, 나는 배가 다시 뜨기만 하면 뒤도 안 돌아보고 고향으로 돌아갈 거요. 조선 내 고향에 말이오. 배곯은 기억뿐인 고향이 요새는 뼈에 사무치게 그리워 죽겠소. 눈만 감으면 고향 산천이 병풍처럼 펼쳐지는 게… 흑흑… '아버지, 어머니' 소리가 입에서 저절로 흘러나오오. 어차피 난 처자식도 없으니 혼자 훌훌 날아가면 되오."

❖

    미유와 기코는 종이를 오려 만든 인형을 가지고 놀고 있고, 후미오는 다다미 위를 기어가는 어린 지네를 쫓는다. 실오라기 같은 지네는 들뜬 다다미 틈으로 재빠르게 숨는다. 후미는 연둣빛이 도는 기모노를 펼쳐놓고 바늘땀을 풀고 있다. 그녀는 아끼던 기모노를 옷감으로 삼아 아이들에게 옷을 한 벌씩 지어주려 한다.

    "여보, 우리만 모르는 게 있는 걸까요?"

    마당에서 들려오는 히데오의 노랫소리에 귀를 기울이던 조선인 고물상이 아내를 물끄러미 바라본다.

    "다들 알고 있는데 우리만 모르는 것이요."

    "응?"

    "실은 온천장 거리에서 국방부인회 여자들을 만났어요. 귓속말을 주고받듯 이야기를 나누던 여자들이 날 보고는 다급히 입을 다물더군요. 약속이나 한 듯 입을 꼭 다물고 내게 미소를 지어 보이는데 섬뜩했어요. 자신들만 알고 있는 어떤 비밀을 내게 들키지 않으려고 거짓 미소로 위장하고 있는 것 같아 무척 불쾌했어요."

    후미는 고개를 흔들어 보이고 가위로 소매를 오리기 시작한다. 그녀는 무쇠 가위의 날에 소매가 스윽스윽 잘리는 소리가 소름끼치기까지 하다.

후미는 자른 소매를 아기의 몸에 대본다. 그녀는 그것으로 아기에게 입힐 옷을 한 벌 지을 것이다. 아기는 기코가 아기 때 입었던 옷을 입고 있다.

남편에게 말하지 않았지만 그 여자들은 전에도 그런 행동을 했었다. 후미는 그 여자들이 바늘과 실이 있는 자신을 질투해서 그러는 거라고 생각했다. 국방부인회 여자 하나가 그녀에게 그렇게 귀띔하기도 했다. 남편이 고물상을 해서 후미는 국가 통제품인 바늘과 실이 떨어지지 않고 있었다. 하지만 나하 공습이 있고 나서 바늘과 실은 후미에게도 귀한 게 됐다.

후미는 나머지 소매도 오리며 시무룩한 목소리로 말을 잇는다.

"아무도 말해주지 않으면 알 수 없어요…. 아무도 말해주지 않아서 나도 까맣게 몰랐지 뭐예요. 당신이 미군 스파이로 의심 받고 있는 줄도 모르고 당신이 바닷가에서 주워 온 미군 과자를 주인집에도 나눠줬지 뭐예요. 당신이 스파이로 오해 받는 건 당신이 조선인이기 때문이에요. 정말이지, 요즘 같아서는 아무도 믿지 못하겠어요. 미요 씨도 믿지 못하겠다니까요."

"후미, 미요 씨는 우리에게 쌀을 줬어."

"네…. 그녀는 우리에게 쌀을 줬어요. 당신이 그 집 논에서 소처럼 열심히 일을 해줬으니까요. 그녀는 품삯으로 쌀을 줬지요. 그 집은 쌀이 떨어질 때가 없다고 하더군요."

"그녀는 쌀자루가 흘러넘치도록 쌀을 담아줬어."

조선인 고물상은 미요 씨가 쌀독에서 쌀을 퍼 자루에 담던 소리를 잊을 수가 없다.

"네, 그녀는 쌀자루가 살진 토끼처럼 보일 만큼 쌀을 가득 담아줬어요. 쌀자루를 안고 웃으며 마당으로 들어서는 당신을 보고 나는 토끼를 사냥해 온 줄 알았어요. 미요 씨는 인심이 넘쳐요. 미요 씨 덕분에 그날 우리 집에서도 밥 짓는 냄새가 났지요. 내가 쌀을 씻고 불을 때 솥에 밥을 짓는 동안 미유는 내 옆을 떠나지 않았어요. 나는 미유에게 쌀 씻는 요령과 돌을 어떻게 골라내는지 가르쳐줬어요. 물 양을 얼마만큼 해야 밥이 고슬고슬하게 지어지는지 알려줬지요. 그렇지, 미유?"

"네." 미유가 웃으며 대답한다.

미유는 엄마를 닮아서 잘 웃는다. 혼이 날 때도 반달 모양의 눈은 웃고 있다. 그 애가 제 엄마를 빼닮았는데도 조선인 고물상은 그 애의 얼굴을 들여다보며 어머니의 얼굴을 떠올리곤 한다. 오키나와인인 엄마를 닮은 그 애는 조선인인 친할머니를 닮기도 했다.

"미유, 엄마가 물을 어느 정도 부어야 한다고 했지?"

"물이 찰랑찰랑 손등을 덮고 손목까지 올라올 만큼이요. 엄마는 손등을 덮을 만큼만 물을 부으면 되지만 나는 어린애라 손이 작아서 손목까지 물이 올라올 만큼 부어야 해요."

미유의 대답에 후미가 흐뭇해하며 다시 묻는다.

"미유, 밥물이 끓어 넘치려고 하면 어떻게 해야 한다고 했지?"

"솥뚜껑이 들썩들썩 하며 밥물이 끓어 넘치려고 하면 뚜껑을 열고 거품이 가라앉을 때까지 지켜보다가 솥뚜껑을 반만 닫아야 해요."

"미유, 엄마가 없으면 네가 밥을 지어서 오빠하고 동생들을 먹여야 해."

"엄마가 없으면요? 엄마, 어디 가요?" 미유가 묻는다.

"엄마, 어디 가요?" 후미오가 묻는다.

"엄마, 어디 가?" 기코가 묻는다.

"엄마가 당장 어딜 가는 건 아니지만 항상 집에 있을 수는 없어. 본섬에 다녀올 수도 있고 말이야."

"그럼 아기는요?" 후미오가 묻는다.

"아기는 아직 엄마 젖을 먹어야 하니까 엄마가 데리고 가야겠지."

"나도 따라갈래요!" 후미오가 소리 지른다.

"후미오, 엄마가 당장 어딜 가는 건 아니라고 하지 않았니?"

"엄마, 어디 가? 나도 따라갈래. 나도 데려가." 기코가 울먹이며 말한다.

"기코, 엄마가 당장 어딜 가는 건 아니라고 말했지? 배가 오가지 않는데 엄마가 어딜 가겠니? 전쟁이 끝나고 배가 다시 오가고 엄마가 본섬에 갈 일이 있으면 그때나…. 본섬에 할머니와 외삼촌, 이모들이 살고 계시니까."

후미는 마저 소매를 자른다.

조선인 고물상의 눈길이 무쇠 가위를 향한다. 그는 무쇠 가위의 날에 소매가 잘리는 걸 뚫어져라 바라본다.

❖

붉은강 하류에 날개처럼 붙어 있는 모래밭.

웬 청년이 까만 새끼 돼지를 끌어안고 있다. 또 한 청년은 길이가 5센티 남짓한 주머니칼을 손에 쥐고 새끼 돼지를 노려보며 서 있다. 진한 콩국 물 빛깔의 강물은 태양빛을 받아 반짝반짝 빛난다. 밀물 때면 밀려 올라오는 바닷물에 흥건히 잠기곤 하는 모래밭은 억새와 쑥부쟁이, 가시박 같은 풀들이 덤불을 이루고 있다. 그곳에서 백 미터쯤 내려가면 부두다.

새끼 돼지가 꽥꽥 소리를 지르며 버둥거린다. 돼지를 끌어안고 있는 청년이 칼을 든 청년에게 소리 지른다.

"얼른 돼지를 찢어!"

칼을 든 청년이 새끼 돼지에게 다가간다.

"돼지가 너무 어린 거 아니야?"

"우리 둘이 충분히 배불리 먹을 수 있어."

"아직 젖도 안 뗀 것 같은데."

"어차피 인간한테 잡아먹힐 운명이야. 돼지 입장에서는 차라리 몸집이 작을 때 잡아 먹히는 게 나을지도 몰라."

"뭐가? 뭐가 나을지도 모른다는 거야?"

"몸집이 작으면 그만큼 고통도 덜하지 않겠어?"

"과연 그럴까?"

"그러니까 어서 새끼 돼지를 찢어!"

"태어난 지 얼마나 됐을까?"

"별걸 다 궁금해하는군. 자, 똑똑히 봐. 갓난아기가 아니라 돼지 새끼라고!"

"갓난아기 같아."

"갓난아기?" 새끼 돼지를 끌어안고 있는 청년이 어이없어한다.

"돌 지난 내 조카가 짓던 표정을 새끼 돼지가 짓고 있단 말이야."

"얼른 찢기나 해!"

칼을 든 청년은 망설이다 눈을 질끈 감고 새끼 돼지를 향해 칼을 휙— 내젓는다. 새끼 돼지의 귀 밑 살이 주머니처럼 벌어지더니 피가 주르륵 흐른다.

❖

　모래밭에서 서쪽으로 백 미터쯤 떨어진 숲. 남자아이와 여자아이가 소나무에 매달려 솔잎을 뜯어 먹고 있다. 조선인 고물상의 아이들이다.

　"오빠, 새끼 돼지가 울고 있어."

　후미오는 입에 넣던 솔잎을 퉤 뱉는다. 입에 넣는 순간 솔잎에 개미 한 마리가 붙어 있는 걸 봤다.

　"새끼 돼지도 배가 고파서 우나 봐."

　기코는 깨금발을 하고 손을 쭉 뻗는다. 손에 닿는 솔잎은 다 따먹어서다.

　그 아래 개울에서는 발가벗다시피 한 사내아이 셋이 개구리를 찾고 있다. 사내아이들은 봄 내내 구운 개구리 다리를 입에 물고 다녔다. 개울마다, 웅덩이마다, 논마다 개구리들이 시끄럽게 울어야 하지만 씨가 말랐다. 다 같이 힘을 합쳐 들어 올린 돌덩이 밑에도 개구리가 없자 실망한 배불뚝이 사내아이가 다른 사내아이들에게 말한다.

　"스파이 잡으러 가자!"

❖

"새끼 돼지를 내놔!"

산가키의 목소리가 모래밭에 우렁우렁 울린다.

새끼 돼지는 이미 칼에 대여섯 군데가 찢겨 피범벅이다.

산가키는 돼지우리에 감자를 부어주다 새끼 돼지 한 마리가 없어진 걸 알았다. 네 마리여야 하는데 세 마리뿐이었다. 귀신이 곡할 노릇이라며 새끼 돼지를 찾아다니던 그는 이웃 아낙에게서 웬 낯선 청년들이 새끼 돼지를 안고 강 쪽으로 가는 걸 봤다는 얘기를 들었다.

"늙은이, 우리가 새끼 돼지를 먹어야겠어."

"너희들, 군인들이군."

청년들은 농부처럼 차려입었지만 모습도 말투도 영락없는 본토인이다.

군인들은 미군의 동향을 살피고 오라는 기무라의 명령을 받고 내려왔다 새끼 돼지를 훔쳤다.

"제길, 내가 뭐랬어? 새끼 돼지를 훔치지 말자고 했잖아."

새끼 돼지를 끌어안고 있는 군인이 칼을 든 군인에게 투덜거린다.

칼을 움켜잡고 있는 군인의 손은 떨리고 있다. 대학교에 다

니다 징집돼 통신병으로 섬까지 온 군인은 돼지를 어떻게 찢어
야 하는지 모른다.

"어서 찢어!"

새끼 돼지를 끌어안고 있는 군인이 칼을 든 군인을 재촉한다.

"군인들이 먹을 걸 훔치는 도둑놈들이 됐다는 소문이 사실
이었군!"

"늙은이, 우리가 배가 고파서 말이야."

"새끼 돼지를 내놔!"

새끼 돼지를 끌어안고 있는 군인이 불쌍한 표정을 지어 보인
다. "늙은이, 우리 좀 불쌍히 여겨주라."

그러곤 금세 표정을 바꾸더니 칼을 든 군인에게 소리 지른
다. "어서 찢으라니까!"

"아아, 못 찢겠어." 칼을 든 군인이 돌아서더니 허리 높이까
지 자란 억새들을 두 팔로 헤치며 도망친다.

"바보 자식!" 군인이 칼을 든 군인의 뒤에 대고 화를 낸다. 군
인은 모래밭에 새끼 돼지를 내던지더니 산가키에게 쏘아붙인
다. "늙은이, 일본이 전쟁에서 지면 늙은이 때문인 줄 알아!"

군인은 억새들을 헤치며 강 위쪽으로 달아난다. 꼿꼿이 서
있던 억새들이 쓰러지며 참새 떼가 날아오른다.

모래밭은 섬 주민들이 돼지를 도축하는 장소 중 한 곳이다.

산가키는 그곳에서 아들들에게 돼지를 도축하는 방법을 알려 줬다.

산가키는 새끼 돼지 앞에 무릎을 꿇고 앉는다. 고통스러워 하는 새끼 돼지를 들어 품에 안는다.

❖

"스파이! 스파이!"

등 뒤에서 느닷없이 들려오는 소리에 긴조는 너무 놀라 손에 들고 있던 삽을 떨어뜨린다. 그는 모내기할 논에 물을 대고 오는 길이다.

"스파이! 스파이!"

긴조는 곡괭이 같은 게 등을 찍는 것 같은 공포에 사로잡혀 몸서리친다.

"스파이! 스파이!"

긴조는 간신히 뒤를 돌아다본다.

"스파이! 스파이!"

열두세 살쯤 먹은 사내아이 셋이 조선인 고물상을 둘러싸고 소리 지르고 있다. 몹시 흥분한 사내아이들의 손에는 군도처럼 기다랗고 끝이 뾰족한 나뭇가지가 들려 있다.

조선인 고물상이 메마른 지푸라기 같은 목소리로 타이르듯 말하는 소리가 긴조에게 들려온다.

"나는 스파이가 아니란다, 나는 스파이가 아니란다…."

조선인 고물상의 얼굴은 버짐이 심하게 번져 나방 떼가 달라붙어 있는 것 같다.

조선인 고물상이 긴조를 바라본다. 그가 인사를 하려는 걸 무시하며 긴조는 고개를 돌려 외면한다. 그는 아무것도 보지 못했다는 듯 먼 곳을 응시하며 가버린다.

"스파이! 스파이!"

나뭇가지를 칼처럼 휘두르며 조선인 고물상을 덤불로 몰아붙이던 사내아이들이 후다닥 흩어지더니 어딘가로 숨어버린다.

"스파이!" 하고 외치던 광기 어린 합창 소리가 갑자기 뚝 그치며 생긴 공백을 직박구리 우는 소리가 채우고, 웬 노인이 조선인 고물상 앞으로 걸어 나온다. 산가키다.

"산가키 어르신… 안녕하세요?"

"조선인, 너희는 어쩌다 이 섬까지 왔지?"

조선인 고물상은 산가키의 품에 안긴 불그스름한 덩어리를 바라본다. 바들바들 떨고 있어서 꼭 심장을 꺼내 들고 있는 것 같은 그것이 새끼 돼지라는 걸 그제야 깨닫는다.

"어쩌다 이 먼 섬까지 왔나?"

"살려고요. 살려고 이 섬까지 왔지요."

"음, 바다와 하늘은 이어져 있으니까 못 갈 데가 없지."

❖

개울물에 얼굴과 손을 씻는 군인들의 귀에 스피커에서 흘러
나오는 소리가 들려온다. 미군이 또 기무라 총대장에게 항복을
권유하고 있다.

군인들은 배가 고프다. 고기가 미치게 먹고 싶다. 미군들이
섬을 점령한 뒤로 군인들은 고기를 먹지 못했다. 주민들이 미
군들의 눈을 피해 가져다주는 별 볼일 없는 음식으로 버티고
있다.

"네가 제대로 찢었으면 지금 나도, 너도 구운 새끼 돼지의 다
리를 신나게 뜯고 있겠지."

돼지를 찢으라고 윽박지르던 군인이 투덜거린다.

"잘난 네가 찢지 그랬어."

"난 칼이 없잖아."

"핑계 한번 그럴듯하군."

무기라고는 새끼 돼지를 찢던 주머니칼이 전부인 군인들은
기무라의 부하들이 아니다. 그들은 육군으로, 본섬의 격전지에
서 배를 구해 타고 탈출해 바다를 표류하다 이 섬에 들었다. 기
무라의 부하들에게 탈영병 취급을 당하며, 기무라의 명령에 따
르고 있다.

손에 들린 칼을 노려보던 군인이 말한다. 칼에는 새끼 돼지를 찢을 때 묻은 피가 그대로 남아 있다.

"탈출하지 말고 떳떳하게 전사할 걸 그랬나? 야스쿠니 신사에 신이 돼 안치되는 영광이라도 누리게 말이야. 그럼 부모님께 자랑스러운 아들이 됐으려나? 아들을 잃은 슬픔과 고통이 대가로 뒤따르긴 하겠지만 말이야."

"야스쿠니 신사? 웃기지 마. 죽은 미군들하고 뒤엉켜 오키나와 땅에 영원히 묻히는 신세가 될걸."

"죽었는데 알 게 뭐야?" 군인은 칼로 땅을 푹 찌른다.

"혼이라는 게 있으니까. 무기 없이 혼들이 싸우는 거지. 미군 혼령, 일본군 혼령. 혼령들 싸움에서는 어느 쪽이 우세할까?"

"더 많이 죽는 쪽이 유리하겠네. 많이 죽으면 혼령도 그만큼 많을 테니 말이야. 그나저나 기무라 총대장한테 뭐라고 말하지?"

군인들은 미군보다 기무라 총대장이 더 두렵다.

군인들은 성터로 돌아가고 싶지 않다. 섬을 탈출하고 싶지만 미군들이 섬의 해안을 점령하고 있다.

달려가는 미군 지프를 바라보던 군인이 말한다.

"독 안에 든 쥐군."

군인은 땅에 꽂은 주머니칼을 뽑아 들며 몸을 일으킨다.

"우리 말이야."

❖

아기처럼 앓는 소리를 내는 새끼 돼지를 토닥이며 집으로 걸어가던 산가키는 자신의 몸이 흙처럼 부서져 땅으로 흩어지는 느낌에 사로잡힌다. 그는 토란 알줄기 같은 발가락을 우그려 땅을 잡는다. 섬을 통째로 움켜잡듯 젖 먹던 힘까지 발가락에 모아 땅을 움켜잡고 버틴다.

산가키는 땅에서 죄악이 꿈틀거리는 걸 느낀다. 그것은 섬에 없던 죄악이다.

'이 죄악이 어디서 왔을까?'

전쟁, 군인, 총검. 전부 섬 밖에서 왔다. 죄악도 섬 밖에서 왔다. 산가키는 겐을 생각한다. 그 아이는 배를 타고 섬에 들어온 콜레라나 독감에 전염되듯 죄악에 전염됐다. 그 죄악은 겐과 인간 사냥꾼이 된 소년들의 영혼에 심어졌다. 그들 을 자양분 삼아 이 섬에 뿌리를 내리고 악착같이 들러붙었다.

섬에 죄악이 없었던 건 아니다. 미움, 시기심, 교만, 분노, 탐욕, 간음, 도둑질…. 군인들이 들어오기 전까지 이 섬에서 가장 큰 죄악은 아버지가 딸을 절벽에서 떨어뜨려 죽인 것이다. 류큐 왕국 시대에 있었던 일로 섬 여자들은 열다섯 살이 되면 마흔다섯 살이 될 때까지 쓰무기(명주)를 짜 본섬으로 보내야 했다. 왕국에 속한 섬들의 여자들이 짜서 본섬으로 보낸 쓰무기는 모아져 일본의 한 가문에 공물로 바쳐졌다. 그런데 바쳐야 할 쓰무기의 양이 얼마나 많은지, 종일 베틀 앞에 앉아 온 뼈마디가 어긋나도록 씨줄과 날줄을 엮어도 그 양을 맞출 수 없었다. 그것은 가족들에게도 여간 고생스런 일이 아니었다. 그래서 아버지는 차라리 죽는 게 낫다며 딸을 절벽에서 떨어뜨린 것이다.

산가키는 딸을 섬의 북쪽 절벽까지 데리고 가 떨어뜨려 죽인 아버지의 망령이 되살아나 섬에 돌아다니는 걸 느낀다. 그 아버지는 일본 군인도 인간 사냥꾼도 아니다. 그 아버지는 마을의 경방단장들이고, 산가키 자신이며, 도축업자이고, 사토다. 다정하고 순박한 웃음을 잃고 돌덩이가 돼가고 있는 섬사람들이다.

아와모리를 마셔 얼굴이 불콰한 사토가 이라나를 허리에 매고 집을 나선다. 그는 도랑을 걸어 올라간다.

말매미 소리가 몹시 시끄럽다.

도랑 끝에는 조선인 고물상이 세 들어 살고 있는 집이 있다.

"카마의 마음은 올라갔다 내려갔다… 파도는 쌓이고 쌓여… 내일 불 순풍을 오늘 보내주세요."

사토는 흥이 나서 노래가 저절로 흥얼거려진다. 여러 노래가 뒤섞여 앞뒤가 맞지 않는 제멋대로 된 노래다.

자른 기모노 소매로 아기 옷을 짓고 있던 후미는 누군가 자신의 집 쪽으로 걸어 올라오는 것을 본다. 집에는 아기와 그녀, 둘뿐이다. 아기는 대나무 바구니 요람 속에서 곤히 자고 있다.

후미는 손으로는 바늘땀을 뜨며 집 쪽으로 걸어오는 누군가를 놓치지 않고 바라본다.

누군가가 사토라는 걸 그녀가 깨닫는 동시에, 사토의 목소리가 그녀에게 들려온다.

"네 남편이 갈기갈기 찢겨서 들판에 버려져 있어!"

❖

긴 머리를 풀어헤친 여자가 실성한 여자처럼 울부짖으며 들판으로 달려간다. 서쪽 마을 사람들이 산양이나 소를 매놓곤 하는 들판이다. 사흘 내내 비가 내려 곳곳에 웅덩이가 진 들판은 온갖 풀이 뒤엉켜 무성히 자라 있다. 하루살이가 들끓고, 섬이 떠나가도록 맹꽁이가 운다.

집 쪽으로 걸어가던 조선인 고물상이 여자를 본다. 후미다. 그녀는 남편이 부르는 소리를 듣지 못한다.

후미는 얼굴과 팔, 손, 다리, 발을 할퀴어대는 풀들을 헤치며 뭔가를 찾는다. 하루살이들이 그녀의 코와 입으로 삼켜진다. 그녀는 웅덩이에 빠진 자신의 발에 맹꽁이가 밟혀 터지는 것도 느끼지 못하고 두 팔로 풀들을 헤치며 들판을 헤집고 다닌다.

"후미? 후미? 후미?"

후미는 소리가 들려오는 곳을 바라본다.

"후미?"

그녀는 자신의 앞에 서 있는 늙고 추레한 남자를 본다.

"후미?"

그녀는 늙은 남자가 자신의 남편이라는 것을 깨닫고는 풀썩 주저앉는다. 맹꽁이의 내장이 그녀의 발에 묻어 있다.

"당신이 찢겨서 들판에 버려져 있다고 했어요. 갈기갈기 찢겨서 들판 여기저기에 버려져 있다고… 사토 씨가 집에 찾아와서는…."

원망 가득한 눈으로 하늘을 올려다보던 그녀는 아이처럼 엉엉 울기 시작한다.

들판으로 달려가는 후미를 보고 쫓아온 히데오가 멀찍이 떨어진 곳에서 그녀를 바라보고 있다.

그날 밤, 조선인 고물상은 어둠 속에서 나직이 들려오는 후미의 목소리를 듣는다. 아이들은 모두 잠들었다.

"여보, 당신이 죽으면 나는 살아갈 수 없어요."

방문을 활짝 열어놓아서 달빛이 방 안으로 쏟아져 들어오고 있다. 작은 벌레들이 다다미를 기어가는 소리가 유난히 크게 들린다. 기코가 모기에 물린 다리를 긁으며 칭얼거리다 다시 잠든다.

조선인 고물상은 자신의 옆에 누워 있는 히데오가 깨어 있는 걸 느낀다.

"당신이 죽으면 우리 아이들도 살아갈 수 없어요."

"…."

"여보? 잠들었어요?"

"아니."

"아기 이름이요, 아기 이름을 지어줘야 해요. 언제까지나 아
가라고 부를 수는 없어요."

조선인 고물상은 돌 지난 아기의 이름을 아직 지어주지 못했
다. 출생 신고도 하지 못했다. 아기는 태어나지 않은 것과 마찬
가지다.

후미는 몇 마디 더 잠꼬대 같은 소리를 중얼거리다 잠든다.
히데오도 잠든다.

조선인 고물상은 자신이 사지가 찢기고 목이 잘려 피를 흘리
며 들판에 버려져 있는 것 같다. 베어진 머리는 맹꽁이가 득실
거리는 웅덩이 속에 처박혀 있는 것 같다.

조선인 고물상은 조용히 몸을 일으킨다. 아기가 잠들어 있는
대나무 바구니 속을 들여다본다.

아기가 보이지 않는다. 대나무 바구니 속에 아기가 없다.

떨리는 손을 대나무 바구니로 뻗는 조선인 고물상의 귀에 아
기가 옹알거리는 소리가 들려온다. 그제야 아기가 어렴풋이 보
인다.

'내 아들… 다음 보름달이 뜨면 아빠가 이름을 꼭 지어줄게.'

조선인 고물상은 손이 너무 떨려 아기를 만지지 못한다.

❖

작은밭 마을에서 가장 오래된 가주마루 나무 근처, 조선인 고물상은 무릎을 꿇으며 주저앉는다. 그는 섬의 남쪽 바닷가에 다녀오는 길이다. 그는 자신을 미군 스파이로 의심하는 사람들의 눈을 피해 섬의 남쪽에 다녀왔다. 자루 속에는 꼬박 세 시간을 걸어서 도착한 모래 해변에서 주운 미군 식량이 들어 있다. 가주마루 나뭇가지에 그물처럼 늘어져 있는 털뿌리들이 바다에서 불어오는 바람에 나부낀다.

고향에 돌아가고 싶어도 돌아갈 수 없다. 배가 다시 오간다고 해도 돌아갈 수 없다. 후미와 다섯 아이를 이 섬에 두고 어떻게 고향에 돌아가겠는가.

조선인 고물상은 열아홉 살에 일을 찾아 오키나와로 왔다. 일본 열도 아래에 있는 오키나와가 얼마나 먼 곳인지 모르고 왔다. 일본의 섬들 중 하나인 줄 알고 왔다. 그는 조선 고향에서 산 햇수보다 오키나와에서 산 햇수가 더 길다. 고향 물보다 오키나와 물을 더 많이 마셨다. 고향 땅보다 오키나와 땅을 더 많이 밟았다. 그는 고향이 그리운 것만큼 오키나와 본섬이 그립다.

조선인 고물상은 섬을 둘러본다.

섬은 빛으로 가득하다. 마치 어미 닭이 희고 부드러운 깃털로 달걀을 품듯 빛의 깃털이 섬을 품고 있다.

그는 이 섬의 물이 달고 맛있다. 이 섬의 흙이 따뜻하고 부드럽다.

산양, 돼지, 소, 닭… 이 섬의 가축들이 사랑스럽다. 산양 울음소리가 그에게는 시끄럽지 않고 노래처럼 들린다.

그는 이 섬의 비옥한 흙으로 빚은 것 같은 섬사람들의 얼굴과 이 섬의 물로 빚은 것 같은 눈동자가 마음에 든다.

홍조가 감돌던 섬사람들의 얼굴은 그런데 검은빛으로 변해가고 있다. 촉촉하던 눈동자는 메마르고 쪼그라들고 있다.

조선인 고물상은 떨리는 몸을 간신히 일으켜 세운다. 그는 정작 이 섬이 자신을 밀어내지 않고 악착같이 붙잡고 있는 걸 느낀다.

그는 이 섬에서 자신이 저지른 죄가 있다면 '조선인'이라는 것, 그것이라고 생각한다. 자신이 조세나 지라*를 하고 있는 것, 그것이 오키나와인으로 가득한 이 섬에서 용서받기 힘든 죄인 것이다.

그는 머리가 팽이처럼 도는 것 같은 극심한 현기증을 느끼며 비틀거린다. 그는 도망꾼이 된 심정이다. '도망치다 이 섬까지 온 거야…' 그는 이 섬에서도 내내 도망치다 절벽까지 내몰려, 작두

● チョウセナージラー, 조선인 얼굴.

의 날 같은 절벽 끝을 두 발로 간신히 움켜잡고 있는 심정이다.

'나는 일본군의 노예로 오키나와에 끌려오지 않았어. 나는 내 발로 오키나와 땅을 찾아왔어. 나한테는 오키나와인인 아내가 있고, 그 아내가 낳은 자식들이 있어…' 그는 아내가 아이를 낳을 때마다 뿌리가 생겨나 오키나와 땅에 심기는 것 같았다. 막둥이가 태어났을 때는 이 섬에 뿌리가 심기는 것 같았다.

'내가 뭐로부터 도망쳤지? 처자식까지 데리고 뭐로부터? 조선인, 나는 조선인들로부터 도망쳤다.'

태평양의 섬들이 격전지가 되면서 오키나와 본섬에는 전쟁의 그림자가 짙게 드리워졌다. 조선인들이 배에 실려 와 일본군의 비행장 건설 공사장으로, 진지를 구축하는 공사장으로, 호를 파는 공사장으로 보내졌다. 보험 외판원을 하던 조선인 고물상은 요미탄에 갔다가 푸른 옷을 입고 활주로를 다지는 조선인들을 봤다. 배소*를 곡괭이로 부수고 있는 조선인들을, 항구에서 목재와 탄약을 나르는 조선인들을 봤다. 오키나와인들은 자신들의 땅에 일본군이 데리고 들어온 조선인들을 멸시하고 적대시하면서도 조선인들을 두려워했다.

조선인 고물상도 조선인들이 두려웠다. 그는 자신이 오키나와인들보다 더 조선인을 두려워하고 있다는 걸 깨달을 때마다 몹시 괴롭고 혼란스러웠다. 그는 영락없는 조세나 지라를 하고

● 拜所, 오키나와인들이 신성하게 여기는 장소.

있는 자신을 조선인들이 알아보고 조선말로 말을 걸어올까 봐 전전긍긍했다. 조선인들이 두 사람 이상 모여 있으면 멀리 길을 돌아갔다. 조선인이 앞에서 걸어오면 눈을 마주치지 않으려 고개를 숙였다.

땅에 묻혀 부패되기 전에는 조세나 지라를 벗을 수 없다…. 조선인이라는 죄를 이 땅 어디서도 용서받을 수 없다.

'가자…. 후미한테 가자…. 아이들한테 가자…. 집에 가자.'

조선인 고물상은 아내와 아이들이 몹시 그립다. 오래 못 본 듯 후미의 얼굴도, 아이들의 얼굴도 가물가물하다.

조선인 고물상은 힘을 낸다. 그는 성큼성큼 보폭을 크게 해 집을 향해 발을 놓는다.

"히데오?"

도랑가에 자란 풀에 대고 나뭇가지를 휘두르던 사내아이가 고개를 들어 조선인 고물상을 바라본다.

"삼촌."

"히데오…."

조선인 고물상은 히데오가 자신을 삼촌이라고 부르는 것에 서운한 감정을 갖지 않았다. 동생들이 히데오를 따라서 자신을 삼촌이라고 부르곤 해도 그 애를 책망하지 않았다. 그런데 방금 히데오가 "삼촌" 하고 중얼거리는 소리를 듣는 순간 자신도 모르게 억눌러온 감정이 올라와 울컥한다.

'저 애가 날 아버지라고 부르는 날이 올까? 저 애가 날 아버지라고 부르지 않는 것은 내가 조선인이어서가 아니다.'

히데오는 할머니 손에서 키워지다 다섯 살이 돼서야 엄마와 함께 살게 됐다. 후미는 히데오에게 조선인 고물상을 삼촌이라고 부르게 했다.

조선인 고물상은 치미는 울음을 삼키고 말한다.

"히데오, 집에 들어가자. 먹을 걸 구해왔단다."

물 말고는 먹은 게 없는 히데오는 그러나 기뻐하지 않는다. 그 애는 자루 속을 들여다보지 않아도 그 속에 뭐가 들었는지 안다. 그 애는 삼촌이 미군이 먹다 버린 식량을 주워 오는 게 싫다. 싫지만 먹는다. 배가 너무 고파서 먹는다.

"히데오, 어서 집에 들어가자."

❖

왜가리 새끼처럼 왜소한 여자가 꺼억꺼억 흐느껴 울며 끝도 없이 이어지는 외길을 걸어간다. 여자의 손에는 부엌칼이 들려 있다. 소목장의 가장 어린 일꾼이었던 벤의 어머니다. 여자는 아들이 어떻게 살해됐는지 듣고는 미쳐버렸다. 40일 만에 마른 하늘에서 치는 번개를 보고 정신이 돌아온 여자는 견딜 수 없이 괴로워 도로 미쳐버렸다. 처음보다 더 단단히 미쳐서는 부엌으로 뛰어 들어가 부엌칼을 챙겨 들고 집을 나왔다.

"벤… 내 아들…."

여자는 아들을 죽인 놈들을 똑같이 난도질해 죽이지 않고서는 살 수가 없다. 여자는 소목장에 가면 아들을 죽인 놈들을 만날 수 있을 거라고 생각한다. 여자는 흐느끼며 걷느라 자신이 소목장이 아니라 사탕수수 공장을 향해 걸어가고 있다는 걸 깨닫지 못한다.

8부

❖

　작은밭 마을의 경방단장 집을 찾아가는 길인 긴조는 불현듯 오싹 소름이 끼쳐 어깨를 움츠린다. 누군가 자신을 미행하고 있다는 느낌에 사로잡힌다.

　긴조는 헛기침을 하며 뒤를 돌아다본다. 아무도 없다. 길에는 그 혼자다. 우물에도 사람 하나 없다. 길에 나와 노는 아이들도 없다. 낮은 돌담 너머로 들여다보이는 집 마당에도 사람 그림자 하나 없다. 마을은 기이하게 느껴질 만큼 조용하다. 돼지 울음소리조차 들리지 않는다.

　긴조는 다시 걸음을 이어간다. 누군가가 자신을 미행하고 있다는 느낌이 떨쳐지지 않는다. 휙 뒤를 돌아다보는 그의 눈동자가 진동한다.

　"저 녀석은?"

　열두서너 살쯤 돼 보이는 사내아이가 솜뭉치 같은 흰 토끼를 안고 쓰다듬으며 2미터가 넘는 후쿠기 나무 아래에 서 있다.

　긴조가 뚫어져라 바라보자 사내아이가 쭈뼛쭈뼛 인사를 해온다.

　"너는…."

　긴조의 벌어진 입술이 경련한다.

조선인 고물상을 향해 나뭇가지를 휘두르며 "스파이!" 하고 외치던 사내아이들 중 하나다.

　　긴조는 황급히 주위를 둘러본다. 함께 나뭇가지를 휘두르던 다른 사내아이들도 어딘가에 숨어 있을 것 같다.

　　"날 왜 미행하는 거냐?"

　　사내아이가 토끼를 매만지며 뚱한 표정으로 긴조를 바라본다.

　　"날 왜 미행하는 거냐?"

　　"저는 친구 집에 가는 길인데요."

　　"친구? 친구 누구 말이냐?"

　　"쓰무요."

　　"쓰무? 그 애 집에는 왜 가는 거냐?"

　　긴조는 쓰무라는 사내아이도 틀림없이 그때 그 사내아이들 중 하나일 거라고 생각한다.

　　"토끼를 구경시켜주려고요."

　　긴조는 토끼를 바라본다. 토끼는 움직임이 거의 없어서 죽은 것 같다.

　　긴조는 사내아이에게 다가간다.

　　"누가 시켰냐?"

　　긴조가 두 손을 뻗어 사내아이의 어깨를 움켜잡는다. 그의 손가락에 힘이 들어가자 사내아이가 놀라 "악!" 하고 비명을 지른다.

"날 미행하라고 누가 시킨 거냐?"

긴조는 사내아이의 어깨를 거칠게 흔든다. 놀란 토끼가 사내아이의 품에서 풀쩍 뛰어내린다.

"아, 내 토끼!"

달아나는 토끼를 잡으려고 손을 내뻗는 사내아이를 긴조는 놓아주지 않는다.

"놔줘요!"

"어서 말해. 누가 날 미행하라고 시켰어?"

"내 토끼! 내 토끼!"

사내아이가 온 힘을 다해 긴조의 손아귀를 벗어난다. 그러나 토끼는 이미 달아나고 없다.

긴조의 일그러진 얼굴과 몸은 땀으로 흠씬 젖어 있다. 토끼를 잃어버려 화가 잔뜩 난 사내아이가 씩씩 소리를 내며 긴조를 흘겨본다.

사내아이의 입이 벌어지는 순간 긴조는 손으로 자신의 귀를 덮는다.

"난 아니야, 난 아니야…."

긴조의 목소리가 심하게 떨린다.

사내아이는 긴조를 한 번 더 흘겨보고는 토끼가 달아난 쪽
으로 달려간다.

사내아이들이 "스파이! 스파이!" 하고 소리 지르는 환청이
그의 귀에 들려온다.

"난 아니야, 난 아니야…."

긴조는 절망스레 중얼거리며 철퍼덕 주저앉는다.

❖

　작은딸 집에 다녀오는 길인 산가키는 거뭇한 이를 드러내고
웃고 있는 사토를 바라본다. 20년도 더 전에 세상을 떠난 사토
의 어머니와 산가키는 친남매지간이다. 산가키의 어머니는 이
섬에서 자식을 아홉이나 낳고 그중 여섯만 살아남았다. 그리
고 여태까지 살아 있는 자식은 그 혼자다.

　"사토?"

　"외삼촌, 그동안 안녕하셨어요?"

　그때 도축업자가 지나가자 사토가 치근덕거리는 것 같은 눈
빛으로 쳐다보며 묻는다.

　"기무라 총대장님이 조만간 또 스파이를 처형할 거라지?"

　도축업자가 깔보는 듯한 눈빛으로 쳐다보고 지나가자 사토
의 표정이 돌변한다.

　"흥, 백정 주제에 잘난 척은!"

　도축업자의 뒤통수에 대고 눈을 흘기는 사토를 지켜보던 산
가키가 묻는다.

　"사토, 넌 누굴 닮았지?"

　"네?"

　"넌 누굴 닮은 거냐?"

"그거야 내 아버지, 내 어머니를 닮았겠지요. 짐승들도 아비 어미를 닮는데 인간은 오죽하겠어요?"

산가키가 고개를 흔든다.

"내 누님은 너그럽고 순한 여자였어. 매형도 정이 깊고 착한 사람이었지. 사토, 넌 누굴 닮은 거냐?"

사토가 간사스럽게 웃는다.

"외삼촌, 어머니가 물레 앞에서 울면서 하시던 말을 하시는군요. 내가 예닐곱 살 때였지요. 어머니가 물레를 돌리다 말고 그러시더군요. '사토, 넌 누굴 닮은 거냐?'"

"사토, 조선인 고물상을 스파이로 밀고한 건 아니겠지? 그는 스파이가 아니야."

"밀고요?"

사토는 어리둥절한 표정을 짓는다.

"누가 그래요? 내가 조선인 고물상을 스파이로 밀고했다고 누가 그러던가요?"

사토는 억울하다는 듯 볼멘소리로 물으면서도 산가키의 눈을 피한다.

"사토."

"열이면 열 다 조선인 고물상을 스파이로 의심하는걸요."

"그는 스파이가 아니야."

"흥, 스파이가 아니어도 어쩔 수 없어요."

"사토….'

"외삼촌, 내 자식과 남의 자식 중 하나를 죽여야 한다면 누굴 죽이겠어요? 외삼촌은 누굴 죽이겠어요?"

"사토, 그러다 네 자식을 죽여야 하는 날이 올 거야!"

❖

조선인 고물상은 풀밭에 매놓은 흰 산양을 바라본다. 섬에서 3백 마리가 넘는 산양이 도살될 때 살아남은 산양이다. 흰 산양이 그에게는 흰 저고리와 치마를 입고 서 있는 어머니로 보인다.

'배가 고파서 그래.'

열아홉 살에 떠나와 쉰한 살이 됐으니 어머니와 헤어진 지도 32년이 됐다.

'어머니…'

조선인 고물상은 흰 산양이 점점 더 어머니로 보인다.

'어머니…'

산양에게서 돌아서던 조선인 고물상은 그 자리에서 얼어붙는다. 사토가 얼굴을 엇비스듬히 들고 그를 째려보고 있다.

"오늘이 무슨 날인지 알아?" 사토는 히죽 웃어 보인다.

"…"

"저 산양 잡는 날."

조선인 고물상은 신음소리조차 나오지 않는다.

"나는 어려서부터 산양 잡는 날이 좋았어. 이상하게 흥분이 됐거든. 그래서 누구 집에서 산양 잡는다는 소문이 들려오면 구경을 갔지. 돼지 잡는 건 그저 그랬어. 시끄럽고 요란하고 지저분하고. 소 잡는 것도 별로 재미가 없었어. 닭 잡는 건 시시하고. 산양은 생긴 것부터가 희한하잖아. 고집이 엄청 센 게 찍 소리도 안 내고 얌전히 죽는단 말이야."

후미는 남편이 나흘 전 남쪽 해변에서 주워 온 미군 식량으로 죽을 끓여 아이들에게 먹인다.

"워시! 워시! 엄마, 미군들이 우물 있는 집에 찾아와 워시, 워시 했대요. 워시, 워시. '내 옷을 빨아줘, 내 옷을 빨아줘.'"

"내 옷을 빨아줘, 내 옷을 빨아줘." 후미오와 기코는 신이 났다.

"엄마, 미군들이 쇠부엉이숲에서 뱀을 잡는 것도 봤어요. 미군 하나는 머리를 잡고 다른 하나는 꼬리를 잡고 웃고 있었어요. 우리 집 부엌에 들어왔던 뱀보다 크고 검은 뱀이었어요. 강에서도 미군들을 봤어요. 거인같이 커다란 미군들이 발가벗고 수영을 하고 있었어요. 엄마, 근데 백인 미군들은 강 위에서 수영하고, 깜둥이 미군들은 강 아래서 수영했어요. 엄마, 깜둥이 미군들이 왜 강 아래서 수영하는 줄 알아요?"

"왜지?"

"인종차별 때문에요. 엄마, 인종차별이 뭐냐면 말이에요, 인간을 일등, 이등, 삼등… 그렇게 나누는 거래요. 일본인은 일등,

오키나와인은 이등, 조선인은 삼등. 엄마, 그런데 나는 조선인이에요?"

"후미오, 너는 오키나와인이란다. 그리고 일본인이란다."

"내가 조선인이라는걸요?"

"누가 그러든?"

"아이들이요."

"후미오, 너는 오키나와인이란다. 오키나와인 일본인. 그래, 너는 오키나와인 일본인이란다. 미유 누나도, 기코도, 아기도."

"아빠가 조선인이어서 조선인이라는걸요."

"후미오, 잘 들으렴. 미유, 기코, 너희들도 잘 새겨들으렴. 엄마가 너희들을 낳았지? 엄마는 오키나와인이지? 오키나와인인 엄마가 너희를 낳았으니 너희는 오키나와인이란다. 게다가 너희는 오키나와에서 태어났지? 그러니까 너희는 오키나와인이란다. 그런데 후미오, 오키나와가 일본 세상이어서 오키나와인은 전부 일본인이 돼야 하니 일본인이란다."

"엄마, 그럼 형은요? 히데오 형은요?" 후미오가 묻는다.

후미는 당혹스럽다. 후미오는 형이 자신과 아버지가 다르다는 걸 알고 있다.

후미는 아무 말이 없는 히데오를 쳐다본다. 히데오는 어머니를 바라보지 않으려 고개를 숙이고 있다. 둑에 흰 물고기를 버리고 도망쳐야 했던 날 이후로 히데오는 부쩍 말이 없어졌다.

"히데오 형은 일본인이란다."

히데오가 빈 대접을 내려놓고 일어선다.

"히데오 형!"

히데오는 후미오가 부르는 소리를 무시하고 마당으로 나간다.

후미는 툇마루에 우두커니 손님처럼 앉아 있는 남편을 바라본다. 남편은 내내 아무 말이 없다. 그녀는 남편이 무슨 생각을 하는지 궁금하지만 묻지 않는다. 그녀는 자신이 억지를 쓰고 있다는 걸 알지만 어쩔 수 없다고 생각한다. 히데오는 일본인이어야 한다. 그리고 나머지 아이들은 오키나와인 일본인이어야 한다. 그래야 이 섬에서 무시당하지 않고, 해코지를 당하지 않고 살 수 있다.

후미오와 기코도 빈 대접을 내려놓고 마당으로 나간다. 방금까지 마당에 있던 히데오는 어디로 갔는지 보이지 않는다.

미유가 히데오 오빠를 찾으러 가고, 후미의 곁에는 아기뿐이다. 아기는 대나무 바구니 속에서 잠들어 있다. 조선인 고물상은 여전히 툇마루에 말없이 앉아 있다.

"산양 삶는 냄새가 나네요. 산양을 잡을 거라고 하더니."

조선인 고물상은 낮에 사토가 한 말이 떠올라 신음을 토한다.

"다마키 씨네 둘째 딸이 아까 제 동생을 업고 우리 집에 놀러 왔었거든요. 아빠가 산양을 잡을 거라고 미유한테 말하는 걸 들었어요."

"으응."

후미는 빈 대접들을 포개며 말한다.

"다마키 씨도 기무라 총대장의 스파이 장부에 올라 있다는 소문이 있던데. 사토 씨가 스파이 혐의를 씌워 밀고해서요. 다마키 씨가 스파이라니…. 주인아주머니 말이, 사토 씨가 스파이라고 하면 스파이가 된다더군요."

후미는 어깨를 떤다.

"당장 오늘 밤에 이 섬에서 무슨 일이 일어날지 아무도 몰라요."

그녀는 오늘 밤 이 섬에서 무슨 일인가 벌어질 것 같아 불안하다.

"어서 밤이 지나가고 날이 밝았으면 좋겠어요."

그러나 아직 땅거미도 깔리지 않았다. 초저녁이지만 마당은 대낮처럼 환하다.

아기가 깨어난다. 후미는 대나무 바구니 속 아기를 들어 품에 안는다. 섬에서 태어난 아기가 자신과 남편, 나머지 아이들도 지켜주기를 바라는 마음이 그녀 안에 저절로 생겨난다. 집 뒤에서 노랫소리가 들려온다. 히데오가 부르는 노랫소리다.

❖

    성터의 무너진 돌무더기 위에 앉아 바람을 쐬고 있는 유미코를 보고 겐이 다가간다.

"누나."

유미코의 생기 없는 눈동자가 겐을 향한다.

"궁금한 게 있는데 물어봐도 돼요?"

"뭐?"

"스파이 장부가 정말로 있어요?"

"…."

"스파이 장부요. 못 봤어요?"

"못 봤어."

    유미코는 스파이 장부를 보지 못했다. 정확히 말해 스파이 장부에 적힌 이름들을 보지 못했다. 그녀는 스파이 장부를 보고 싶지 않다. 장부에 적힌 이름들이 궁금하지 않다. 그녀는 마음만 먹으면 기무라가 잠들었을 때 스파이 장부를 들쳐볼 수도 있다. 기무라에게 협조하고 있는 주민들은 스파이 장부를 보고 싶어 한다. 혹시나 자신들의 이름도 스파이 장부에 있는 게 아닌지 의심이 들기 때문이다.

    실망해 돌아서려는 겐에게 유미코가 묻는다.

"애, 너도 인간 사냥꾼이지?"

겐이 피식 웃는다.

"소목장에서 사람들을 아홉 명이나 죽이고 오두막과 함께 불태웠다며?"

"불태운 게 아니라 화장火葬을 시켜준 거예요." 겐은 이케다에게 들은 그대로 말한다. "일본에서는 사람이 죽으면 화장을 한다는데요."

"그러니?"

"나, 누나를 알아요. 우리 누나하고 친구잖아요."

"네 누나가 누군데? 네 누나 이름이 뭐야?"

"나오미요. 어릴 때 나오미 누나를 따라 누나 집에 놀러 간 적 있어요."

"아, 나오미…." 유미코의 눈동자가 흔들린다.

"네 누나는 어디 있어?"

"오사카에요. 거기서 방직 공장에 다니고 있어요. 족제비 형도 누나를 안다던데요."

겐은 땅굴 앞에 앉아 있는 소년을 손으로 가리켜 보인다.

유미코는 소년을 바라본다.

"누나하고 국민학교 3학년 때 짝꿍이었다던데요."

"기억 안 나." 유미코는 차갑게 말한다.

"누나 집도 알고 있던데요."

유미코는 겐과 더 말하고 싶지 않아서 몸을 일으킨다. 그녀는 오두막으로 들어간다.

기무라는 책상에 스파이 장부를 펼쳐놓고 그 앞에 앉아 있다.

유미코는 어쩌면 자신의 이름도 스파이 장부에 있을지 모르겠다는 생각이 든다. 그렇다 해도 그녀는 스파이 장부를 보고 싶지 않다. 기무라가 결국 섬에 살고 있는 모든 사람의 이름을 스파이 장부에 올릴 것이기 때문이다.

"왜 날 그런 눈으로 쳐다보는 거야?"

"겁쟁이…."

"크게 말해. 그래야 알아들을 거 아니야."

그녀는 기무라가 얼마나 겁쟁이인지 안다. 그녀는 그가 자신보다 더 겁쟁이라는 걸 안다.

✦

밤새 섬에는 아무 일도 없었다.

우물에 다녀온 아내가 불단 앞에 넋 놓고 앉아 있는 긴조에게 말한다.

"미군들이 주민들한테 국민학교에 모이라고 했대요. 천황이 중요한 발표를 한다나 봐요." 그녀는 흥분해서 말한다.

마을회관의 확성기에서 국민학교로 모이라는 촌장의 목소리가 울려 나온다. 사람들은 논으로 밭으로 가는 대신에 국민학교로 몰려간다. 아이들도 무슨 일인가 싶어 어른들을 따라 국민학교로 간다. 산가키도 큰딸과 함께 국민학교로 간다.

천황의 사진을 모셔놓은 국민학교의 봉안전에 가득 모인 사람들 속에는 긴조도, 사토 부부도, 도축업자도, 겐의 국민학교 때 담임이었던 여자와 그녀의 남편도 있다. 봉안전에 들어가지 못한 사람들은 복도에 길게 모여 서 있다. 웅성거리는 사람들 속에서 조선인 고물상은 말없이 서 있다.

봉안전에 모여 있는 사람들은 미군들이 천황의 사진 밑에 설치한 커다란 라디오를 바라본다. 미군 하나가 라디오를 만지작거린다. 못으로 쇠를 긁는 소리가 나더니, 남자의 음성이 흘러나온다.

"견딜 수 없는 것을 견디고 참을 수 없는 것을 참아…."

큰밭 마을의 촌장이 복도까지 울릴 만큼 큰 소리로 말한다.

"천황 폐하야!"

일순간 산비둘기가 날아가는 소리가 생생히 들릴 만큼 사람들이 조용해진다.

라디오 바로 앞에 서 있는 사토의 얼굴이 이지러진다.

금발의 미군이 라디오 소리를 최대한으로 높인다.

검은 몸뻬바지를 입고 귀를 쫑긋 세우고 있던 여자가 흐느끼며 마룻바닥에 주저앉는다. 사토의 아내다.

도축업자가 분해하며 두 무릎을 꿇고 앉는다. 그는 천황의 사진을 향해 죄인처럼 엎드려 소리 죽여 운다.

다마키도 무릎을 꿇고 앉아 고개를 떨어뜨리고 있다.

단발머리 여자가 고개를 들어 천황의 사진을 바라본다. 젠의 담임이었던 여자다. '저 목소리가 정말 천황의 목소리란 말이야?' 그녀는 고개를 가로젓는다. 자신이 상상하던 천황의 목소리가 아니다. 신경질적이고 거만하며 불성실하게 느껴지는 남자의 목소리가 천황의 목소리라니, 그녀는 실망스럽다 못해 속았다는 기분마저 든다. 그녀는 강인하면서도 부드럽고 자비로운 목소리를 상상했다.

"흐흑…."

긴조는 일본이 전쟁에서 진 게 억울하면서도 뱀처럼 자신을 친친 감고 있던 공포가 씻은 듯이 사라지는 걸 느낀다. 그는 안도하는 표정을 들키지 않으려 고개를 푹 수그리고 도축업자 뒤에 무릎을 꿇고 앉는다. 진정으로 슬퍼하며 흐느껴 우는 아내 옆에서 거짓으로 흐느껴 운다.

복도에서도 우는 소리가 터져 나온다. 봉안전은 울음바다다. 사토의 아내는 친정아버지가 돌아가셨을 때보다 더 서럽게 흐느껴 운다.

천황의 목소리에 묵묵히 귀를 기울이던 산가키는 탄식을 토한다. '전쟁이 끝나서 다행이야!'

사람들은 천황의 항복 선언이 분하고 슬퍼서 흐느껴 울며, 하지만 어떤 사람들은 전쟁이 끝났다는 사실에 기뻐하며, 또 어떤 사람들은 안도하며 집으로 간다.

겐의 담임이었던 여자의 남편은 집으로 돌아가는 길에 아내에게 말한다. 그는 중학교 수학 교사다.

"세상이 완전히 바뀌었어. 미국 세상이 됐으니 오늘부터 우리 아이들에게 영어를 가르쳐야겠어."

산가키는 강에서 수영을 즐기고 있는 미군들을 구경한다. 일본 군인들이 훔친 새끼 돼지를 찢던 모래밭에는 미군들이 벗어놓은 군복과 속옷이 널려 있다. 스무 명쯤 되는 미군들은 아이들처럼 신나 있다.

산가키의 눈에 미군들은 섬을 전리품처럼 누리고 있다.

"어르신, 뭘 그렇게 보고 계세요?"

야마자토와 그의 늙은 나귀가 산가키를 바라보며 웃고 있다. 그는 중일전쟁에서 죽은 요이시네의 큰아들과도, 산가키의 아들과도 친구였다. 그는 자신 혼자 살아서 돌아왔다는 죄책감에 요이시네와 산가키를 각별한 마음으로 대하며 부러 찾아뵙곤 한다. 그는 요미치의 소식이 궁금해 요이시네의 집을 찾아가는 길에 산가키를 봤다.

"미군들이군요."

야마자토는 산가키와 함께 미군들이 수영하는 걸 구경한다.

"미군들이 설마 우리 섬에 아예 눌러앉으려는 건 아니겠지요?" 야마자토가 묻는다.

"전쟁이 끝났으니 다들 고향으로 돌아가야지. 어머니 품으로, 마누라 품으로⋯."

"우리 섬의 운명은 어떻게 될까요?"

"전쟁 전으로 돌아가야겠지."

"그러려면 미군들이 우리 섬을 떠나야겠군요."

"음…."

"어째 순순히 떠날 것 같지 않네요. 미군들이 우리 섬을 아주 마음에 들어 하는 것 같단 말이에요. 소문에 섬 남쪽은 벌써 미군들 세상이 됐다고 하더군요. 서쪽 마을 여자들은 미군 세탁부가 돼 미군들 속옷까지 빨고 있고요."

산가키도 서쪽 마을에 다니러 갔다 미군들의 속옷을 삶고 있는 마을 여자들을 봤다. 여자들 속에는 그 마을에 살고 있는 그의 둘째 딸도 있었다.

"이제 스파이 처형은 없겠지요?"

"없어야겠지."

"참, 어르신도 스파이 장부에 올라 있다는 소문이 있었는데, 들으셨어요?"

산가키가 웃는다.

"내가 어릴 때 시기심 많고 성질머리가 고약한 아낙이 있었네. 이웃집 암퇘지가 새끼를 다섯 마리나 낳자 괜히 심통이 난 아낙은 그 집 아낙을 찾아가 그랬지. '올해를 못 넘기고 죽을 거야.' 콧방귀도 안 뀌던 이웃 아낙은 자신이 올해를 못 넘기고 죽을 거라는 말을 믿기 시작했어. 이웃 아낙은 그해를 넘기지 못하고 세상을 떠났네."

야마자토와 늙은 나귀가 가고, 산가키는 하늘을 올려다본다.

하늘은 그대로다. 강도 그대로, 바다도 그대로, 땅도 그대로 인데 세상이 바뀐 것 같다.

그는 삼 대째 살고 있는 이 섬이 하루도 살아보지 않은 섬처럼 낯설어 자리를 뜨지 못한다. 수영하던 미군들이 떠나고 강과 모래밭이 텅 비더니, 원래부터 있던 것들로 채워진다. 햇빛, 강물 흐르는 소리, 새소리, 바람….

❖

　전쟁이 끝났다는 소식을 아내에게 전하려 서둘러 집으로 돌아가던 조선인 고물상은 서쪽 마을과 바다가 내려다보이는 언덕진 곳에서 격하게 숨을 토한다.

　'살았어!'

　전쟁이 끝났으니 인간 사냥꾼들은 아무도 죽이지 않을 것이다. 빛에 휩싸인 옥빛 바다를 바라보는 조선인 고물상의 눈이 축축이 젖는다. 지난밤 그는 인간 사냥꾼들이 자신을 노리고 있다는 공포와 불안 때문에 뜬눈으로 지새웠다. 날이 밝았을 때 몸속의 피가 한 방울도 남지 않고 말라버린 것 같았다.

　끊겼던 배도 다시 오갈 것이다. 고물상 일도 다시 할 수 있을 것이다. 그는 고향으로 돌아가서 살 생각은 없지만 죽기 전에 고향에 다녀오고 싶다. 후미오가 제 형만큼 자라면 그 애를 데리고 다녀올 수도 있을 것이다.

　"네놈 때문에 일본이 전쟁에서 진 거야!"

　등 뒤에서 느닷없이 들려오는 소리에 조선인 고물상은 놀라 뒤를 돌아다본다.

　"아, 사토 씨…"

　"스파이, 흉악한 주둥이로 내 이름을 부르다니. 한 번만 더 불러봐, 혀를 뽑아 바다에 던져버릴 테니.”

사토는 조선인 고물상의 발치에 침을 뱉는다. 그는 국민학교에서부터 조선인 고물상의 뒤를 쫓아왔다.

사토는 이를 갈다 분을 참지 못하고 소리 지른다.

“네놈, 네놈, 네놈 때문이야!”

❖

계곡에 다녀온 겐은 료타의 옆으로 가서 앉는다. 어금니를 갈며 주먹을 쥐었다 폈다 하는 료타의 눈치를 살핀다. "료타 형" 하고 부르다 만다.

겐은 다른 형들을 바라본다. 너구리는 고개를 떨어뜨리고 욕설을 내뱉고 있다. 다람쥐는 두 손으로 머리를 쥐어짜듯 감싸고 괴로워 죽겠는 소리를 내고 있다. 미나토는 미친 사람처럼 혼잣말을 중얼거리고 있다.

동굴에는 소년들뿐이다.

아침까지만 해도 형들은 다음 처형 대상을 알아맞히는 내기를 하며 흥분해 있었다.

너구리의 고개가 들린다. 충혈된 눈으로 겐을 잡아먹을 듯 쏘아보다 도로 고개를 떨어뜨린다.

겐은 불안하다. 형들의 기분이 몹시 나쁜 게 자신 때문인 것 같다. '내가 또 뭘 잘못했지? 혼자 계곡에 다녀와서 화가 났나?'

겐은 자신이 뭘 잘못했는지 알고 싶다.

"료타 형."

료타는 들은 척도 하지 않는다.

"형."

"시끄러워!" 료타가 격하게 화를 낸다.

겐은 황당하다. 그는 떠들지 않았다. 료타 형을 불렀을 뿐이다.

"다람쥐 형."

"멍청아, 입 닥쳐!"

족제비가 겐을 노려보며 말한다.

"너, 지금부터 아무 말도 하지 마. 한마디라도 지껄이기만 해봐. 입을 뭉개버릴 테다."

겐이 계곡에서 얼굴을 씻고 있을 때 소년들은 일본이 패전했다는 소식을 전해 들었다.

형들의 눈치만 살피고 있는 겐의 귀에 엉엉 우는 소리가 들려온다. 군인이 우는 소리다. 겐은 형들의 눈치를 살피다 무슨 일인가 싶어서 땅굴을 나간다.

군인들이 성터 여기저기에 주저앉아 있다. 한쪽 무릎을 꿇고 앉아 주먹으로 땅을 내리치며 울분을 삼키던 군인이 겐을 흘겨본다.

"오키나와 놈들 때문에 일본이 전쟁에서 진 거야."

❖

오두막에서 나와 자신들 쪽으로 걸어오는 기무라를 보고 군
인들이 몸을 일으킨다.

군인들은 눈을 내리뜨고 기무라가 내릴 명령을 조마조마한
심정으로 기다린다. 전쟁에서 패했다는 허탈감은 불안으로 바
뀌어 있다. 그들은 자신들의 운명이 아직은 미군이 아니라 기
무라에게 달려 있다는 걸 알고 있다.

"아직 안 끝났어!"

군인들이 고개를 들고 어리둥절해하는 표정으로 서로를 쳐
다본다.

"전쟁! 전쟁! 아직 안 끝났어!"

어스름 녘, 성터에서 불길과 연기가 치솟는다. 성터에서 총
알이 날아다니는 소리가 돼지도축장까지 들려온다. 기무라가
지내던 오두막이 불타고 있다.

❖

　다미는 쥐꼬랑지만 한 고구마 네 개를 쪄 소쿠리에 담아놓고
겐을 기다린다. 전쟁이 끝났으니 아들이 돌아올 것이다. 그녀
는 아들이 돌아오면 깨끗이 씻겨 마을의 유타에게 데려갈 것이
다. 마귀 같은 군인의 영혼을 아들의 몸에서 쫓아버리고, 착한
아들의 영혼을 찾아 넣어 달라고 사정할 것이다.

　다미가 겐을 기다리는 데에는 또 다른 이유도 있다. 겐이 돌
아와야 오사카 방직 공장에 다니는 딸에게 편지를 쓸 수 있다.
그녀는 글을 전혀 배우지 못해 편지를 쓸 수 없다. 그래서 그녀
가 딸에게 하고 싶은 말을 들려주면 겐이 종이에 받아써서 다
음 날 우체국에 가서 누나에게 부쳤다. 그럼 아무리 일러도 한
달쯤 지나 딸에게서 답장이 왔다. 답장이 오지 않을 때도 있었
지만 답장을 보낼 때면 딸은 꼭 편지와 함께 돈을 부쳐왔다. 그
녀는 딸의 답장이 없으면 폐병에라도 걸렸나 싶어서 속을 끓였
다. 그녀는 딸이 다니는 방직 공장의 이름도, 주소도 모른다. 작
년 봄 벚꽃이 뚝뚝 떨어질 때 마지막으로 보내온 편지에서 딸
은 방직 공장에서 사귄 친구와 함께 월급을 조금 더 주는 방직
공장으로 옮길 거라고 했다.

　다미는 오늘따라 딸이 몹시 보고 싶다. 그래서 겐이 옆에서

받아 적고 있기라도 한 듯 눈빛을 흐리고 나직이 중얼거리기 시작한다.

"내 딸 나오미, 그동안 돈은 많이 벌었니? 어디 아픈 데는 없고? 몹쓸 폐병에 걸린 건 아니지? 전쟁이 끝났으니 배가 다시 오가겠지. 엄마는 사탕수수 농사를 부지런히 짓고 있단다. 작년에는 가문 데다 공습이 잦아서 사탕수수 농사를 망쳤단다. 공습이 심할 때 야마자토 아저씨의 사탕수수밭에는 폭탄이 떨어져 사탕수수가 전부 타버렸단다. 게다가 사탕수수 공장의 기계가 폭탄을 맞아 불에 타버렸지 뭐니. 그래서 네가 세상에서 가장 좋아하는 사탕수수 짜는 냄새를 섬 어디서도 맡을 수 없었단다. 야마자토 아저씨가 그러는데 전쟁이 끝났으니 섬 주민들이 협력해 사탕수수 기계를 다시 만들 거라고 하는구나. 사탕수수 농사를 지어서 먹고사는 집이 한두 집이 아니니까. 네가 어릴 때 야마자토 아저씨가 등에 태워주곤 하던 나귀는 늙어서 치매에 걸렸단다. 짐승은 인간보다 빨리 늙고 죽으니까. 야마자토 아저씨는 착한 사람이어서 나귀를 마누라처럼, 자식처럼 아낀단다. 내 착한 딸 나오미, 올 사탕수수 수확 때는 집에 다니러 올 수 있지? 전쟁이 끝났으니 그때는 배가 다니겠지. 집에 다니러 오면 엄마가 흑당을 실컷 먹게 해주마. 네게 흑당 한 덩이 못 먹인 게 엄마는 두고두고 한이란다. 착한 내 딸… 공장

일이 너무 바빠 집에 다니러 오지 못하면 엄마 꿈에라도 한번 다녀가렴. 엄마는 네 얼굴이 가물가물하단다. 네 동생 겐도 누나를 얼마나 보고 싶어 하는지…. 겐은 사내가 됐단다…. 나오미, 내 딸, 멀고 먼 객지에서 몸조심하고, 몸조심하고, 부디 몸조심해라….'

9부

3명

❖

요미치는 대나무 낚싯대와 대나무 바구니를 챙겨 들고 오두막 마당을 나선다. 부엌에 있던 게이코가 따라 나오며 다급히 말한다.

"여보, 삿갓이요!"

요미치는 아내의 손에 들린 야자나무 삿갓을 바라본다. 아내와 아기를 데리고 이곳 오두막으로 피신하며 얼굴을 가리려고 썼던 삿갓이다.

"안 써도 돼." 요미치가 큼지막한 눈을 반짝이며 환하게 웃는다.

"사람들이 당신을 알아보면 어쩌려고요!"

"게이코, 전쟁은 끝났어. 기무라 군대가 날 해칠 이유가 없어졌어."

어제 느지막이 오두막에는 야마자토가 늙은 나귀와 함께 다녀갔다. 그는 요미치에게 천황의 항복 소식을 전했다.

게이코는 기쁘면서도 불안하다.

"여보, 전쟁이 정말 끝난 걸까요?"

"일본은 패망했어."

"믿기지 않아요." 게이코는 고개를 흔든다.

"게이코, 아무도 우릴 해치지 않아."

"그래도 조심해요."

"응!"

"아, 여보!"

요미치는 아내를 돌아다본다. 자신이 한창 젊다는 걸 망각하고는 아내가 너무 젊어서 순간 놀란다. 내 아이를 낳아준 여자, 그리고 아직 태어나지 않은 내 아이를 낳아줄 여자. 그는 아내가 남편을 닮은 아이를 많이 낳고 싶어 한다는 걸 알고 있다. 그녀는 남편을 닮은 아이가 이 섬에 많으면 많을수록 이 섬이 더 살기 좋은 섬이 될 거라고 생각한다. 요미치는 다복한 집안에서 태어나고 자랐다. 그의 형제들은 이웃의 부러움을 살 만큼 우애가 있고 효심이 깊었다. 그는 좋은 아들이 되는 걸 아버지에게 배웠다. 좋은 아버지가 되는 것 또한 아버지에게서 배웠다. 형들에게선 좋은 형이 되는 걸 배웠다. 그가 아버지만큼이나 믿고 따르던 형들은 전쟁 때문에 죽었다.

"여보…."

"응?" 요미치가 아내의 이름을 부른다.

게이코는 남편에게 하고 싶은 말이 있었다. 그런데 그만 잊어버렸다. '꼭 해야 하는 말인데….'

"게이코?"

"여보… 조심해요."

게이코는 아단 나무들 사이로 걸어가는 요미치의 뒷모습을 바라보며 자신이 묻고 싶었던 게 뭔지 떠올린다.

'그들은 어떻게 됐나? 기무라의 군인들과 인간 사냥꾼들, 그들은 어디에 있나?'

그녀는 고집을 부려서라도 남편에게 삿갓을 씌워주지 않은 걸 후회한다. 잠에서 깨어난 아기가 엄마를 찾는다. 그녀는 삿갓을 마루 한쪽에 내려놓고 방으로 들어간다.

"아빠는 물고기를 잡으러 갔단다. 아빠가 물고기를 잡아오면…." 그녀는 말을 하다 만다. 새벽에 꾼 꿈이 떠올라서다. 꿈에 아기의 얼굴이 시커멨다. 손도 발도 숯처럼 시커멨다.

❖

　요미치는 평평한 바위 위에 자리를 잡고 서서 바다를 바라본
다. 그의 눈은 텅 비어 보일 만큼 빛으로 가득하다. 바다는 파
란 물을 들인 종잇장을 수평으로 펼쳐놓은 듯 잔잔하다. 연둣
빛이 도는 수평선은 멀리 밀려나 있다. 해안에서 2백 미터쯤 떨
어진 곳에 미군 함대 두 척이 떠 있다.

　'내가 이 섬을 지켜냈어!'

　요미치는 스스로가 대견해서 심장이 터져버릴 것만 같다. 그
는 감격에 겨워 자신에게 서서히 다가오고 있는 그림자를 느끼
지 못한다.

　미끼를 문 희고 큰 물고기가 바다를 찢으며 올라온다. 요미
치는 손을 뻗어 흰 물고기의 몸통을 움켜잡는다. 흰 물고기를
대나무 바구니 속에 넣으며 그는 게이코가 어떻게 요리할지 궁
금해한다. 어머니라면 무를 넣고 맑은 탕을 끓일 것이다.

　요미치는 자신이 이제는 일본 군인도 아니고, 미군에게 잡힌
포로도 아니라는 사실을 깨닫고 올가미에서 풀려난 것 같은 해
방감을 느낀다.

　'나는 누구지?'

　부모님의 아들, 게이코의 남편, 내 아들의 아빠….

❖

　게이코가 아기를 안고 비명을 지르며 부엌으로 뛰어 들어간다. 족제비와 료타가 비를 뚝뚝 흘리는 요미치를 마당에 내던지고 그녀를 뒤쫓아 들어간다.

　게이코는 공포에 질려 흘러내리는 것 같은 얼굴로 족제비와 료타를 바라본다.

　"아기는 살려주세요, 아기는 살려주세요…."

　게이코는 울며 애원한다.

　족제비가 료타를 쳐다본다.

　"아기도 죽이라고 했어."

　그 소리를 들은 게이코가 고개를 흔들며 아기를 자신의 등 뒤로 숨긴다.

　"살려…."

　게이코는 목소리가 나오지 않는다. 그녀의 부릅뜬 눈은 자신과 아기를 향해 들린 총검의 날을 뚫어져라 응시하고 있다. 그녀는 아기에게 젖을 물리려고 옷을 풀어헤치다 발소리를 죽이고 자신에게 다가오고 있는 소년들을 봤다. 그녀는 너무 놀라 심장이 멎는 줄 알았다.

　"스파이!" 료타가 주문을 외우듯 어금니 가는 소리를 섞어 중얼거린다.

비명과 동시에 피가 부엌 아궁이 위 솥과 벽에 흩뿌려진다. 그때 부엌으로 뛰어 들어온 겐의 얼굴로도 피가 튄다. 눈동자가 피에 젖는 순간 그는 우는 아기를 공중으로 던져 총검으로 받는 환시를 본다.

환시는 겐이 아기의 심장에 총검을 꽂는 장면으로 바뀐다.

❖

땔감으로 쓸 나뭇가지를 주우러 숲에 든 여자는 핏자국을 본다. 핏자국은 수레바퀴가 지나간 자국처럼 아단 나무들 사이로 길게 나 있다. 여자는 마을의 어느 집에서 산양을 잡은 모양이라고 생각한다.

'칠칠맞게 피를 온 사방에 흘렸네.'

나뭇가지를 줍던 여자는 타는 냄새를 맡는다. 산양을 태우는 냄새가 아니다. 짐승을 태우는 냄새 같긴 한데 뭔지 모르겠다. 불쾌하고 지독한 게 수상하다. 뭘 태우는 걸까?

숲을 둘러보던 여자는 나무들 사이에서 피어오르는 연기를 보고 그쪽으로 발을 놓는다. 요미치 가족이 숨어 지내던 오두막 앞에 멈춰 선다. 마당에 부려져 있는 숯처럼 검은 덩어리들이 여자의 눈길을 끌어당긴다. 하나는 몹시 작고, 하나는 훨씬 크고, 하나는 그보다 좀 더 크다. 덩어리들에서 검은 연기가 풀어진 실타래처럼 피어오르고 있다.

아단 나무 열매 하나가 쿵 하고 떨어진다.

'사람이네!'

늙은 나귀는 둘둘 말린 가마니를 싣고 타박타박 발을 놓는다. 돌덩이 같은 발을 땅에 내딛을 때마다 거미줄 같은 흙먼지가 인다. 나귀는 왔던 길을 되돌아가고 있다. 큰 고개를 세 개나 넘고 마을을 네 개나 지나야 하는 먼 길이다.

사실 늙은 나귀는 눈이 멀었다. 인간이 집에서 기르는 짐승은 인간하고 똑같이 늙는다. 이가 빠지고, 눈과 귀가 멀고, 아지랑이 같은 흰 수염이 나고, 정신이 오락가락하다 치매에 걸리기도 한다.

늙은 나귀는 다리 하나를 절뚝인다. 가마니의 무게 때문이다. 가마니에 말려 나귀의 등에 실린 건 요미치 혼자가 아니다. 야마자토는 중국에서 죽은 요미치의 큰형 도로쿠도 함께 실려 있다고 생각한다. 도로쿠도 일본군에게 살해된 것이나 마찬가지다. 일본군에게 난도질당하고 불태워졌다. 그의 유해는 고향에 돌아오지 못했다. 산산이 부서져 중국 땅에 흩뿌려졌다.

'도로쿠, 마침내 집에 돌아가는군.'

우물이 나오자 야마자토는 물을 길어 나귀에게 먹인다. 그는 나귀가 충분히 물을 먹고 나서야 자신도 목을 축인다.

우물에서 자신의 다리보다 커다란 무를 씻고 있던 늙은 여인이 두꺼비 같은 코를 큼큼거리며 중얼거린다.

"어디서 짐승을 태우나 보네."

❖

요이시네는 자신의 집을 향해 걸어오고 있는 야마자토와 늙은 나귀를 본다.

요이시네의 얼굴은 먹빛이다. 입술도 먹빛이다.

늙은 나귀는 제자리걸음을 하고 있는 것 같은 착시를 일으킬 만큼 몹시 천천히 걸어오고 있다.

야마자토가 나귀의 등에서 가마니를 내린다. 가마니를 풀어 헤치자 검은 덩어리가 나온다. 요미치의 가족이 숨어 지내던 오두막 마당에서 타고 있던 검은 덩어리들 중 하나다.

"아악, 내 아들…."

요이시네는 남자인지 여자인지조차 구분할 수 없을 만큼 타버린 아들의 얼굴을 내려다본다. 그는 점심을 먹다 아들과 며느리, 손자가 끔찍하게 살해당했다는 소식을 전해 들었다.

요이시네는 정신줄을 간신히 붙들고 정말 요미치가 맞는지 아들의 얼굴을 찬찬히 살핀다.

아들의 얼굴은 코와 입이 짓뭉개져 들러붙고, 숱이 짙던 눈썹과 머리카락은 한 올 남김 없이 탔으며, 턱뼈와 어금니가 흉측하게 드러나 있다. 내장과 뼈가 아직도 타고 있어서 희미하고 가느다란 연기 한 가닥이 정수리께서 아지랑이처럼 피어오르고 있다.

요이시네는 어루만지려 아들의 얼굴로 손을 뻗는다. 그러나 차마 만지지 못한다. 얼굴이 바스러져버릴까 봐 겁이 난다.

요이시네는 아들의 눈동자가 타버렸다는 걸 깨닫지 못하고 눈동자를 찾는다.

"요미치… 내 아들…."

부엌문에 매달려 아들을 기다리던 요미치의 어머니가 딸의 부축을 받으며 걸어 나온다. 가마니 위 검은 덩어리를 내려다보던 그녀가 크게 휘청이며 고개를 젓는다.

"내 아들이 아니야, 내 아들이 아니야…." 여자는 목을 비틀다 까무러친다.

❖

　기무라는 유미코의 집 안방에서 삶은 닭을 먹고 있다. 그는 밭에 다녀오는 농부처럼 차려입고, 이라나까지 허리에 차고 유미코와 성터를 내려왔다.

　산양 울음소리가 들려오자 기무라가 유미코를 노려보며 투덜거린다.

　"귀한 사위가 왔는데 산양이라도 한 마리 잡아야 하는 거 아니야?"

　유미코의 어머니는 길에 나와 서서 혹시나 미군이 지나가지 않는지 가슴을 졸이며 살핀다. 그녀의 옷에는 닭의 젖은 깃털이 붙어 있다. 그녀는 번갯불에 콩 볶아 먹듯 닭을 잡고, 깃털을 뽑고, 솥에 넣고 삶았다.

　아랫마을 여자가 밭에 다녀오다 유미코의 어머니를 보고는 다가온다.

　"일본이 전쟁에서 진 건 알고 있어?"

　여자의 목소리가 너무 커서 유미코의 어머니는 깜짝 놀란다.

　"유미코는 돌아왔어?"

　여자의 고개가 집 마당을 향한다. 안방에서 닭을 뜯고 있는 사내를 쳐다보던 여자의 눈이 커진다. 여자는 마을에 내려가자마자 우물로 달려가 그곳에 모여 있는 여자들에게 말한다.

"기무라가 유미코 집 안방에서 거드름을 피우며 닭을 뜯고 있어!"

❖

코를 세차게 골던 이케다가 번쩍 눈을 뜬다. 근육만 남아 화살처럼 날렵한 몸을 벌떡 일으킨다.

"질식해 죽겠군."

이케다는 피가 묻은 총검을 집어 들고 땅굴을 나간다. 땅굴 안은 땀 냄새와 쉰 밥알 냄새, 축축한 흙냄새, 신진대사가 왕성한 소년들이 뿜어대는 이산화탄소로 가득하다.

"아기까지 죽이다니." 다람쥐는 자신의 발목에 붙어 있는 지네를 손으로 떼어낸다. 부화한 지 얼마 안 돼 불그스름한 빛깔이 도는 새끼 지네를 그는 돌멩이로 으깨 죽인다.

지네들이 한창 부화하고 있어서 땅굴 안은 지네 천지다.

"아기 울음소리가 들리는 것 같아." 아기 엄마가 아기는 살려달라고 애원하던 소리가 귀에 맴돌아 족제비는 머리를 세차게 흔든다.

"우린 명령에 따랐을 뿐이야. 군인은 명령을 어길 수 없어." 료타가 말한다.

"군인?" 미나토가 료타를 노려본다. "우리가 군인이야?"

"군인이나 마찬가지야." 료타가 말한다.

료타, 다람쥐, 너구리, 족제비, 미나토, 그들은 자신들이 같은 줄 알았다. 한 어머니에게서 태어난 다섯 쌍둥이처럼 똑같은 줄 알았다. 다섯 소년은 이 섬에서 태어나고 자랐다. 같은 국민학교와 중학교를 나오고 같은 해에 청년학교에 들어갔다. 료타와 다람쥐는 특공대가 되고 싶었지만 학교 성적이 좋지 않아 특공대를 양성하는 항공학교에 진학하지 못했다. 특공대에 들어가려면 성적이 우수해야 하고 담임의 추천서가 있어야 한다.

"아기는 살려주자고 할걸 그랬나?" 너구리가 말한다.

"말 못 했을걸." 료타가 비웃는다. "이케다 앞에서 입도 벙긋 못하잖아. 너도, 나도."

"맞아, 말 못 할 거야." 너구리가 순순히 인정한다.

청년학교에서 너구리는 후배들이 가장 무서워하는 선배였다. 평소에는 어린애처럼 순진무구하지만 화가 나면 눈빛이 돌변하며 물불을 가리지 않는 불같은 데가 있다. 그런데 그는 '갈치 새끼' 같은 이케다가 두렵다.

형들의 눈치를 살피던 겐이 료타에게 묻는다.

"형, 다음은 누굴까요?"

"난 알고 싶지 않아." 너구리가 말한다.

"난 알고 싶어." 다람쥐가 말한다. "혹시나 내가 아는 사람이면 괴롭겠지만 말이야."

다람쥐는 진심이다.

"왜, 네가 아는 사람이 미군 스파이라서? 아니면 네가 아는 사람을 네 손으로 처형해야 해서?"

다람쥐는 료타가 괜히 시비를 걸고 있다고 생각한다. 마음 같아서는 한판 붙고 싶지만 몸이 천근이다.

료타는 아까부터 아무 말이 없는 족제비를 바라본다. 족제비가 눈빛으로 료타에게 경고한다.

'제발 그 얘기는 꺼내지 마라!'

족제비는 료타만 입을 다물고 있으면 아무도 모를 거라고 생각한다. 심지어 그곳에 있었던 겐도 모를 거라고 생각한다. 자신들 중 누가 가장 처음 아기의 몸을 칼로 찢었는지 말이다.

눈치가 제법 빠른 료타는 족제비의 눈빛에 담긴 경고를 알아차린다.

"다음이 누군지는 기무라 총대장만 알겠지." 너구리가 말한다. "스파이 장부에 스무 명 넘게 이름이 적혀 있다는걸."

"누가 그래?"

"오줌 누러 갔다가 이케다와 군인들이 하는 소리를 들었어."

족제비는 자리를 잡고 눕는다. 머리를 땅에 대자마자 잠이 든다. 료타도 잠이 든다. 이케다는 돌아오지 않고 있다. 다람쥐도 잠이 든다. 다들 코를 곯아서 땅굴이 떠나갈 듯하다. 누구보다 잠이 많은 너구리는 그러나 잠들지 못한다.

너구리는 생각하는 걸 귀찮아하지만 자신이 이케다를 두려워하는 이유를 생각하느라 잠들지 못한다. 이케다, 그 자식 앞에서는 스스로가 비굴하게 느껴질 만큼 기가 죽고 온순해진다.

'내가 이케다를 두려워하는 건 그 자식이 본토인인 데다 진짜 군인이고, 그가 아기를 죽이라고 명령할 수 있는 인간이기 때문이야.'

마침내 너구리도 잠이 들고 땅굴은 자궁이 된다. 료타, 너구리, 족제비, 다람쥐, 미나토, 겐… 소년들은 뒤엉켜 잠꼬대를 하며, 코를 골며, 사지를 뒤척이며 태아의 모습으로 퇴화한다.

퇴화하며 닮아가는 그들은 기무라나 이케다보다 더 무시무시한 존재가 몹시 가까이에 있다는 걸 아직 알지 못한다. 그것은 바로 자신들이다.

알에서 막 부화한 새끼 지네들이 한꺼번에 기어 나온다. 새끼 지네들은 점점 더 태아에 가까워지며 쌍둥이처럼 닮아가는 소년들의 발등과 손등을, 얼굴을 타고 오른다.

❖

    요미치의 죽음은 먼 전투지에서 전사한 두 아들의 죽음보다 훨씬 치명적인 충격과 고통을 요이시네에게 안겨줬다. 그는 아들이 자신의 눈앞에서 찢기고 불태워지는 걸 두 손 놓고 구경만 한 것 같은 미안함과 죄책감에, 자신의 머리를 돌로 내리치고 싶을 만큼 괴롭다. 그는 눈이 멀어 자신의 집 마당에 핀 붉은 칸나를 보지 못한다. 귀가 멀어 직박구리가 우는 소리를 듣지 못한다.

    요이시네는 땅으로 꺼져드는 것 같은 몸을 일으킨다.

    "가세."

    요이시네는 간신히 말하고 섬의 남쪽을 향해 발을 놓는다. 늙은 나귀와 야마자토가 그의 뒤를 묵묵히 따른다. 어머니를 끌어안고 울고 있던 딸이 뒤따라와 아버지의 손에 지팡이를 들려준다.

    며느리와 손자의 시신이 아직 숲속 오두막 마당에 버려져 있다. '살아 있을 거야.' 아무리 아홉 명을 한꺼번에 살해한 인간 사냥꾼들이라 해도 갓난아기는 죽이지 못했을 거라고 요이시네는 생각한다. 그는 손자가 죽은 엄마의 젖가슴에 매달려 울부짖는 소리가 들려오는 것 같아 괴롭고 애가 탄다.

"내 손주…."

금방이라도 앞으로 꼬꾸라질 것 같은 요이시네의 걸음이 갑자기 빨라진다.

'살아 있어라, 내 손주, 살아 있어라….'

❖

'말랑말랑 출렁출렁 물방울 같은 아기 몸을 어떻게 칼로 찢었을까…. 콩닥콩닥 심장이 뛰는 아기 가슴에 어떻게 칼을 꽂았을까…. 콩닥콩닥… 심장 뛰는 소리가 이렇게 큰데, 이렇게 생기가 넘치는데….'

젖을 먹고 졸려하는 아기를 품에 안아 재우며 후미는 속으로 노래를 부른다. 그녀는 인간 사냥꾼들이 요미치의 젖먹이 아기까지 칼로 찢어 죽이고 불에 태웠다는 소문을 들었다. 그녀는 소목장에서 주민 아홉 명이 처형당했을 때보다 더 심하게 충격을 받았다.

'아기 몸은 물방울, 아기 몸은 목화솜, 아기 몸은, 아아, 아기 몸은….'

집에는 그녀와 아기, 남편뿐이다. 집 앞 도랑에서 후미오와 기코의 목소리가 가물가물 들려온다. 조선인 고물상은 오늘 해변에 미군이 떨어뜨린 식량을 주우러 가지 않았다. 그도 소문을 들었다.

"인간 사냥꾼들이 그 아기를 죽인 건 그 아기가 요미치 씨의 아들이었기 때문이에요."

후미는 아무 말이 없는 남편을 바라본다. 그는 오늘도 툇마루에 손님처럼 우두커니 앉아 있다. 피골이 상접한 남편은 부쩍 늙고 초라해 보인다.

그녀는 남편이 안쓰러우면서도 원망스런 마음이 치민다. 남편이 오키나와인이 아닌 조선인인 게 속상하다. 전에도 몇 번 비슷한 감정을 느낀 적이 있지만 바람처럼 잠깐 스치고 지나갔다. 그녀는 심지어 남편이 조선인인 게 무섭기까지 하다.

'내 남편이야, 내 남편….'

스스로를 타이르려 애쓰는 후미에게 노랫소리가 들려온다. 아직 변성기가 오지 않아 이슬처럼 맑고 순수한 목소리를 간직한 소년이 꾸밈없이 담백하게 부르는 노랫소리에 후미의 얼굴이 조금 펴진다. 초점이 살짝 풀어진 그녀의 눈동자가 노랫소리가 들려오는 곳을 찾아 헤매듯 먼 곳을 응시한다.

"우리 히데오가 노래를 부르네요. 여보, 우리 히데오가 노래를 부르고 있어요. 히데오의 친부는 내가 자신의 아이를 가진 걸 알고 나서는 날 벌레처럼 대했어요. 난 혹독하게 무시당하고 처참하게 배반당했어요. 완벽하게 버려지고 나서야 본토인인 그 남자가 날 한낱 데리고 노는 여자 정도로 여겼다는 걸 깨달았어요. 본토에 처자식이 있다는 사실도 히데오를 임신하고 나서야 알았어요. 나는 정숙하지 못한 여자라고 손가락질 받을 걸 알았지만 히데오를 낳기로 마음먹었어요. 내 몸에 들어선

아기를 지우고 싶지 않았어요."

히데오가 부르는 노랫소리가 끊어질 듯 끊어질 듯 반복되며 계속 이어진다. 그 노랫소리를 따라 후미의 이야기도 이어진다.

"나는 내 할머니가, 내 어머니와 이모 고모들이, 내 고향 마을 여자들이 아기를 낳고, 낳고… 낳는 걸 보고 자랐어요. 그래서 여자가 어른이 되면 몸에 아기가 저절로 생기는 줄 알았어요. 그녀들은 자신의 몸에 아기가 들어서면 두말 않고 받아서 낳았어요. 히데오를 가진 지 일곱 달쯤 됐을 때 나는 어머니를 찾아갔어요. 처녀의 몸으로 배가 불러 고향에 나타난 나는 어머니의 근심거리이자 수치가 됐어요. 내 오빠들과 여동생들의 치부가 됐어요. 어머니는 날 심하게 꾸짖으면서도 날 거둬주셨어요. 넉넉지 않은 살림에 천을 떠다가 기저귀를 짓고, 태어날 아기에게 입힐 옷을 지으셨어요. 어머니는 날 부끄러워하면서도 안쓰러워하셨어요. 내 몸에서 자라고 있는 아기를 저주하면서도, 막상 아기가 태어나려 하자 무사히 세상에 나올 수 있도록 밤새 애를 쓰셨어요. 날이 밝아오고 아기가 태어나자 진심으로 기뻐하셨지요…. 지친 어머니가 쓰러지듯 잠들고, 나는 히데오를 품에 안고 손가락을 세고 세며 생각했어요. 혹시나 손가락을 모자라게 달고 나오지 않았는지 히데오의 손가락을 세고 세며 생각했어요. 나는 히데오의 친부를 사랑했던 걸까? 나는 그 남자를 사랑한 게 아니라 '본토인' 남자를 사랑했던 게 아닐까? 그 남자가 오키나와인이었어도 그 남자를 사랑했을까?"

후미는 노랫소리에 귀를 기울이다 다시 말을 잇는다.

"히데오가 들어서는 바람에 하고 싶었던 공부를 못했지만 나는 히데오를 낳은 걸 후회하지 않아요. 히데오가 태어나서 미유가 태어날 수 있었어요. 후미오, 기코, 그리고 우리 아기가 태어날 수 있었어요. 히데오는 혼자 태어난 게 아니에요. 히데오는 동생들을 데리고 태어났어요."

노랫소리가 희미해지더니 들려오지 않는다. 바늘땀을 거칠게 뜨는 것 같은 풀벌레 소리가 사라진 노랫소리를 대신한다.

조선인 고물상은 문득 히데오가 노랫소리와 함께 이 섬에서 영원히 모습을 감춰버린 것 같은 기분이 들어 어깨를 후들 떤다.

"요 며칠 그 남자가 망령처럼 꿈에 보여요. 히데오의 친부요. 그 남자를 만나는 내내 나는 오키나와 여자인 나 자신이 싫었어요. 난 일본 여자가 되고 싶었어요. 일본 여자처럼 차려입고, 일본어로 말하고, 일본 여자처럼 웃고 울고, 일본 여자처럼 고갯짓을 하고 표정을 지으려 애를 썼어요. 그런데 아무리 일본 여자처럼 꾸며도 오키나와 여자인 걸 가릴 수 없는 내 얼굴, 내 피부색, 내 몸…. 일본 여자처럼 꾸미려고 애를 쓸수록 나는 자신이 오키나와 여자라는 걸 더 절망적으로 깨달아야 했어요.

일본 남자에게 순정을 준 뒤로 어쩌다 고향집에 다니러 갈 때면 어머니를 똑바로 바라보지 못했어요. 내가 오키나와 여자로 태어난 게 어머니의 탓 같아서 어머니 얼굴이 보고 싶지 않기도 했어요. 내 어머니의 어머니, 그 어머니의 어머니, 그 어머니의 어머니…. 어머니를 바라보고 있으면 땅속 깊이 뻗어 있어서 내 힘으로 도저히 뽑아버릴 수 없는 뿌리를 들여다보는 기분이었어요. 친척들은 내가 올바로 시집갈 수 없는 처지여서 조선인 남자와 살고 있다고 수군거렸지만, 내가 당신과 살고 있는 것은 당신을 진심으로 좋아하고 믿기 때문이에요. 당신은 히데오의 친부가 찌그러뜨린 내 심장을 펴줬어요. 내 심장은 발로 마구 밟은 깡통처럼 찌그러져 있었어요. 여보, 나는 당신의 아내인 게 부끄럽지 않아요."

후미는 탄식을 길게 토하고 나서 다시 말을 잇는다.

"그런데 지칠 때가 있어요. 당신이 조선인이어서 따라다니는 악의적인 소문, 비난, 손가락질, 해코지, 스파이라는 의심…. 숨이 쉬어지지 않을 만큼 무서울 때가 있어요…."

❖

마사루의 어머니는 대나무 바구니를 들고 까마귀산을 헤맨다. 바구니에는 산속 어딘가에 숨어 있을 아들에게 줄 주먹밥과 옷이 들어 있다.

그녀는 아들의 이름을 부르지 못한다. 군인들이 어디서 나타날지 모르기 때문이다. 그녀는 그래서 종달새 울음소리를 낸다.

"쪽쪽쪽 쪽쪽쪽…."

그녀는 아들이 자신의 목소리를 알아들을 거라고 생각한다.

'설마 군인들한테 붙들린 건 아니겠지?'

그녀는 아들을 산으로 올려 보낸 뒤로 밤마다 아들이 군인들에게 쫓기는 꿈을 꾼다. 꿈에 아들은 어리다. 꿈에 군인들은 얼굴이 없다.

그녀는 "쪽쪽쪽" 울며 지난밤 아들이 숨어 있었던 구덩이 앞을 지나간다.

다저녁때 이웃 여자가 가지 하나를 들고 다미를 찾아온다. 이
웃 여자는 누가 들을까 봐 목소리를 몹시 작게 하고 말한다.

"소문 들었어?"

다미는 말없이 이웃 여자를 바라보기만 한다.

"인간 사냥꾼들이 한 살배기 아기를 총검으로 갈기갈기 찢
어 죽이고 불태웠대."

이웃 여자의 혀가 다미에게는 뱀으로 보인다.

"근데 겐은 어디 있어?"

자신의 입 속에 뱀이 들어앉아 있는 줄도 모르고 이웃 여자
는 입을 벌리고 벌린다.

깊은 밤, 다미는 방 안으로 비쳐드는 달빛 속에 누워 있다. 섬
의 동쪽에서 떠오른 달은 섬을 반 바퀴 돌아 서쪽 끝마을 다미
의 집 마당 위에 떠 있다. 그녀는 인간 사냥꾼들이 죽였다는 아
기를 생각하느라 모기가 종아리와 팔을 무는 줄도 모른다. 간
지러운 줄도 모른다.

그녀는 달을 바라보고 누우며 죽은 아기를 품에 끌어안는
상상을 한다. '아가야, 아가야….' 그녀는 아기가 자신의 품에

안겨 있는 것 같다.

'아가야, 아가야…'

그녀는 아기의 몸에 묻은 재를 털어내는 상상을 한다. 어둠은 아기의 얼굴과 몸에서 털어낸 재다.

'아가야, 아가야…' 그녀는 아기의 살을 자신의 작고 거친 손으로 어루만지는 상상을 한다. 찢겨 벌어지고 너덜거리는 살이 정말로 만져지는 것 같다.

'아기를 살려낼 수만 있다면…'

다미는 어릴 때 그녀의 어머니가 죽어가는 아기를 몇 날 며칠 품에 품어 살려내는 걸 봤다.

다미는 죽은 아기를 자신에게 데려다 달라고 말하고 싶다. 데려다주기만 하면 자신이 죽은 아기를 살려낼 수 있을 것 같다.

'죽은 아기는 어디에 있을까?'

다미는 겐을 생각한다. 그러자 품에 얌전히 안겨 있던 아기가 사라져버린다. 그녀는 몸을 일으킨다. 마당으로 나간다. 달을 바라보고 서서 두 손을 모아 빌기 시작한다.

'용서해주세요. 불쌍한 내 아들 겐을 용서해주세요. 벌을 내리려거든 제게 내려주세요. 제가 대신 벌을 받을게요.'

날이 밝고, 이웃 마을의 우물을 찾아가던 다미는 야마자토

와 마주친다. 과부와 홀아비는 서로를 안쓰러운 눈길로 바라
본다.

"다미, 네 아들은 어디에 있지?"

"내 아들?"

"네 아들 겐. 그 애는 지금 어디에 있지?"

"여기 있지."

다미는 손가락으로 자신의 심장이 있는 곳을 찌른다. "여기,
여기 있어. 아무데도 안 가고 여기에 있어."

10부

"내일 불 순풍을 오늘 보내주세요. 순풍을 타고 오늘은 마마리 항, 내일은 나하 항, 모레는 슈리…."

웬 사내가 코맹맹이 소리로 노래를 흥얼거리며 비틀비틀 걸어온다. 어깨에 매달린 대나무 바구니가 장단을 맞추듯 사내의 엉덩이를 툭툭 때려댄다.

대나무 바구니에서 뭔가가 용수철처럼 튀어나온다. 닭 머리다. 피처럼 붉은 벼슬을 왕관처럼 쓴 닭 머리가 좌우로 흔들린다.

미군이 옥음 방송을 들려주던 날 종적을 감췄던 사토다.

조선인 고물상은 피가 발밑에서부터 거꾸로 치솟는 걸 느낀다.

"누군가 했더니, 조선인 고물상이군."

사토는 얼굴의 절반이 구레나룻에 덮이고, 눈이 매의 부리처럼 뾰족해져 인상이 더 고약해졌다.

"스파이, 기다리고 있어. 인간 사냥꾼들이 죽이러 갈 때까지 산양처럼 얌전히 기다리고 있어."

❖

　돼지도축장 앞마당. 도축할 돼지들이 도축장에 딸린 우리 안에 모여 있다. 도축장에 딸린 돼지 축사에서 새끼 돼지들이 시끄럽게 운다. 돼지우리에서 흘러나온 오물이 마당 여기저기 웅덩이를 이루고 있다. 웅덩이마다는 파리가 끓고 있다.

　긴조와 도축업자가 서로를 바라보고 서 있다.

　"난 절대 스파이가 아니야." 긴조의 목소리는 탁하게 쉬어 있다.

　"누가 자네보고 스파이라고 하던가?" 도축업자가 낯을 찌푸린다.

　"내가 기무라 총대장의 스파이 장부에 올라 있다고 하더군."

　"금시초문이군."

　"자네가 모를 리가 없을 텐데."

　"내가 기무라 총대장이라도 된단 말인가?"

　그때 일꾼 하나가 "사토 아니야?" 하고 말하는 소리가 둘의 귀에 들려온다.

　도축할 돼지들을 살피던 일꾼 사내가 목청 높여 말한다.

　"사토, 살아 있었네?"

　"내가 죽었다는 소문이라도 났던 모양이지?"

　"코빼기도 안 보여서 바다에 빠져 죽은 줄 알았지. 아참, 다마키가 자네를 몹시 찾더군!"

"그래? 나 사토가 보고 싶은가 보네!"

사토는 일부러 오리처럼 뒤뚱뒤뚱 걸으며 집 쪽으로 발을 놓는다.

긴조는 도축업자 앞에 고집스럽게 버티고 서 있다.

도축업자가 돌아서려고 하자 긴조가 말한다.

"내가 손가락이라도 잘라 보이면 스파이가 아니라는 걸 믿어주겠나?"

긴조가 돌아서더니 도축장 안으로 걸어 들어간다. 도축업자는 긴조의 갑작스런 행동에 황당해한다.

조금 뒤 도축장에서 긴조의 비명 소리가 들려온다. 그 소리를 들은 일꾼들의 고개가 일제히 도축상을 향해 들린다. 도축할 돼지를 도축장으로 몰던 일꾼도 놀라 자신들도 모르게 기립자세가 된다. 돼지가 그 틈을 타 달아난다.

사색이 돼 도축장에서 걸어 나오는 긴조의 오른손에는 손도끼가, 왼손에는 핏덩이 같은 게 들려 있다. 두 마디가 넘게 잘린 손가락이다.

손가락이 잘려 나간 마디에서 피가 툭툭 떨어진다.

"자네, 무슨 짓을 한 거야?"

긴조의 손에서 손도끼가 툭 떨어진다.

"내가 스파이가 아니라는 걸 이제 믿어주겠나?"

긴조는 잘린 손가락을 도축업자의 발 앞에 떨어뜨린다.

"자네, 돌았군!"

"내가 스파이가 아니라는 걸 증명할 수 있다면 남은 손가락
도 자를 수 있어! 남은 아홉 손가락 전부 자를 수 있어!"

❖

쇠부엉이숲에서 오줌을 누고 나온 겐은 야마자토와 늙은 나귀를 만난다.

"겐?"

겐은 눈길을 얼른 내리깔고 고개를 비딱하게 숙여 보인다.

"아저씨, 안녕하셨어요?"

"오랜만이구나!"

겐은 야마자토를 똑바로 쳐다보지 못한다.

야마자토는 자신의 앞에 서 있는 겐이 인간 사냥꾼이라는 게 믿기지 않는다.

"여기서 뭐 하고 있는 거냐?"

"형 기다려요."

"어떤 형 말이냐?"

"친형 같은 형 있어요."

"어머니가 널 몹시 찾으시더구나."

"어머니는 맨날 날 찾으시죠. 어머니는 내가 아직 오줌도 못 가리는 어린애인 줄 알아요. '겐, 어디 있니? 겐? 겐?' 아주 지겨워 죽겠다니까요."

겐은 자신을 기다리고 있을 어머니 생각이 나자 짜증이 치밀

만큼 마음이 불편해 비아냥거린다.

"아저씨는 어디 다녀오세요?"

"요이시네 어른 댁에서 오는 길이다."

겐은 그러나 야마자토의 말을 귀담아듣지 않는다.

"그 어른의 셋째 아들이 끔찍하게 죽었단다."

"그래요?"

겐은 건성으로 대꾸한다. '요이시네?' 그는 섬에 흔하고 흔한 요이시네가 누군지 별로 알고 싶지도 않다.

"그의 아내도, 아기도 아주 끔찍하게 죽었단다."

겐은 또 건성으로 고개를 끄덕여 보인다. 그는 야마자토가 자신을 그만 좀 내버려두고 가버렸으면 싶다.

그러나 야마자토는 가지 않고 겐에게 또 물어온다.

"형은 언제 오니?"

"금방 올 거예요."

대답은 그렇게 했지만 겐은 료타 형이 언제 올지 모른다.

"어디서 오는데?"

"네?"

"네가 기다리는 형 말이다."

"그게….." 겐은 우물쭈물한다.

"겐?"

겐은 료타 형이 어디서 올지 모른다. 그래서 대답을 못하는 것이다.

료타 형은 어디선가 나타난다. 처음 그 형이 자신에게 말을 걸어온 날도 그랬다. 그 형은 어디선가 나타나서 둑에 있던 그를 성터로 데리고 올라갔다.

"아저씨, 저 갈게요!"

도망치듯 멀어지는 겐을 바라보며 야마자토는 고개를 흔든다.

'자신이 누굴 죽였는지도 모르고 있어…'

❖

기무라가 지팡이를 짚고 동상처럼 서 있던 곳에서 미국 국기가 펄럭펄럭 날린다.

섬에는 성터에서 사라진 기무라 총대장에 대한 소문이 무성하다. 그가 지난밤 미군에게 포로로 잡혔다는 소문도, 성터에서 천황 폐하 만세를 외치며 명예롭게 할복했다는 소문도 있다. 돼지도축장에 숨어 있다는 소문도, 애인 집에서 거드름을 피우며 닭을 뜯고 있다는 소문도 있다. 그 소문을 들은 사토는 말한다. "엊그제도 애인 집에서 닭을 뜯고 있더니, 오늘도 애인 집에서 닭을 뜯고 있군. 내일도 애인 집에서 닭을 뜯고 있으려나."

기무라는 큰밭 마을이 내려다보이는 바위 위에 동상처럼 서 있다. 그는 자신이 두 발로 함부로 밟고 있는 바위가 섬 여자들이 기도를 드리기 위해 찾아오는 우타키라는 걸 모른다.

'뭘 보고 있는 걸까?' 유미코는 기무라가 아무것도 보고 있지 않다는 걸 안다. 아무것도 보이지 않아서가 아니라 그가 아무것도 보지 못하는 사람이기 때문이다. 그에게는 이 섬의 집들과 논밭이, 우물이, 나무와 바위들이, 소목장의 소들이, 사람들이 보이지 않는다.

유미코는 헛구역질을 토하며 도로 땅굴로 들어간다. 전날 그녀는 기무라를 따라 섬의 소년들이 까마귀산 중턱에 파놓은 땅굴로 피신했다. 오두막은 불탔다. 미군들이 기관총을 쏘며 성터로 진군하자 기무라는 부하들을 시켜 오두막을 불살랐다.

땅굴 아래 계곡에서는 군인들과 인간 사냥꾼들이 얼굴을 씻거나 담배를 피우고 있다. 인간 사냥꾼들을 경멸 어린 눈길로 바라보던 군인이 주머니칼로 물을 휘휘 저으며 묻는다. 군인은 일본 육군 군복을 입고 있다.

"너희들, 갓난아기도 죽였다며?"

족제비가 얼굴에 묻은 물기를 손으로 훔치며 군인을 노려본다. 다람쥐도 군인을 노려보며 몸을 일으킨다. 족제비의 등을 손으로 툭툭 친다. 다람쥐는 족제비를 데리고 자리를 뜬다.

어푸어푸 소리를 내며 얼굴을 씻던 료타도 육군 병사를 흘겨보며 일어선다. "흥! 겁쟁이 탈영병 주제에!"

육군 병사는 부르튼 입술을 깨문다.

어쩌다 보니 혼자 남겨진 겐에게 육군 병사가 묻는다.

"정말 갓난아기도 죽인 거야?"

"그럼요!" 겐은 본토 출신 군인이 자신에게 말을 걸어준 게 좋아서 빙긋 웃는다. 그는 숫돌에 총검의 날을 갈고 있다.

"대단하군!"

육군 병사가 비아냥거리는 소리를 겐은 감탄으로 알아듣고 우쭐해한다.

"아기 엄마가 아기는 살려 달라고 빌었지만… 뭐, 어쩔 수 없이 죽였어요. 이케다 부대장이 아기도 죽이라고 명령했거든요."

겐은 총검을 허공에 대고 휘둘러 보인다. 으쓱해져서는 땅굴 쪽으로 올라가는 그를 바라보며 육군 병사가 중얼거린다.

"덜떨어진 녀석이군!"

육군 병사는 화가 나서 주머니칼을 개울물 속으로 던진다.

"갓난아기까지 죽이다니."

"이봐, 네 아기도 아니잖아." 맞은편에서 담배를 피우던 군인이 비꼬듯 말한다. 인간 사냥꾼들과 함께 스파이들을 처형한 군인들 중 하나다.

"내 아기가 아니면 죽여도 된다는 거야?"

"전쟁 중에 무슨 짓을 못 하겠어?" 또 다른 군인이 말한다.

"전쟁? 네가 전쟁이 뭔지 알아?"

"흥, 혼자만 살려고 도망친 주제에 잘난 척은!" 담배를 피우던 군인의 말에 다른 군인들이 웃는다. 오키나와 출신 군인은 웃지 않는다. 그는 자신도 스파이로 의심 받고 있다는 불안에 시달리고 있다.

육군 병사는 기무라 총대장이 전쟁의 얼굴도 본 적 없으면서, 전쟁을 승리로 이끌고 있는 영웅처럼 구는 모습이 참을 수 없을 만큼 역겹다.

계곡에는 이제 육군 병사와 오키나와 출신 군인만 남아 있다.

"전쟁이 뭐야?" 오키나와 출신 군인이 진지하게 묻는다.

"서로 죽고 죽이는 거." 육군 병사가 대답한다.

"그런 말은 나도 할 수 있겠다."

"적군에게 발각되지 않으려고 엄마가 우는 젖먹이 자식의 입과 코를 제 손으로 덮어 질식시켜 죽이는 거… 그게 전쟁이야. 나머지 가족들이 살기 위해서 말이야. 다시 총을 들 수 없을 만큼 부상이 심한 병사들은 청산가리를 먹여 죽이는 게 전쟁이야."

오키나와 출신 군인이 눈 초점을 흐리며 믿지 못하겠다는 듯 고개를 흔든다.

"근데 넌 오키나와인 아니야?"

"나?"

"너 말고 또 누가 있지?" 육군 병사가 비아냥거린다.

오키나와 출신 군인이 눈 초점을 똑바로 하고 말한다. "난 누가 뭐래도 일본 국민이자 일본 군인이야."

❖

　총검으로 나뭇가지를 베며 혼잣말을 중얼거리고 있는 겐을 보고 기무라가 묻는다.

　"자네, 이름이 뭐지?"

　"오시로 겐이요."

　"오시로 군, 일본이 전쟁에서 승리하면 특별히 하사품을 내리지."

　그날 밤, 군인 하나가 땅굴에서 나와 까마귀산을 내려간다. 낮에 계곡에서 겐에게 정말로 갓난아기를 죽였는지 물었던 육군 병사다. 그는 발소리를 내지 않으려 살금살금 발을 내디딘다. 칠흑 같은 어둠에 적응한 눈에 나무들이 들어오자 뒤도 안 돌아보고 뛰기 시작한다.

　까마귀산을 단숨에 내려간 군인은 날이 밝도록 돌아오지 않는다. 정오경 기무라는 자신이 자비를 베풀어 거둔 육군 병사가 제 발로 남쪽 해변의 미군 주둔지를 찾아가 스스로 포로가 됐다는 보고를 받는다.

❖

야마자토는 우물에서 늙은 나귀에게 물을 먹이고 있다.

작은밭 마을 쪽에서 달려온 미군 지프가 우물 앞에서 멈춰
선다. 미군들이 내리더니 나귀에게 말을 걸며 웃고 떠든다.

"기무라!"

야마자토는 까마귀산을 손으로 가리킨다.

"기무라, 기무라!"

"기무라?" 눈동자가 파란색인 미군이 진지한 표정으로 야마
자토를 바라본다.

"기무라의 인간 사냥꾼들이 요미치를 죽인 걸 알고 있어? 그
의 아내도 죽인 걸 알고 있어? 그의 아기도 죽인 걸 알고 있어?"

야마자토의 말을 전혀 알아듣지 못하는 미군이 고개를 갸우
뚱한다.

"너희들, 요미치가 누군지는 알고 있어?"

❖

섬에 또다시 밤이 찾아온다.

소목장의 불탄 오두막 마당에는 여전히 찾아가지 않은 해골들과 뼈, 손과 발목을 묶었던 철사가 널려 있다. 바람이 해골들을 악기처럼 가지고 논다. 해골은 구멍이 여러 개여서 갖가지 소리를 낼 수 있는 악기다.

잠들지 못하고 깨어 있는 긴조는 소목장 쪽에서 들려오는 기괴한 소리를 듣는다. 그는 그것이 해골들이 내는 소리인 줄은 까맣게 모르고 귀신들이 내는 소리라고 생각한다. 우치마 귀신, 이리 귀신, 경방단장 귀신, 구장 귀신…. 그는 귀신들이 내는 소리는 무섭지 않다. 정말로 무서운 건 살아 있는 인간이 내는 발소리다. 인간 사냥꾼들의 발소리. 그는 자신의 집 앞으로 지나가는 모든 발소리가 인간 사냥꾼들의 발소리로 들린다.

'미나토! 미나토!'

아와모리를 마시고 겨우 잠들었던 미나토는 비명을 지르며 깨어난다. 머리카락이 식은땀으로 흠씬 젖어 그의 얼굴과 목에 달라붙어 있다. 아직 깊은 밤이다. 머리를 두부처럼 으깨버리고 싶을 만큼 지독한 불면에 시달리는 미나토는 잠들기 위해 안간힘을 쓰면서도 잠드는 게 두렵다. 간신히 잠이 들면 구장의 목소리가 들려온다.

미나토는 자신의 이름을 부르는 구장의 목소리에서 영원히 도망칠 수 없다는 걸 깨닫고 울먹이기 시작한다.

미나토 옆에서 잠꼬대를 심하게 하며 자고 있던 겐이 깨어난다.

"형, 울어요? 울지 마요…. 울지 마…."

겐은 잠결에 중얼거리다 도로 잠든다.

미나토는 몸을 일으킨다. 퀭하게 꺼지고 충혈된 눈으로 뒤엉켜 자고 있는 인간 사냥꾼들을 내려다본다. 너구리, 다람쥐, 족제비, 료타, 겐. 그는 그들이 자신의 머리와 사지를 붙잡고 깊고 캄캄한 물속으로 끌어당기는 물귀신들 같다.

미나토는 자신의 총검을 챙겨 들고 땅굴을 나간다.

몽유병자처럼 앞뒤 없는 말을 중얼거리며 산을 헤매던 미나토는 교교히 내리비치는 달빛을 받으며 서 있는 전나무를 보고 그 앞으로 걸어간다. 자신의 키보다 세 배는 큰 전나무를 올려 다본다. 땅굴을 나설 때 챙겨 든 총검은 어딘가에 떨어뜨리고 없다.

❖

요이시네는 종일 집 앞에 나와 쪼그리고 앉아 있다. 온몸을 덮은 까만 기모노를 걸치고 있어서 까마귀 한 마리가 날아가지 않고 고집스럽게 앉아 있는 것처럼 보인다.

이웃이 지나가며 인사를 하지만 요이시네는 돌처럼 아무 반응이 없다. 귀가 완전히 멀고, 눈이 완전히 멀어서다.

요이시네는 한없이 가벼운 뭔가가 자신의 가까이에서 날아다니는 걸 느낀다. 그는 그것이 손자의 영혼이라고 생각한다.

'내 탓이야. 전쟁터에서 아들을 둘이나 잃고 아들을 또 전쟁터로 내보내다니…. 아들을 전쟁터에 보낸 내 탓이야…. 어디한 군데 병신을 만들어서라도 데리고 있었어야 했어. 다리병신을 만들어서라도 붙들어뒀어야 했어. 인두로 얼굴을 지져서라도 데리고 있었어야 했어…. 내 탓이야….'

그날 늦은 오후, 이웃 마을에 살고 있는 요이시네의 딸이 대나무 바구니를 들고 친정집을 찾아온다. 솜씨 좋은 손이 짠 대나무 바구니에는 밭에서 딴 참외 두 개와 파란 수국 두 송이가 들어 있다. 석양빛을 받으며 종종걸음을 놓던 그녀는 집 앞에 보따리 같은 게 떨어져 있는 걸 본다.

"아버지?"

요이시네는 쪼그린 자세 그대로 옆으로 쓰러져 하늘을 향해 눈을 뜨고 죽어 있다.

❖

톳마루에 나와 앉아 있던 산가키는 마당에서 들려오는 발소리를 듣는다.

"외삼촌, 계세요?"

"사토?"

"네, 저예요."

그러나 마당에 내린 어둠이 짙어 사토가 보이지 않는다. 달은 구름 속에 숨었다.

산가키는 등불을 켜 마당을 비춘다. 꼽추처럼 등을 구부리고 있는 사토의 모습이 그제야 드러난다.

"밤에 네가 어쩐 일이냐?"

"제가 못 올 데라도 온 것처럼 말씀하시네요?" 사토가 웃으며 종이에 싼 돼지비계 덩어리를 산가키 앞에 놓는다. 취기 때문에 사토의 눈동자가 사팔눈처럼 요동한다.

사토의 얼굴에서 웃음이 거둬진다.

"외삼촌, 입조심하세요. 외삼촌이 기무라 총대장 욕을 대놓고 하고 다닌다는 소문이 온 마을에 퍼졌어요. 제발 기무라 총대장 얘기는 입도 뻥긋하지 마세요. 기무라 총대장 귀가 백 개예요. 다 듣고 있다고요."

"그자가 이 섬을 인간이 인간으로 살 수 없는 섬으로 만들었어."

"기무라 총대장이 백 명을 죽이든, 천 명을 죽이든 외삼촌은 입 다물고 구경이나 하고 계세요."

산가키는 외삼촌으로서 조카인 사토에게 줄 수 있는 정을 주려고 노력한 세월을 생각한다. 사토가 태어났을 때 그는 자신의 자식이 태어난 것처럼 기뻐했다. 첫 조카인 데다 누님들 중에 가장 정이 가던 큰누님이 낳은 자식이었다.

산가키는 사토가 겉으로는 어리숙해 보이지만 실제로는 무척 영리하고 꾀가 있다는 걸 꿰뚫고 있다.

"외삼촌이 저를 어떻게 생각하든 저는 외삼촌이 좋아요. 왠지 아세요? 제가 외삼촌을 닮았으니까요." 사토는 히죽 웃고는 말을 잇는다. "제가 외삼촌을 닮았다는 걸 저도 얼마 전에야 깨달았지 뭐예요. '사토, 넌 누굴 닮았지?' 외삼촌이 제게 물었던 날에요. 저도 제가 누굴 닮았는지 궁금하더군요. '내가 누굴 닮았을까? 나 사토가 누굴 닮았을까?' 저 혼자 구시렁거리는 소리를 가만히 듣고 있던 내 귀신같은 마누라가 그러더군요. '누굴 닮긴요, 산가키 외삼촌을 빼닮았지요!'"

사토가 손을 뻗어 등불을 들더니 자신의 얼굴을 비춘다.

산가키는 흔들리는 불빛 속에 떠 있는 추하고 비굴한 사토의 얼굴을 응시한다.

눈 밑의 짓무른 살이 경련할 만큼 산가키의 눈에 힘이 들어
간다. 한순간 그는 격하게 파도치는 마음의 동요를 견디지 못하
고 손으로 가슴을 움켜잡는다. 신음을 토하며 고개를 젓는다.

사토가 웃으며 등불을 내려놓는다. 등불 불빛 속에 떠 있던
그의 얼굴이 어둠에 묻힌다.

"외삼촌 집에 오면서 바다를 보니 성곽 같은 안개가 우리 섬
으로 밀려오고 있더군요."

❖

시어머니와 아이들이 잠들고, 보채던 막둥이도 잠들고, 야스코는 혼자 깨어 바느질을 한다. 소처럼 묵묵하고 부지런하던 남편과 함께 짓던 농사를 혼자 짓느라 낮에는 바늘을 붙잡고 앉아 있을 짬이 없다.

녹이 슬고 끝이 무뎌진 바늘로 바늘땀을 떠 넣던 야스코는 바늘 잡은 손을 떨며 중얼거린다.

'이 작은 바늘로 찔러도 아프겠지?'

그녀의 손과 바늘이 부르르 떨린다.

'찌르고 찌르면 피가 나겠지?'

그녀는 남편을 스파이로 몰아 살해한 기무라를 바늘로 찌르고 싶다.

'내 앞에 나타나기만 해봐, 이 바늘로 네놈의 눈동자를 찔러버릴 테다.'

야스코는 기무라 총대장이 자신의 앞에 있다고 생각하고 허공을 바늘로 훅 찌른다. 또다시 훅 찌른다. 그녀는 흐느껴 울면서 허공을 바늘로 찌르고 찌른다.

❖

　산가키는 잠들지 못한다. 그는 영혼이 쪼개진 것 같은 충격을 받았다. 그는 사토의 얼굴에서 자신의 얼굴을 봤다. 등불 불빛 속에 가면처럼 떠 있던 얼굴… 소름 끼치도록 끔찍하던 얼굴은 누구의 얼굴도 아닌 바로 산가키 자신의 얼굴이었다.

　'사토가 날 닮았다는 걸 여태 몰랐다니…. 인간이 참으로 아둔해.'

　산가키는 잠들려 눈을 감는다. 그는 섬이 바다 속 깊이 태곳적부터 내리고 있던 뿌리를 잃고 떠도는 걸 온몸으로 느낀다. 망망대해에서 난파된 뗏목과 같은 운명인 섬에는 섬 주민들뿐 아니라 기무라 군대와 미군들도 함께 타고 있다.

　산가키는 도로 눈을 뜬다. 벗어 머리맡에 둔 옷을 걸치고, 늘 그렇듯 맨발로 집을 나선다. 그사이에 섬을 뒤덮은 안개를 헤치며 성터 쪽으로 발을 놓는다.

　네다섯 발짝 앞의 나무도 보이지 않을 만큼 안개가 짙지만 산가키는 성터로 이어지는 길에서 벗어나지 않고 부지런히 발을 놓는다.

　목화솜덩이 같은 안개 속에 들어앉아 있는 성터는 무덤 속처럼 고요하다. 산가키는 안개 속에 서 있는 거무스름하고 불길한 형체를 본다. 불탄 오두막이다. 지붕이 다 타고 뼈대만 남은 오두막은 안개 때문에 사람이나 짐승이 서 있는 것처럼 보인다. 불탄 산양의 머리처럼 보이기도 하는 그것이 산가키에게는 기무라로 보인다.

'아기를 죽이다니!'

'난 아기를 죽이지 않았어.'

'네가 아기를 죽인 걸 내가 알고 있어.'

'늙은이, 내 손을 봐. 피 한 방울 묻지 않았지? 내가 아기를 죽였다면 피가 묻어 있어야 하지. 하지만 내 손은 엄마가 방금 씻긴 아기 손처럼 깨끗해. 나는 아기의 발가락 하나도 부러뜨리지 않았어.'

'네놈에게서 썩은 피 냄새가 나.'

'늙은이가 너무 오래 살아서 노망이 났나 보군. 이 섬의 인간들은 짐승보다 나을 게 없으면서 지나치게 오래 살지. 닭 돼지처럼 살던 너희에게 우리 일본이 사람처럼 사는 걸 가르쳐줬지.'

'네 얼굴을 봐. 네가 죽인 사람들이 흘린 피가 네 얼굴에 묻어 있어.'

'늙은이, 아기를 죽인 건 너희 자식들이야.'

'우리 자식들에게 누가 총검을 들려줬지?'

'너희 자식들이 일본군의 총검을 받고 영광스러워하더군.'

'너희에게 이 섬은 뭐지? 이 섬에 애정이 있나?'

'한없는 애정을 갖고 있지. 이 섬은 일본 것이니까 말이야. 게다가 나 기무라 군대의 요새이기도 하지.'

'우리는 너희에게 쌀을 줬어. 돼지, 소, 산양, 담배… 너희들에게 자식들도 줬어. 그런데 너희는 우리에게 뭘 줬지?'

'적군으로부터 너희를 지켰지.'

'누구의 적군이지?'

'일본의 적군은 너희 오키나와의 적군이기도 해. 너희는 우리와 같은 운명이니까.'

'너희에게 이 섬 사람들은 뭐지?'

'일본인으로 새로 태어나야 하는 오키나와인이지.'

'우리는 일본인이 되고 싶다고 한 적 없어.'

'죽었다 깨어나도 일본인이 될 수 없는 미련한 족속이란 걸 너희도 알고 있으니까. 안 그래?'

'너는 우리가 결코 일본인이 될 수 없다고 하면서 일본인이 돼야 한다고 우기는군.'

'늙은이, 그것이 이 섬 사람들의 운명이야.'

'전쟁이 끝났다고 하던데….'

'내가 총대장으로 있는 이 섬에서는 끝나지 않았어. 총대장인 내가 죽기 전에는 아무도 이 전쟁을 끝내지 못해.'

'전쟁의 승리를 위해 죽을 수 있나?'

'난 절대 죽지 않아.'

❖

'아가야, 아가야…'

서쪽 끝마을의 어느 집에선가 아기를 달래는 소리가 들려온다. 아기 울음소리는 들려오지 않는다.

'아가야, 아가야…'

인간 사냥꾼을 낳은 과부 다미의 집에서 들려오는 소리다. 다미는 밤새 죽은 아기를 품에 끌어안고 누워, 아기의 찢기고 헤지고 화상을 입어 오그라든 살을 보듬고 어루만졌다.

"내 아들이 죽인 게 아니야."

다미의 얼굴 주름이 금이 가듯 일어선다. 그녀의 쪼그라든 얼굴은 금방이라도 조각조각 부서져 내릴 것 같다.

"내 아들 몸에 들어간 군인의 영혼이 아기를 죽인 거야. 뱀보다 사악한 군인의 영혼이 아기를 죽인 거야."

다미는 몸을 떨기 시작한다. 그녀의 몸은 뼈들이 부딪치는 소리가 날 만큼 격렬하게 떨린다.

그녀는 숨을 쉬는 것조차 버거운 몸을 일으키려 안간힘을 쓴다.

"내 아들 몸에서 군인의 영혼을 쫓아내야 해."

유미코는 몸을 더듬어오는 손을 느끼고 눈을 뜬다. 기무라의 손이다. 그녀는 인두처럼 뜨겁고 거친 손이 자신의 몸을 만지게 내버려둔다.

"아기는 살려주지 그랬어요."

"아기?"

"아기까지 처형했다고…." 유미코는 떨려서 말을 잇지 못한다.

"그게 뭐?"

"양심이 힘들지 않나요?"

"양심? 나는 양심에 꺼릴 게 없어. 나쁜 짓을 하지 않았으니까. 나는 일본군으로서 해야 할 일을 한 거야. 독단적으로 판단해서 명령한 게 아니야. 나는 단 한 명도 내 마음대로 죽이지 않았어. 너희 주민들이 스파이라고 밀고한 자들을 처형하라는 명령을 내린 것뿐이야. 총대장으로서 한없는 책임감을 갖고서 말이야."

"잘못 되지 않으면 내년 오월에 태어나겠지요…?"

"오월이라…." 기무라는 신음을 토한다.

"아기요… 벼가 노랗게 익을 즈음에…."

"…아기?"

"벚꽃이 만개할 때 태어나면 좋은데…. 이 섬은 그때가 가장 아름다워요…. 산마다 들마다 벚꽃이 지천이면 이 세상이 아닌 것 같아요…. 오월은 더워요. 장마가 일찍 오면 아기도, 엄마도 힘든데…."

그녀는 자신의 몸을 집요하게 만지던 기무라의 손가락에서 힘이 조금씩 빠지는 걸 느낀다.

"여자애 같아요. 여자애 태몽이었거든요. 남자들은 아들이 있어도 아들을 바란다고 하던데…. 고향에 아들이 있다고 했지요?"

코 고는 소리와 함께 기무라의 손이 그녀의 몸에서 미끄러져 떨어진다.

"아기가 생길 수 있다는 생각을 못 했어요. 나는 아기를 가져본 적이 없으니까…. 아기가 태어날 수 있을까요? 내 아기… 그리고 당신 아기…."

❖

도축장 일꾼들과 아와모리를 마시고 있던 사토가 다마키를 보고는 어깨를 활짝 젖히며 일어선다. 살금살금 다가가 다마키의 등에 거머리처럼 달라붙는다.

"다마키, 오늘 밤 아니면 내일 밤 군인들이 인간 사냥꾼들을 데리고 우리 마을에 내려올 거야."

다마키는 이빨에 귀를 물어뜯긴 듯 놀란다.

"조선인 고물상을 처형하러. 오늘 밤 아니면 내일 밤."

다마키가 돌아선다. 술기운이 올라 눈이 시뻘건 사토를 바라본다. 다마키의 짙은 눈썹 아래 눈동자가 떨린다.

"아무한테도 말하지 마. 네 마누라한테도. 너한테만 알려주는 거니까 입 꾹 다물고 너만 알고 있어."

"왜 나한테 알려주는 거야?"

"왜? 우리는 둘도 없는 불알친구니까."

사토는 신이 나 제자리에서 폴짝폴짝 뛴다.

집에 돌아와 낫을 숫돌에 갈던 다마키는 벌떡 일어선다. 손으로 낫을 꽉 움켜잡고 고개를 흔든다. 그는 낫을 팽개쳐두고 부엌으로 들어간다. 아내가 떠다 놓은 우물물을 바가지로 떠 들이켠다. 턱으로, 목으로 물이 흘러내린다.

새벽 두세 시경. 닭 우는 소리에 다마키가 두 팔을 내저으며 깨어난다. 귀에 온 신경을 모으며 들려오는 소리에 귀를 기울인다. 바람이 거의 불지 않는 데다 습도가 높아 고요하다. 우는 짐승도 없다. 다마키는 몸을 일으킨다. 모기장을 들추고 툇마루로 나간다. 조선인 고물상의 집 쪽을 바라보며 중얼거린다. '오늘 밤 아니면 내일 밤이라고 했는데…'

11부

❖

평소보다 늦잠을 잔 사토는 눈곱을 떼며 닭장으로 간다. 닭장 앞에 쪼그려 앉던 사토의 눈이 커진다. 닭장 문이 열려 있고 닭이 사라지고 없다. 빗장으로 질러놓았던 못은 땅에 떨어져 있다.

"마누라! 마누라!"

사토는 부엌으로 뛰어 들어간다. 돼지기름에 된장을 볶고 있는 마누라를 추궁한다.

"아이고, 족제비가 물어갔나 보네. 족제비가 경방단장님네 닭 모가지를 물어뜯어 죽여 놨다더니!"

사토의 아내는 남편이 하도 애지중지해 잡아먹지도 못하고 입맛만 다시던 닭이 족제비 차지가 된 게 속상해 궁시렁거린다.

"아니야, 아니야."

사토는 고개를 세차게 젓는다. 족제비 짓이라면 닭장 안에 사투의 흔적이 있어야 한다. 깃털이 한두 개라도 떨어져 있어야 한다.

"아이고, 군인들이 훔쳐 갔나 보네!"

"뭐?"

"군인들이 산적이 돼서는 몰래 마을에 내려와 된장도 훔쳐 가고 쌀도 훔쳐 가고 닭도 훔쳐 가고 한다는걸요."

사토의 눈 밑 살이 움찔움찔한다.

"소문내지 마!"

"뭘요?"

"촉새 같은 마누라야, 군인들이 간밤에 우리 집 닭을 훔쳐 갔다고 떠들고 다니지 말라고."

부엌을 나온 사토는 툇마루에 앉아 분을 삭이며 곰곰이 생각한다.

'슬슬 미군한테 붙는 게 신상에 나을까? 아니야, 아직은 아니야…'

❖

"재밌는 얘기가 있어, 재밌는 얘기가 있어."

혼자 놀러 나간 후미오 오빠를 찾아 쇠부엉이숲에 든 기코의 귀에 노랫소리가 들려온다.

"재밌는 얘기가 있어, 재밌는 얘기가 있어."

"후미오 오빠?"

"재밌는 얘기가 있어, 재밌는 얘기가 있어."

목소리는 여러 개다. 그리고 전부 다 사내아이들의 목소리다. 기코는 후미오 오빠의 목소리도 섞여 있는 것 같다.

"재밌는 얘기가 있어, 재밌는 얘기가 있어."

나무들 뒤에서 사내아이들이 걸어 나와 기코를 둘러싼다.

"재밌는 얘기가 있어, 재밌는 얘기가 있어."

기코는 사내아이들을 바라본다. 스파이 놀이를 하며 후미오 오빠를 스파이로 처형한 오빠들이다.

"재밌는 얘기가 있어, 재밌는 얘기가 있어."

"재밌는 얘기가 뭔데?"

기코가 집 마당으로 뛰어 들어가며 소리친다.

"엄마, 인간 사냥꾼들이 아빠를 죽일 거래요."

독감에 걸려 불덩이인 미유의 몸을 젖은 천으로 닦던 후미가 얼굴을 든다. 기코를 바라본다.

"누가 그러든?"

"오빠들이요. 엄마, 인간 사냥꾼들이 엄마하고 우리도 죽일 거래요."

후미는 아무 말도 못 하고 어린 딸을 쳐다보기만 한다.

"우리 아기도 죽일 거래요."

❖

　마사루는 전쟁이 끝난 걸 모르고 있다. 요미치의 가족이 인간 사냥꾼들에게 살해됐다는 것 역시 모르고 있다. 그래서 그는 산속에 숨어 있다. 어머니가 싸준 식량은 벌써 떨어졌다.

　쪽쪽쪽 쪽쪽쪽. 멀지 않은 곳에서 지빠귀 우는 소리가 들려온다.

　식용 버섯을 찾아 헤매던 마사루는 허공에서 흔들리고 있는 두 개의 다리를 바라본다.

　웬 사람이 칡넝쿨을 목에 감고 전나무 가지에 매달려 죽어 있다.

　수염으로 덮인 마사루의 입이 벌어진다.

　"미나토?"

❖

　작은밭 마을의 경방단장 집 마당. 후미가 아기를 품에 안고

서 있다. 경방단장은 마루 불단 앞에 몸을 외로 틀고 앉아 있다.

회색 기모노를 말끔히 차려입은 그는 후미에게 눈길을 주지 않

는다. 얼굴에는 곤혹스러워하는 기색이 역력하다. 후미와 아기

의 얼굴로 해가 몹시 뜨겁게 내리쬐고 있다.

　전신국장인 경방단장의 집은 오봉* 분위기가 난다. 그의 아

내와 딸들은 부엌에서 돼지다리를 삶고 두부를 쑤고 있다. 오

늘은 섬사람들이 최고로 치는 명절인 오봉이 시작되는 날이다.

　"제 남편의 억울한 사정을 하소연할 데가 경방단장님밖에

없어서 염치불구하고 찾아왔어요….."

　후미는 말을 하다 말고 울음을 터트린다. 엄마가 울자 아기

도 따라서 운다. 아기 울음소리를 듣고 부엌에 있던 여자들이

마당을 내다보며 수군거린다.

　후미는 울음을 삼키고 아기를 토닥이며 말한다.

　"경방단장님께서도 알고 계시겠지만 제 남편이 미군 스파이

로 오해 받고 있어요."

　"금시초문이군요." 경방단장은 후미에게 눈길을 주지 않고

말한다.

● 오키나와의 추석 명절로, 음력 7월 13일부터 15일까지 사흘간 이어진다.

"제 남편이 미군 스파이라는 소문을 못 들으셨어요? 너무 억울해요. 경방단장님도 아시겠지만 제 남편은 스파이 짓을 할 사람이 못 돼요. 저희 집에 미군 식량이 넘쳐난다는 것도 헛소문이에요. 집에 먹을 게 없어서 미군들이 먹다 버린 식량을 주워다 먹은 게 사람들의 오해를 산 모양이에요. 오봉인데 저희 집에는 감자 한 알 없어서 아이들이 굶고 있어요."

"다들 참으로 어려운 시절이에요."

"경방단장님, 부디 기무라 총대장님께 제 남편 얘기 좀 잘 해주세요. 저희의 불쌍한 처지를 헤아려주세요."

"내가 무슨 힘이 있다고…" 경방단장은 말끝을 흐린다.

"경방단장님께서 잘 말씀해주시면 기무라 총대장님이 다시 생각하지 않으실까요? 군인들이 제 남편을 노리고 있다는 소문도 못 들으셨어요?"

"그 역시 금시초문이군요."

"군인들이 저와 제 아이들까지 노리고 있다는데…" 후미는 울음을 삼켜가며 간신히 말을 잇는다. "경방단장님, 부디 기무라 총대장님께 제 남편 얘기 좀 잘 해주세요."

"미군들이 쫓고 있어서 나도 기무라 총대장을 만나는 게 쉽지 않습니다."

"혹시라도 기무라 총대장님을 만나 뵙게 되면 제 남편 얘기 좀 잘 해주세요."

경방단장은 여전히 후미에게 눈길을 주지 않는다.

"알았으니, 그만 집으로 돌아가세요."

후미가 돌아서려다 말고 마당에 무릎을 꿇고 앉는다. 아기를 꼭 끌어안고 경방단장을 향해 연신 머리를 조아린다.

"제 남편은 스파이가 아니에요! 절대 스파이가 아니에요! 제 남편이 스파이 짓을 했으면 제가 이 자리에서 혀를 깨물고 죽을게요."

후미는 아기를 더 꼭 끌어안으며 흐느껴 운다. 놀란 아기가 자지러지며 따라서 운다. 후미와 아기의 울음소리를 듣고 무슨 일인가 싶어 모여든 마을 사람들이 호기심 가득한 얼굴로 경방단장의 집 마당을 기웃거린다. 귀에 익숙한 목소리가 "조선인 고물상 마누라군!" 하고 가래를 뱉듯 말하는 소리가 후미에게 들려온다. 후미는 날아든 돌에 등짝을 맞은 듯 어깨를 떤다.

보다 못한 경방단장의 아내가 부엌에서 뛰어나온다. "신성한 오봉에 뭔 일이람!" 그녀는 젖은 손을 앞치마에 훔치며 후미에게 말한다.

"우리 집에서 이러지 말고 집으로 돌아가요."

후미가 경방단장의 아내를 올려다보며 고개를 흔든다.

"아주머니, 제 남편이 죄를 지었나요? 제가 죄를 지었나요?

저희 아이들이 죄를 지었나요? 저희 아기가 죄를 지었나요? 제 남편이 이 섬에서 죄 지은 게 있으면 말씀해주세요. 아주 작은 거라도 지은 죄가 있으면 말씀해주세요. 죗값을 달게 치를게요…. 제 남편이 조선인인 게 죄가 되나요? 그게 어떻게 죄가 되나요? 제 남편은 조선인으로 태어난 것뿐이에요. 제가, 아주머니가, 경방단장님이 오키나와인으로 태어난 것처럼 조선인으로 태어난 것뿐이에요…."

경방단장의 아내가 구경하는 사람들을 쳐다보며 혀를 찬다.

"제 남편과 제 아이들을 불쌍히 생각해주세요…. 아직 이름도 지어주지 못한 아기를 봐서라도 저희 가족을 너그럽게 봐주세요. 아주머니는 누구보다 저희의 어려운 사정을 잘 알고 계시잖아요."

"그 집의 딱한 사정을 잘 알고 있으니까 괜한 소란 피우지 말고 집으로 돌아가요."

아무 말이 없던 경방단장이 입을 뗀다.

"혹시라도 기무라 총대장을 만나면 잘 얘기해보지요."

그러나 경방단장의 목소리에는 자신이 없다.

"고맙습니다, 고맙습니다."

후미는 연신 고개를 숙여 보이며 몸을 일으킨다. 경방단장의 아내에게 머리를 조아리며 말한다.

"아주머니, 오봉에 소란을 피워서 죄송해요."

후미는 경방단장에게도 인사를 하고 돌아선다. 구경하던 사람들은 그새 가버리고 없다.

후미는 집 쪽으로 발을 놓으며 말한다.

"우리 아기… 엄마 때문에 놀랐지? 미안해, 미안해. 어서 집에 가자. 아빠한테 우리 아기 이름을 지어 달라고 하자…."

❖

또다시 경방단장의 집 마당. 조선인 고물상이 서 있다. 해가 서쪽으로 넘어가 마당에는 그늘이 넓게 드리워져 있다.

경방단장의 집은 여전히 오봉 음식 준비로 분주하다. 경방단장이 회색 기모노를 입고 앉아 있던 마루에는 제단에 놓아둘 사탕수수 다발이 대나무 바구니에 담겨 있다. 오봉이 시작되는 오늘 조상들의 영혼은 저승에서 나와 이승으로 건너올 것이다. 사흘 동안 자손들과 함께 지내다 다시 저승으로 돌아갈 것이다. 저승과 이승을 오가며 조상의 영혼은 사탕수수를 지팡이로 쓸 것이다. 그 옆에는 제단에 올릴 참외 다섯 개가 나무 바구니에 담겨 있다.

부엌에서 나온 경방단장의 아내가 자신의 집 마당에 서 있는 조선인 고물상을 보고는 얼굴에 불편해하는 기색을 띤다.

"아주머니, 단장님을 뵈러 왔습니다."

"어쩌지요? 단장님은 지금 집에 안 계세요."

조선인 고물상이 가지 않고 버티고 서 있자 그녀가 또다시 말한다.

"조금 전에 나가셨으니 금방 돌아오진 않으실 거예요."

조선인 고물상은 발길이 좀처럼 떨어지지 않는다. 그런 그를

딱하다는 표정으로 바라보던 경방단장의 아내가 타이르는 투로 말한다.

"단장님이 집에 돌아오시면 다녀갔다고 말씀드리지요."

조선인 고물상은 돌아서다 말고 경방단장의 아내에게 허리를 깊이 숙여 보인다.

"부디 저와 제 식구들을 감싸주십시오."

"네, 단장님이 오시면 말씀드리지요."

"부탁드립니다. 부탁드립니다."

터벅터벅 걸음을 놓는 조선인 고물상의 등 뒤에 대고 경방단장의 아내가 말한다.

"군인들이 노리고 있다면 아무래도 가족들이 흩어져서 숨어 있는 게 좋을 것 같네요."

12부

7명

❖

"엄마…."

미유가 열에 들뜬 목소리로 엄마를 부른다.

"미유, 깨지 말고 잠들렴."

"엄마, 엄마…."

미유는 마치 해도 달도 뜨지 않은 어두운 숲속을 헤매며 애타게 찾듯 엄마를 부른다.

언젠가 쇠부엉이숲에서 들려오던 미유의 목소리가 떠올라 조선인 고물상은 기분이 이상하다. 모내기를 해주고 품삯으로 받은 쌀이 담긴 자루를 들고 그 근처를 지나가는데 미유의 목소리가 들려왔다. 미유의 목소리는 또래 여자애들보다 작고 가늘다.

"엄마… 엄마…."

"미유, 밤이 오고 있으니 깨지 말고 잠들렴. 엄마가 꿈속에 먼저 가 기다리고 있을 테니 곤히 잠들렴."

"엄마, 나도 엄마하고 같이 꿈속에 먼저 가 미유 언니를 기다릴래요."

"그래, 기코. 꿈에 미유 언니를 만나면 키지무나*처럼 웃어주렴. 기코는 빨간 머리 요정 키지무나. 키지무나는 물고기의 눈

● 가주마루 나무에 산다는 전설 속의 요정.

326

알을 좋아하지. 기코, 꿈에 엄마와 배를 타고 물고기를 잡으러 가자꾸나. 키지무나가 배에 타면 그물이 늘어지도록 물고기가 많이 잡힌단다."

"엄마, 미유 누나가 미군 약을 먹었어요?"

"후미오, 누가 그러든?" 후미가 정색을 한다.

"아이들이요."

"후미오, 미유 누나는 미군 약을 먹지 않았단다."

후미는 후미오에게 단단히 이르고 남편을 바라본다.

"경방단장님이 기무라 총대장님께 잘 말씀드려주시겠지요?"

조선인 고물상은 툇마루에 앉아 땅거미가 내린 마당을 내다보고 있다. 조금 있으면 섬사람들은 마당에 나와 아와모리를 뿌리고 짚불을 태우며 조상의 영혼들을 불러들이는 의식을 치를 것이다.

"오봉인데 섬이 왜 이리 조용할까요?"

그러나 조금 전에도 산양이 울었다. 게다가 이 섬은 쉬지 않고 소리 내고 있다. 온갖 새소리, 가축들이 내는 소리, 바람에 나무와 사탕수수와 담뱃잎들이 흔들리는 소리, 파도 소리….

"오봉이 시작되는 날 밤이면 아버지는 오빠들과 마당에서 짚을 태우고 아와모리를 뿌려 조상님들을 맞이하셨어요. 어머니는 돼지고기를 듬뿍 썰어 넣고 밥을 지으셨어요. 평소에는 당근하고 칸다바*만 넣고 밥을 지으셨지만, 오봉 때나 제사가 있는 날이면 돼지고기를 넣고 밥을 지으셨지요. 제단에는 벌써 수박, 바나나 같은 과일이 놓여 있고요. 내가 제일 좋아하던 무치도 산난* 잎에 올려 놓여 있고요."

"후미, 우리 산양을 키울까?" 조선인 고물상이 묻는다.

"산양을 키우려면 우리가 있어야 해요. 들판에 산양을 붙들어 매놓고 키울 수는 없어요. 이 섬은 태풍이 지나가면 지붕이 뒤집히고 나무가 뿌리 뽑혀 쓰러지니까요. 지난여름 태풍 때 들판에 매놓은 주인집 산양이 새처럼 날아오르는 걸 당신도 봤잖아요."

뒷간에 다녀오던 후미는 후쿠기 나무의 잎들이 마당에 그리는 그림자를 바라본다. 그녀는 그것이 소리 없이 자신들에게 다가오고 있는 인간 사냥꾼들의 발 같아서 한참을 바라본다. 툇마루에 올라서려다 말고 그녀는 문득 고개를 들어 달을 바라본다. 원망스러울 만큼 달이 유난히 크고 밝다. 그녀는 달을 가위로 오려내고 싶다. 어둠을 싫어하는 그녀지만 오늘 밤만은 어둠이 한없이 짙었으면 싶다. 섬의 모든 사람들이 봉사가 돼버린 착각에 휩싸일 만큼 짙었으면 싶다.

---

* 고구마 잎처럼 생긴 덩굴 풀의 잎사귀.
◆ 오키나와의 복숭아나무. 잎이 넓고, 연분홍색 꽃망울이 벼이삭처럼 매달려 핀다.

❖

"뭘 그렇게 봐요?"

아내가 등불을 켜며 묻는 소리에 다마키는 말없이 고개만 흔든다. 그는 저녁 내내 툇마루 끝에 서서 턱을 내밀고 까마귀산 쪽을 바라보고 있다.

달빛이 무척 밝은데도 까마귀산은 먹지를 뒤집어쓴 듯 검다. 그래서 텅 빈 구멍처럼 보이기도 한다.

'사토, 그놈이 또 거짓말을 한 걸까?'

다마키는 돌아서려다 말고 속는 셈 치고 다시 까마귀산 쪽을 응시한다.

"짚 안 태워요? 조상님들 맞아야지요."

"알았어!"

퉁명스레 대꾸하는 다마키의 눈에 뭔가가 들어온다.

"저건…." 다마키의 눈이 커진다.

"뭘 그렇게 봐요?"

어느 결에 아내가 그의 옆에 와 있다.

"보여?"

"네? 뭐가요?"

"저기…."

다마키는 말을 하다 말고 허둥지둥 툇마루에서 내려간다.

"짚 안 태우고 어디 가요?"

그러나 다마키는 이미 마당을 다급히 나서고 없다.

❖

　조선인 고물상의 고개가 몹시 천천히 마당의 소철나무를 향한다. 그 뒤에 누군가 있다.

　조선인 고물상은 몸을 일으키고 싶지만 다리가 쇠처럼 굳었다. 후미가 뭐라고 말하는 소리도 들려오지 않는다. '누구지?' 그는 몸속 피가 한 방울도 남지 않고 마르는 것 같다.

　조선인 고물상이 간신히 몸을 일으키려는데 소철나무 뒤에서 들뜨고 겁에 질린 목소리가 들려온다.

　"도망가! 군인들이 산에서 내려오고 있어!"

　후미도 그 소리를 듣는다.

　"어서 도망가!"

　"여보, 다마키 씨 목소리 아니에요?"

　소철나무가 흔들리더니 둥그스름한 형체가 토해진다. 형체는 달아나는 짐승처럼 도랑을 따라 난 길을 달려간다.

　일어서 있는 조선인 고물상을 히데오가 올려다본다. 후미오와 기코도 아빠를 올려다본다.

　뭔가 말을 하려는 후미오에게 후미가 "쉿!" 하고 조용히 시킨다. 그녀의 얼굴은 공포에 질려 푸른빛이 감돈다.

　"여보, 얼른 도망가요! 후미오를 데리고 가요. 사네요시 씨

댁으로 가요…. 사네요시 씨 댁이요! 그분은 틀림없이 당신하고 후미오를 숨겨줄 거예요."

"엄마, 무서워…." 겁을 집어먹은 기코가 울먹인다.

아기가 깨어나 칭얼거린다. 후미에게는 그러나 아기의 울음소리가 들리지 않는다.

"여보, 후미오를 데리고 도망가요. 얼른요, 얼른!"

조선인 고물상은 망설인다.

군인들과 인간 사냥꾼들은 집으로 들이닥칠 것이다. 자신이 도망가고 없는 걸 알면 후미와 아이들을 내버려두지 않을 것이다.

"얼른 도망가요!"

후미가 툇마루로 나와 남편의 팔을 잡아끌며 마당으로 끌어내린다.

"후미오, 아빠를 따라가!"

후미오가 가만히 있자 그녀는 방으로 들어가 그 애를 데리고 나온다.

"엄마, 무서워." 기코가 운다.

"엄마, 무슨 일이에요? 엄마? 엄마?"

잠에서 깨어난 미유가 엄마를 간절히 찾는다. 그 애는 악몽을 꿨다. 기코와 함께 쇠부엉이숲을 헤매는 꿈이었다. 쇠부엉이숲은 춥고 새가 한 마리도 없었다. 나무들은 죽은 사람 같았다. 미유는 죽은 사람을 아직 한 번도 본 적 없지만 그렇게 느꼈다. 마치 죽은 사람들이 일어나 서 있는 것 같다고 느꼈다.

"사네요시 씨 집으로 가요!"

등을 떠미는 아내에게 조선인 고물상이 말한다.

"후미, 당신이 아이들을 데리고 도망가는 게 좋을 것 같아."

후미가 고개를 흔든다.

"싫어요, 싫어요!"

"후미….."

"나 혼자 아이들을 데리고 도망갈 수는 없어요. 더구나 아기까지…. 인간 사냥꾼들이 나하고 아이들은 해치지 않을 거예요. 우리 아기도요. 어서 도망가요!"

조선인 고물상은 그러나 꿈쩍하지 않는다.

"후미오, 어서 아빠하고 사네요시 아저씨 집으로 가!"

후미오는 그러나 어떻게 해야 할지 몰라 아빠와 엄마를 번갈아 쳐다보기만 한다.

조선인 고물상은 탄식을 토하며 고개를 흔든다.

"히데오는 해치지 않을 거예요. 히데오의 친아버지는 일본인

이니까요. 미유와 기코도 해치지 않을 거예요. 그 애들은 여자
애들이니까 살려줄 거예요. 아기와 나도요….”

"후미…."

조선인 고물상은 너무 괴로워 불길 속으로라도 뛰어들고 싶다.

"당신이 도망가면 나도 아이들을 데리고 숨을게요. 그러니
까 어서 후미오를 데리고 도망가요! 여보, 제발!”

❖

조선인 고물상은 후미오의 손을 잡고 사네요시의 집이 있는
서쪽 마을로 걸음을 놓는다. 바람에서 짚 태우는 냄새가 맡아
진다. 시큼한 아와모리 냄새도 맡아진다.

달빛이 점점 더 밝아지고 있지만 후미오에게는 한없이 어둡
기만 하다.

"아빠, 아무것도 안 보여요."

"좀 있으면 보일 거야."

"아빠도 안 보여요!"

후미오는 정말로 아빠도 보이지 않는다.

오늘은 집마다 귀신들이 찾아오는 날이다. 파도 소리, 나무
들이 흔들리며 내는 소리, 아빠의 거칠지만 힘없이 내뱉는 숨
소리, 자신의 숨소리, 발소리… 전부 후미오에게는 귀신들이 내
는 소리로 들린다.

매달리듯 아빠의 손을 잡고 종종걸음을 놓던 후미오가 홀쩍
뒤를 돌아다본다.

"아빠, 우릴 쫓아오는 것 같아요."

조선인 고물상은 보폭을 크게 하며 아들의 손을 더 꽉 잡아
끈다.

"우릴 쫓아오는 것 같아요."

"후미오, 돌아다보지 마."

후미오는 그러나 계속 뒤를 돌아다본다. 또 돌아다보다 돌에 발이 걸려 넘어진다.

조선인 고물상이 후미오를 일으켜 세운다. 그는 아들을 등에 업고 달리기 시작한다.

"아빠, 인간 사냥꾼들이 아빠를 죽일까요?"

등에서 들려오는 아들의 목소리가 조선인 고물상은 들리지 않는다.

"아빠도 죽이고, 나도 죽이고…."

✤

'왜 내 집 마당에 있는 거야?'

사네요시는 화가 난 얼굴로 조선인 고물상과 후미오를 바라본다. 사네요시의 아이들이 촛불 불빛 속에 모여 앉아 마당을 내다보고 있다. 마당에는 짚을 태운 냄새와 그 재가 남아 있다.

사네요시는 조선인 고물상과 후미오가 자신의 집 마당에 서 있다는 사실을 믿고 싶지 않아 고개를 젓는다. 그는 겁에 질려 있다. 그리고 화가 나 있다.

'다른 집으로 가! 내 집에 있지 마!'

"사네요시 씨, 저희 좀 숨겨주세요."

사네요시는 괴로워 입을 다물고 있다.

"저와 제 아들을 숨겨주세요." 조선인 고물상은 흐느낀다. "인간 사냥꾼들이 죽이려고 산에서 내려오고 있습니다."

"널 숨겨준 게 들통 나면 나도 죽임을 당할 거야…."

사네요시는 괴로워서 운다. 눈물은 흐르지 않지만 조선인 고물상은 그가 울고 있는 걸 느낀다.

"아저씨, 숨겨주세요! 숨겨주세요!" 후미오가 두 손을 모아 빌며 애원한다. 넘어질 때 긁힌 손등에서 피가 흐르고 있다.

❖

사네요시의 개가 짖는다. 조선인 고물상은 후미오를 겨드랑이에 품고 짚더미 속에 누워 있다.

짚더미가 거대한 파도처럼 출렁 흔들린다. 짚더미 속 어디선가 찍찍 쥐 소리가 들린다.

"아빠…."

"쉿!"

후미오는 얼른 입을 다물고 아빠의 심장이 뛰는 소리에 귀를 기울인다. 그 소리가 얼마나 크게 들리는지 쿵쿵 소리가 자신의 머리를 때리는 것 같다.

촛불을 끄고 아이들과 방에 죽은 듯이 누워 있는 사네요시는 심정이 복잡하다. 그는 조선인 고물상과 후미오를 자신의 집에서 내쫓지 못한 걸 후회한다.

'내쫓았으면 더 후회했을 거야.' 그는 스스로에게 말한다. 그는 자신의 집 말고는 서쪽 마을에서, 아니 이 섬에서 조선인 고물상을 숨겨줄 집이 없다는 걸 잘 알고 있다.

그는 마음속에서 죽은 아내의 혼을 부른다.

'마누라, 왔어?'

그는 방 안 어딘가에 죽은 아내의 혼이 있다고 믿고, 그 혼에게 빈다.

'지켜줘. 착한 사람이야. 먼 조선반도에서 온 불쌍한 사람이야.'

"아빠, 개가 짖어요."

사네요시의 맏딸이 목소리를 죽이고 말한다.

조선인 고물상도 개 짖는 소리를 듣는다.

조선인 고물상은 속으로 아내를 부른다. '후미, 후미…. 피신했을까?' 하지만 혼자 갓난아기와 아픈 미유까지 데리고 피신하는 게 쉽지 않을 것이다.

'후미와 아이들을 피신시켜야 했어.'

자책감에 고통스러워하던 조선인 고물상은 큰아들을 떠올린다.

'아, 히데오….'

그는 히데오가 아내의 곁에 있다는 사실이 새삼 든든하다. 듬직하고 차분한 히데오가 기코와 미유를 챙길 것이다.

"아빠…."

갑자기 개 짖는 소리가 잦아든다. 파도 소리 말고는 아무 소리도 들려오지 않는다.

❖

"아가야, 뚝, 울지 마, 울지 마…."

후미는 남편과 후미오가 사네요시의 집에 무사히 도착했는지 궁금해서 미칠 지경이다. 도중에 인간 사냥꾼들에게 잡힌 건 아닌가 싶어 불안하다.

"히데오, 사네요시 씨가 아버지와 후미오를 숨겨주셨겠지? 내쫓진 않았겠지?"

"숨겨주셨을 거예요."

후미는 아들의 말에 겨우 조금 안심이 된다. 그제야 자신과 아이들도 어서 어딘가로 피신해야 한다는 생각을 겨우 한다.

"엄마, 무서워."

기코가 엄마의 등에 달라붙는다. 결코 떨어지지 않을 것처럼 두 팔로 엄마의 허리를 감는다.

"기코, 아무 일도 없을 거야."

그녀는 기코를 겨우 떼어내고 미유의 이마를 짚어본다. 가라앉았던 열이 다시 오르고 있다.

❖

사네요시의 개가 다시 짖기 시작한다.

사내요시는 발소리를 듣는다. 적어도 여섯 사람 이상이 내는 발소리다. 비밀스러우면서도 일사분란하게 움직이고 있는 것 같은 발소리는 짚더미 속에 파묻혀 있는 조선인 고물상에게도 들린다.

'제발, 제발, 제발, 제발…!'

조선인 고물상의 사포처럼 메마른 혀에 혓바늘이 돋는다.

한 덩어리로 움직이던 발소리들이 돌연 분산돼 흩어진다. 둘씩 셋씩 짝을 진 발소리는 이제 사방에서 난다. 서쪽 마을의 개들이 모두 깨어나 짖기 시작한다. 돼지들도 깨어나 운다. 발소리는 개들이 짖는 소리에 묻힌다.

"아빠…."

❖

이케다와 인간 사냥꾼, 경방단원들이 사네요시의 집으로 향한다. 사내 하나가 그들의 길잡이가 돼주고 있다. 횃불은 필요 없다. 달빛이 넘치게 밝기 때문이다.

"오늘 밤 조선인 고물상을 잡지 못하면 이 마을 주민 전부 스파이다!"

개가 맹렬히 짖는 집 앞에 이르자 사내가 말한다.

"이 집이에요. 조선인 고물상하고 아들하고 이 집으로 들어가는 걸 내가 봤어요."

❖

조선인 고물상은 사네요시와 그의 아이들이 방에서 마당으로 끌려 나가는 소리를 듣는다. 아이들의 울음소리가 들려오자 후미오가 아빠를 끌어안는다.

"조선인 스파이를 어디에 숨겼지?" 이케다가 총검을 빼들며 묻는다.

"몰라, 몰라…." 사네요시는 고개를 흔든다.

"사네요시 아저씨, 어서 말해요." 인간 사냥꾼들 뒤에 서 있던 경방단원 하나가 사네요시를 다그친다. "안 그러면 우리 마을 주민 전부가 스파이가 된단 말이에요."

"몰라, 몰라…."

"찾아!" 이케다가 인간 사냥꾼들에게 명령한다.

발소리들이 짚더미 쪽으로 몰려온다.

짚더미 한쪽이 무너져 내린다. 놀란 쥐들이 찍찍찍 소리를 내며 도망간다.

어떤 손이 짚더미 속으로 쑥 들어온다. 크고 뜨거운 손이 조선인 고물상의 발목을 잡는다. 피가 통하지 않을 만큼 꽉 잡더니 당기기 시작한다.

"아빠! 아빠."

❖

조선인 고물상은 목에 밧줄을 감고 사네요시의 집 마당에
누워 있다.

흥분한 인간 사냥꾼들이 조선인 고물상을 에워싸고 있다.

후미오는 매달리듯 아빠의 발을 손으로 붙잡고 주저앉아 있다.

너구리가 밧줄을 손에 감아 잡는다. 손에 힘을 주고 밧줄을
잡아당기자 조선인 고물상의 턱이 들린다.

조선인 고물상의 입에서 바위에 금이 가는 것 같은 소리가
토해진다.

"둑으로 간다." 이케다가 명령한다.

"형, 둑으로 가래요." 겐이 너구리에게 말한다.

"나도 들었어." 너구리가 겐을 째려본다.

너구리는 망설이다 밧줄을 잡아당긴다. 밧줄이 조선인 고물
상의 목을 조이며 그의 몸을 너구리 쪽으로 끌어당겨 놓는다.

너구리와 다람쥐는 함께 밧줄을 잡아당기며 둑 쪽으로 발을
놓는다. 조선인 고물상은 밧줄에 목이 매달려 조금씩, 조금씩
끌려간다.

사네요시의 집에서 둑까지는 3백 미터쯤 된다.

'죽은 개처럼 끌려가는구나…'

조선인 고물상은 뼈가 앙상한 사지를 늘어뜨리고 끌려가며 오열한다. 살려 달라는 말이 나오지 않는다.

땅이 미쳐서는 조선인 고물상의 살을 할퀴고 머리카락을 잡아당긴다.

돌멩이도 미쳐서는 송곳니가 돼 그의 살을 찌른다. 아주 작은 돌멩이도 송곳니가 된다.

풀포기가 칼이 돼 그의 살을 벤다.

바다 쪽에서 불어오는 바람은 성난 낫이 돼 그의 얼굴 위에서 춤을 춘다.

50미터도 못 가 조선인 고물상의 머리에서 피가 흐른다. 등과 엉덩이, 허벅지, 종아리, 발뒤꿈치에서도 피가 흐른다.

어떤 손이 조선인 고물상의 발을 와락 붙들고 매달린다.

"아빠, 아빠, 아빠!"

후미오는 밧줄에 목이 매달려 끌려가는 아빠의 발에 매달려 함께 끌려간다.

"우리 아빠를 놔줘요! 우리 아빠는 스파이가 아니에요. 우리 아빠를 죽이지 마요. 우리 아빠를 살려줘요."

족제비가 후미오를 들어 내동댕이친다

'후미오, 도망가!'

조선인 고물상의 목에서는 그러나 호두가 으깨지는 것 같은 괴상한 소리만 나온다.

'도망가!'

후미오는 다시 아빠의 발에 매달린다. 매달려 7미터쯤 끌려 간다.

족제비가 후미오에게 달려들어 떼어낸다. 다시 아빠의 발에 매달리려는 그 애를 군인이 거꾸로 들어 고구마 밭으로 던진다.

"죽여!"

❖

후미는 대나무 바구니 속에서 울고 있는 아기를 들어 품에 안는다. 두 다리가 심하게 떨리고 엉덩이가 진흙처럼 흘러내려 간신히 몸을 일으킨다.

"히데오, 가자!"

히데오가 미유와 기코를 쳐다본다.

"히데오, 어서 엄마를 따라와."

히데오는 망설인다. 미유와 기코, 엄마를 번갈아 바라본다.

"엄마, 기코하고 저는요?"

미유가 까맣게 꺼진 얼굴로 엄마를 올려다본다.

"미유, 너는 기코하고 집에 있어."

"나도 데려가요!" 기코가 엄마의 다리를 붙잡고 매달린다.

"기코, 언니하고 집에 있어!"

"싫어. 나도 데려가요."

후미가 울면서 딸들에게 애원하듯 말한다.

"미유, 기코… 너희는 해치지 않을 거야."

후미는 정말로 그렇게 믿는다. 아니 믿으려 애쓴다. 어린 여자애들까지 칼로 찢어 죽이지는 않을 것이다. 요미치의 아기를 죽인 건 사내 아기이기 때문이다.

❖

조선인 고물상의 머리는 둑에 놓여 있다. 히데오가 잡았던 흰 물고기가 놓였던 그 둑이다. 조선인 고물상은 눈을 뜨고 있다.

료타가 조선인 고물상의 목에 감긴 밧줄을 두 손으로 매달리듯 움켜잡고 있다. 시커멓고 커다란 손의 마디들이 불거지며 손등에 난 털이 일어선다.

밧줄이 조선인 고물상의 목을 조여 온다.

조선인 고물상의 얼굴이 둑 바닥에서 한 뼘쯤 들렸다 떨어진다.

조선인 고물상의 입에서 토해지는 소리가 마치 해명海鳴이 우는 소리처럼 둑 위에 떠돈다.

"스파이, 스파이…." 겐이 소목장에서 익힌 주술을 외우며 조선인 고물상의 해골 같은 얼굴을 들여다본다.

미동조차 없지만 황금빛 달빛을 받아 보석처럼 형형하게 빛나고 있는 두 눈동자가 해골이 아니라는 걸 겐에게 일깨우고 있다. 두 눈동자에 홀린 듯 사로잡혀 있던 그는 오줌을 찔끔 싸지르며 뒷걸음질한다.

조선인 고물상의 머리가 한 번 더 둑 바닥에서 들렸다 떨어진다.

뒤이어 후미오의 높고 가는 비명 소리가 섬을 찢고 찢는다.

✤

조선인 고물상의 집에서 백 미터쯤 떨어진 가주마루 나무 아래.

후미와 히데오, 농부처럼 차려입은 군인 둘과 족제비가 맞닥뜨린다.

후미는 우는 아기를 꼭 끌어안으며 히데오의 앞을 가로막고 선다.

아기의 얼굴과 함께 울음소리가 후미의 가슴에 짓눌린다.

바닷가에서 불어오는 바람에 가주마루 나무의 털뿌리들이 땅으로 내려오는 것 같은 착시를 일으키며 흔들린다.

어느 집에서 뒤늦게 태우는 짚 냄새가 공기 중에 퍼져 있다.

후미는 가주마루 나무 뒤 들판에서 누군가 자신들을 지켜보고 있는 걸 느낀다. 그녀는 도와 달라고 소리치고 싶지만 그러지 못한다.

후미는 군인의 손에 들린 총검에서 피가 뚝뚝 흐르는 걸 경악에 찬 눈으로 바라본다.

'내 남편을 죽인 거야? 응? 후미오는 죽이지 않았지?'

후미는 피가 땅이 아니라 자신의 얼굴로 떨어지는 것 같다.

'아아…' 후미는 차라리 미쳐서 가슴을 찢어 보이고 싶다.

군인이 총검을 치켜들자 그녀는 반짝 정신을 차리고 말한다.

"히데오는 살려주세요."

"히데요?"

"큰아이요, 큰아이는 살려주세요. 이 애 아버지는 일본 본토인이에요. 일본인이요."

족제비가 총검을 치켜든 군인을 쳐다본다.

"전부 죽이라고 했어."

"자라서 복수할 수도 있으니까." 다른 군인이 총검을 들며 말한다.

"히데오, 도망가!"

후미가 손으로 히데오를 힘껏 떠미는 동시에 군인이 그녀의 머리를 총검으로 내리친다.

❖

방문이 떨어져나가듯 열린다.

달빛이 방 안을 비춘다. 대나무 바구니 요람이 엎어져 있고, 촛불은 꺼져 있다. 미유와 기코가 벽장 속에서 서로 꼭 끌어안고 떨고 있다. 여자애들은 자신들을 노려보고 있는 군인들의 얼굴을 바라본다. 군복을 입고 있지 않지만 여자애들은 그들이 군인이라는 것을 안다.

기코는 군인들의 얼굴이 괴물 같다.

방 안까지 얼굴을 들이밀고 있던 군인이 여자애들에게 나오라는 손짓을 한다. 여자애들이 말을 듣지 않자 군인이 말한다.

"엄마가 너희들을 데려오라고 했어."

여자애들은 고개를 흔든다.

"엄마가 너희들을 데려오라고 했다니까."

"엄마가 집에 있으라고 했어요." 기코가 말한다.

미유는 너무 아파서 눈을 뜨고 있는 것도 힘들다.

"엄마가 너희들을 데리고 오라고 했다니까!" 군인이 목소리도, 표정도 무섭게 하고 말한다.

"엄마가 어디 있는데요?"

"쇠부엉이숲에 있지."

"집에 있을래요." 미유가 겨우 말한다.

군인들이 방 안으로 성큼 들어선다. 군인 하나가 기코를 번쩍 안아 든다. 다른 군인은 미유를 안아 든다.

기코를 안은 군인이 말한다. "착하지, 엄마한테 가자."

❖

    둑 아래, 밧줄을 목에 감고 늘어져 있는 조선인 고물상의 몸 위로 묵직한 뭔가가 떨어진다. 심장이 후벼 파헤쳐지고 얼굴이 찢긴 후미오다. 그 애의 몸에서 범람하는 피가 조선인 고물상을 덮고 또 덮는다.

    황금덩이 같은 달은 그사이 섬을 반 바퀴 돌아 둑 위에 떠 있다.

    달빛이 넘쳐흐르는 둑 위에서 서성이던 발소리들이 떠나며 목소리 하나가 들려온다.

    "시체들을 치우지 마. 주민들이 보게 둬."

숫자와 공백

오세종 | 류큐 대학 인문사회학부 교수

김숨 작품에서 '숫자'는 남다른 의미를 갖는다. 소설 『한 명』과 같이 숫자를 타이틀로 내걸 만큼 그녀의 작품세계는 숫자에 대한 상상력으로 충만하다.

『오키나와 스파이』에도 여러 다양한 숫자가 등장하는데, 이들 숫자는 단순한 기호에 머물지 않고 독자로 하여금 경탄을 자아내게 하는 장치로 작동한다. 소설은 총 12부로 이루어져 있는데, 이 가운데 네 개의 부만 제목이 붙고 나머지는 공백으로 되어 있다. 1부 「9명」, 4부 「1명」, 9부 「3명」, 12부 「7명」과 같이 말이다. 공백은 9, 1, 3, 7이라는 숫자와 관련되며, 암흑지대에 갇혀 보이지 않는 역사를 품고 있다. 여기에는 보이지 않는 공백으로 남겨진 역사를 숫자가 가시화한다는 관계가 있다. 소설을 읽기 전 차례에서부터 숫자라는 장치에 담긴 작가의 전략이 무엇인지, 또 숫자와 공백에 담긴 역사와 그 시대를 살아간 이들의 삶이 어떠했는지 궁금증을 자아낸다. 이 범상치 않은 차례 구성은 사태의 본질을 숫자라는 이미지를 통해 선명하게 각인시키는 역할을 하는데, 이를테면 다음과 같은 역사적 사실이다.

1945년 오키나와 전투沖繩戰 당시 일본군에 의해 살해당한 구메지마ㅅ米島 주민들의 숫자라는 것. 이른바 '구메지마 수비대 주민 학살 사건'이라고 일컬어지는 사태로, 구舊 일본군 수비대장 가야마 다다시鹿山正의 지휘하에 9명, 1명, 3명, 7명의 주민이 일본군에 의해 살해되었다. 이 20명의 희생자 가운데 7명은 작품에서 '조선인 고물상'이라고 불린 구중회(일본 명은 다니카와 노보루谷川昇)와 그의 가족들이었다.

구메지마는 오키나와 본섬에서 서쪽으로 백 킬로미터 떨어진 곳에 자리한 풍요롭고 아름다운 섬이다. 지명에 쌀 미米자가 붙을 만큼, 수량이 풍부해 쌀 고장으로도 널리 알려져 있다.

이 작은 섬에도 일본군이 배치됐다. 오키나와 전투 발발 전인 1943년, 해군 대장 사와다 젠조沢田善三와 전파탐신대日本海軍沖

縄方面根拠地付電波探信隊 열두세 명이 구메지마에 상륙했다. 가야마 다다시(소설에서는 '기무라 총대장'으로 등장)가 사와다를 대신해 부대장을 맡게 된 것은 그가 구메지마에 온 1944년 10월이었다.

상륙 초기만 하더라도 섬 주민들은 일본군이 자신들을 지켜줄 것이라고 믿으며 보초 역할은 물론 노동력과 식량을 제공했다. 미군에게 잡히면 처참한 일을 당할 것이라는 소문에 주민들은 더 적극적으로 협력했다. 반면 가야마 부대는 주민들을 믿지 않았을뿐더러 잠재적 스파이로 간주했다. 적의 '스파이'가 아군의 모습을 하고 침입할지 모르니 주의해야 한다는 방침이 내려질 정도였다. 미군의 상륙을 막고 오키나와를 요새화하기 위해 군인뿐만 아니라 섬 주민들도 동원되었는데, 이는 군사 기밀이 누출될 위험을 껴안는 일이기도 했다. 섬 전체가 "스파이로 우글우글하다"는 말이 현실이 되기도 했다. 일본군에 이어 상륙한 미군은 항복을 권고하는 문서를 운반하게 하거나 섬 지리에 익숙하지 않았던 탓에 주민을 앞세워 섬을 돌아다녔다. 가야마의 입장에서는 미군과 함께하는 주민은 죽여 마땅한 '스파이'였다. 가야마의 손에서 스파이인지 아닌지 판가름이 났고, 그렇게 스파이로 지목되어 20명이 목숨을 잃었다. 그 가운데 13명의 희생자 명단은 다음과 같다.

첫 번째 희생자는 아사토 쇼지로安里正次郎로, 미군의 항복 권고서를 들고 가야마 부대를 찾았다가 그곳에서 살해당했다.

두 번째 희생자는 미야기 에메이宮城栄明(목장 경영자)와 아내 시게シゲ, 처남 마고이치로孫一郎, 히가 가메比嘉亀와 아내 쓰루ツル, 장남 사다요시定喜와 아내 쓰루ツル, 기타하라北原의 구장区長 고바시가와 도모레루小橋川共晃, 경방단장 이토카즈 모리야스糸数盛保 등 9명이었다. 이들은 히가 가메와 미야기 에메이의 처남, 고용인 등 3명이 미군에 연행됐다 풀려난 사실이 밝혀져 살해당했다.

세 번째 희생자는 나칸다카리 메이유仲村渠明勇와 아내 시게シゲ, 아들 아키히로明廣(1세) 등 3명이었다. 포로수용소에 잡혀 있던 나칸다카리 메이유가 미군에게 길 안내를 해주었다는 이유로 일가족이 살해당했다. 길 안내를 해주면 함포 사격을 하지 않고 상륙하겠다는 미군의 제안에 따른 것이었다.

*

'오키나와 스파이'라는 제목에서도 알 수 있듯 소설은 일본군의 스파이 공포증과 이 공포증에 휘말려 들어간 섬 주민들의 모습을 섬세하게 파헤친다. 숫자가 아닌 공백으로 남겨진 부분은 바로 스파이 공포증에 침범당한 섬 주민들의 이야기로 채워진다. 스파이 공포증에 감염된 이들은 몇 가지 경우로 구분된다. 스파이가 "우글우글하다"는 망상을 깊숙이 내면화한 이들, 생존을 위해 스파이 공포증을 이용하려는 이들, 그것이 망상임을 알면서도 떨쳐버리지 못하고 괴로워하는 이들이다. 주민을 살해하는 편에 선 섬 소년들은 스파이 공포증을 깊숙이 내면화한 상태이고, 자신의 이웃을 교활하고 잔인하게 스파이로 몰아가는 사토 같은 인물은 두 번째 경우에 속한다. 그리고 긴조와 다마키, '조선인 고물상'의 아내 후미 등은 세 번째에 해당할 것이다.

스파이 공포증과 함께 슬며시 고개를 들기 시작한 또 하나의 병폐인 식민주의도 작가는 부각시킨다. 작품 속에서는 아이들까지 전쟁 분위기에 휩쓸려 스파이와 스파이 사냥꾼 놀이를 한다. 스파이가 되는 쪽은 '조선인 고물상'의 아이. 이 아이는 스파이로 몰려 얻어맞기 일쑤다. 우리는 이 한 장면에서조차 섬이 내면화한 식민주의를 읽어낼 수 있다. 그것만이 아니다. "조선 놈들은 일본군의 노예다", "스파이!", "네놈 때문에 일본이 전쟁에서 진 거다"라며 조선인에게 폭언을 퍼붓는 섬 주민들. 이 또한 스파이 공포증의 일종이자 식민지 위계질서를 떠올리게 하는 장면이다.

가야마가 섬 주민을 '스파이'로, 구메지마를 '식민지'로 불렀다는 증언을 언급할 필요도 없이, 일본군을 오키나와보다 우위에 두는 식민지 위계질서는 오키나와 주민과 조선인과의 관계에서도 그대로 반복된다. 조선인 일가족 학살 사건에서 보듯 구메지마도 예외가 아니었다. 숫자가 아닌 공백으로 남은 지대 또한 복잡하고 중층적이라는 추측을 가능케 한다.

소설의 마지막 「7명」은 실제 있었던 구메지마 '조선인 고물상' 일가족의 죽음과 겹쳐진다. 식민지 위계질서의 최하층에 놓인 이 가족이 학살된 것은 일본의 패전을 알리는 천황의 옥음 방송이 있은 지 5일이나 지난 8월 20일이었다.

구중회는 구시손久志村 출신의 여성과 결혼해 구메지마로 건너왔다. 이후 리어카를 끌며 다섯 아이들과 단란한 가정을 꾸렸다. 갓난아기까지 일가족이 전부 몰살당한 구중회 가족의 이름을 아래에 기록해둔다.

구중회, 51세

아내 우타ウタ(본명은 미쓰美津), 36세

장남 가즈오和夫, 10세

장녀 아야코綾子, 8세

차남 쓰구오次男, 6세

차녀 야에코八重子, 3세

유아(호적에도 올라가지 않음), 태어난 지 수개월

구중회는 누구처럼 미군과 동행한 적도, 미군에 연행된 적도
없었다. 스파이 혐의를 씌울 만한 것이 전혀 없었지만, 굳이 찾
자면 마을을 이리저리 떠돌아다닌 것이 이유라면 이유랄까. 행
상이나 식량 확보를 위해 다닌 것임에도 의심을 샀던 것이다.
거기다 조선인은 위험한 존재라는 주민들의 편견도 한몫했다.
훗날 우타의 어머니는 이렇게 증언했다.

나는 조선인이라면 왠지 모르게 불결하고, 더럽고, 무서운
사람들처럼 생각되었어요. 당시에는 나하^{那覇} 사람들이나 시
골 사람들이나 다 그렇게 생각했다니까요. (…) 미쓰가 조선
인과 결혼했다는 말을 듣고 얼굴을 들고 살 수가 없었어요.
　　　　　　　—오키나와 현 교육위원회 편, 『오키나와 현사 제10권
　　　　　　　오키나와 전쟁 기록2』, 지넨 가마도^{知念カマド}의 증언

이 같은 편견은 구메지마에도 널리 퍼져 있었다. 조선인이라
는 이유만으로 혐오하는 주민들이 근거 없는 소문을 퍼뜨렸고,
그것이 가야마 부대에까지 전달됐다는 이야기도 있다. "섬사람
으로부터 이러쿵저러쿵하는 정보를 입수"해 살해를 실행했다

는 가야마의 증언도 남아 있다.(『류큐신보』 1972년 3월 28일자 조간)

당시 구메지마는 크게 두 개 마을로 나뉘어 있었던 탓에 스파이로 지목하는 과정에는 주민 간의 반목도 영향을 미쳤다.(섬 오른쪽은 나카자토仲里 마을, 왼쪽은 구시카와具志川 마을이었다. 현재는 구메지마초久米島町로 통합되었다.) 가야마 부대는 구시카와 마을에 진지를 구축하고 그곳에서 식량을 공출해 갔는데, 땅은 나카자토 마을이 더 비옥했다고 한다.

이렇듯 두 마을이 갈등을 겪어온 정황도 있어 스파이에 대한 정보를 제공한 자가 누구인지 명쾌하게 밝히기 어려운 측면이 있기는 하다.

하지만 구중회의 경우는 다시 한 번 말하지만 상황이 달랐다. '다니카와'라는 일본식 이름을 사용했지만, 그가 조선인이라는 사실을 누구도 모르지 않았다. 조선인 혐오와 스파이 공포에 휩싸여 있던 마을 사람들은 그가 조선인이라는 사실만으로도 그에게 스파이 혐의를 씌우기에 충분했다. 그렇게 구중회는 스파이로 몰려 일본군 부대에 전해졌고 가야마는 살해 명령을 내렸다.

1945년 8월 20일, 구중회 일가족이 학살당한 날. "군인들이 죽이러 올 것"이라는 주민의 경고에 우타는 갓난아기와 장남 가즈오를 데리고 도피한다. 그런데 곧 주민으로 변장한 일본군에게 발각되어 죽임을 당한다. 일본군은 도망치는 장남의 머리를 일본도로 내리쳐 죽였다. 집 안에서 공포에 질려 떨고 있던 장녀와 차녀를 엄마에게 데려다준다고 속여 집에서 5백 미터 정도 떨어진 잡목 숲으로 끌고 가 칼로 찔러 살해했다. 며칠 전부터 처형될 것이라는 흉흉한 소문이 퍼진 터라 구중회는 둘째 아들을 데리고 섬 남쪽 지역인 도리시마鳥島로 내려가 지인 집에 숨어 있었는데 발각되고 말았다. 구중회는 목에 밧줄이 묶인 채 해안으로 끌려가던 중 목숨을 잃었다. 아버지를 붙잡고 울부짖던 둘째 아들도 일본도로 잔인하게 살해되었다.

살해 명령을 내린 가야마 대장, 이를 실행에 옮긴 일본군 쓰네 쓰네사다常恒定와 그 일당, 밀고한 주민, 살해당한 조선인 가족…. 스파이 공포증과 식민지 위계질서가 복잡하게 얽혀 이 잔인하고 비극적인 사태가 벌어지게 된 것이다.

*

『오키나와 스파이』는 오키나와 전투에 관한 사료를 꼼꼼하게 조사해 집필한 것으로 보인다. 그렇다고 해서 사실 그대로를 반영한 작품은 아니다. 작가의 풍부한 상상력이 덧대어지긴 했지만 완전한 픽션도 아니다. 이 소설은 두 가지 방향으로 상상력이 발휘되고 있는 듯하다. 하나는 아직 밝혀지지 않은 역사를 숫자와 숫자를 연결해 풀어가는 상상력이고, 다른 하나는 그 반대의 상상력이다. 즉 불변의 사실이라는 믿음을 흔들어놓는 상상력이다.

상상력의 이 두 방향은 등장인물 하나하나에, 더 나아가 산이나 숲에까지 동물명으로 명명하고 있는 데에서 알 수 있다. 일반적으로 도살이든 사냥이든 동물이 어떤 과정을 거쳐 죽음에 도달하는지에 대해 우리 인간은 잘 알지 못하고 의식하지도 않는다. 인간의 말을 갖지 못한 동물들 또한 당연히 침묵한다. 이 상황은 인간이 인간을 동물로 취급하는 식민지에서도 출현한다. 동물이라는 이유로 살해당하는 사람들이 있고 또 그들은 식민지 상황에서 말을 빼앗겨 침묵을 강요당하기 때문이다. 침묵하는 동물과 같이 살해당하는 것이다. 이것이 살육이 벌어진 역사를 밝히기 어렵게 만드는 이유 중 하나가 된다. 소설은 바로 이 점에 자각적이다.

나아가 작가는 동물(섬사람)이 동물(섬사람)을 죽이는 것을 강조함으로써 상황의 복잡성을 그려낸다. 즉 소설 속 많은 등장인물을 동물명으로 호명하고 있는 것은—'조선인 고물상'으로 등장하는 인물은 이름조차 갖지 못한 것일 수 있다—피해자들과 사건의 전모를 드러내 보이는 것의 어려움을 토로하기 위함이 아닐까. 말하자면 자칫 '역사적 진실'이라는 단어와도 우리가 멀어져버릴 수 있음을 상기시키는 장치가 동물 이름이 아닐까. 그렇게 보면 소설에 등장하는 수많은 동물 이름은 아마도 역사적 진실의 탐구를 위한, 그리고 이를 위해 역사적 사실에 접근하기 위한 상상력의 왕복 운동에 대한 은유일 것이다.

이 왕복 운동은 틀림없는 사실로 보이는 숫자조차도 끌어들인다. 무엇보다도 이 숫자를 낳은 배경이 애매하고 명백하지 않기 때문이다. 게다가 작품 속에서 동물처럼 죽임을 당한 20명 외에 3명이 스스로 목숨을 끊는다. 이 죽음이 직접적인 살인과 무관하다고는 아무도 말할 수 없을 것이다. 즉 틀림없는 사실로 보이는 숫자조차도 당시 상황은 물론 피해자, 가해자, 자연 등의 공백지대에 뒤섞여 희석되어버릴 수 있다는 것을 시사한다. 그런 점에서 숫자와 공백은 역설적으로 상상력의 운동이 낳은 산물이자 상상력의 원천이라고 할 수 있다.

"사람이 동물을 매도罵倒할 때, 인간 안의 동물을 매도할 때" 파시즘이 시작된다는 자크 데리다의 발언을 떠올리지 않더라도, 최근 부상하고 있는 동물론의 관점에서 이 소설을 읽는 것은 매우 유효할 것이다.

*

마지막으로 우타 씨와 그녀의 어머니에 대한 이야기를 덧붙이고 싶다. 오키나와 본섬 북부 지역 출신인 우타 씨는 학구열이 높았다고 한다. 그런데 당시만 하더라도 여성이 교육을 받는 경우는 드물었고 어머니도 딸을 곁에 두고 싶어 했기 때문에 모녀는 갈등을 겪게 된다. 우여곡절 끝에 우타 씨는 집을 떠나 홀로 나하로 건너가 공부를 시작한다. 그 이후의 사정은 잘 알려져 있지 않지만, 형사 출신의 남자와 결혼해 아들까지 낳았지만 헤어지게 된 모양이다. 그리고 구중회를 만나 결혼한 뒤 구메지마에 정착한다. 조선인 차별이 심했던 시절이라 어머니에게도 결혼 사실을 알리지 못했다고 한다. 구메지마에서 '미쓰'라는 본명 대신 어릴 때 불리던 '우타'를 사용한 것도 어머니에게 피해가 갈 것을 우려했기 때문이었다. 딸이 조선인과 결혼한 사실을 알게 된 어머니는 크게 당황했고 축복은커녕 침묵으로 일관했다. 그런 가운데 일가족 학살이 일어난 것이다.

오키나와 전투 당시 우타 씨의 부모는 해외로 건너가 전쟁의 화를 피했다. 전쟁이 끝나고 오키나와로 돌아온 후 우연히 접한 뉴스에서 딸이 살해당했다는 사실을 알게 된다. '구메지마', '여성', '살해'라는 단편적인 단어만으로도 어머니는 살해당한 사람이 자신의 딸임을 직감한다. 침묵이 영원히 넘을 수 없는 벽이 되어버린 순간이다.

딸의 죽음 앞에서 어머니는 과연 어떤 생각을 했을까? 어느 덧 시간이 흘러 인생 후반부를 맞게 된 어머니는 가족들 앞에서 불현듯 이런 말을 했다고 한다. "차라리 미쳐버렸으면"이라고. 어머니는 기적적으로 살아남았다. 그러나 그것은 또 다른 고통의 시작에 불과했다.

넋을 달래는 일은 구중회와 우타, 어린아이들, 그리고 구메지마 주민들에게만 해당되지 않는다. 우타의 어머니를 비롯해 질곡의 시대를 넘어온 오키나와 또한 한풀이가 필요한 대상이다. 모쪼록 이 소설이 그들의 넋을 달래고 한풀이가 될 수 있기를 기대한다.

오키나와에서

오세종

참고문헌

오세종, 『오키나와와 조선의 틈새에서—조선인의 '가시화/불가시화'를 둘러싼 역사와 담론』, 손지연 옮김, 소명출판, 2019(원서는, 『沖縄と朝鮮のはざまで—朝鮮人の〈可視化／不可視化〉をめぐる歴史と語り』, 明石書店, 2019).

구시카와손 역사편집위원회, 『구메지마 구시카와손사久米島具志川村史』, 구시카와손야쿠바具志川村役場, 1976.

구메지마 전쟁을 기록하는 모임久米島の戦争を記録する会,『오키나와전 구메지마 전쟁―나는 6세 스파이 용의자沖縄戦 久米島の戦争―私は6歳のスパイ容疑者』, 임팩트출판회インパクト出版会, 2021.

구메지마초사 편집위원회 편久米島町史編集委員会編,『구메지마초사 자료편1 구메지마 전쟁 기록久米島町史 資料編1 久米島の戦争記録』, 구메지마초 야쿠바久米島町役場, 2021.

나카자토손지 편집위원회仲里村誌編集委員会,『나카자토손지仲里村誌』, 나카자토손야쿠바仲里村役場, 1975.

자크 데리다,『동물, 그러니까 나인 동물動物を追う, ゆえに私は(動物で)ある』, 우카이 사토시鵜飼哲 옮김, 지쿠마쇼보筑摩書房, 2014.

• 우타 씨의 이야기를 들려주신 그녀의 친척 히가 가오루芳賀郁 작가님께도 깊은 감사의 마음을 전합니다.

시대의 참상을 증언하는 문학의 용기

박혜경 | 문학평론가

오키나와라는 상징 공간

자연인 김숨은 말이 적은 사람이다. 작가 하성란은 그녀를 일컬어 "김숨은 '가만히' 있는 사람이다"라고 말한 바 있다. 여럿이 어울리는 자리에 그녀와 함께 있어본 사람이라면 "고개를 돌려 옆에 그가 앉아 있다는 것을 확인하지 않았다면 누군가 곁에 앉았다는 것도 실감하지 못할 정도"라는 하성란의 말이 그다지 과장이 아님을 알게 될 것이다.[*] 있어도 없는 것 같은, 아니 있어도 자신의 있음을 거의 주장하지 않는 듯한 자연인 김숨의 옆에는 또 다른 김숨, 어쩌면 보다 더 김숨의 본질에

---

[*] 김숨, 『간과 쓸개』, 문학과지성사, 2017, 323~324쪽.

가까울지 모를 작가 김숨이 있다. 이 글을 쓰기 전 문득 궁금해져 김숨이 데뷔 후 출간한 책 목록들을 살펴보던 나는 잠시 놀라움에 빠지고 만다. 2005년 첫 창작집 『투견』을 발간한 이후 그녀는 거의 매해마다 창작집 혹은 장편소설들을 세상에 내놓아왔던 것이다. 한 해에 두 권의 책을 출간한 것도 여러 해다. 마치 자연인 김숨이 아껴두었던 말들이 작가 김숨을 통해 쏟아져 나오는 듯한 이 다작의 에너지는 경이를 넘어 경외감마저 일으킨다. 더욱 놀라운 것은 그녀의 작품들이 품고 있는 기법의 다채로움과 시선의 깊이다. 작가의 초기 단편들과 『노란 개를 버리러』, 『물』 등의 작품들이 보여주던 독특한 소재와 형식, 특유의 그로테스크하고 매혹적인 이미지들을 기억하는 독자라면, 그녀의 소설들이 방대한 참고 자료와 발로 뛰는 현장 취재를 수반하며 범상치 않은 역사적 통찰로 나아가는 진경을 마주하고는, 대체 이 조용한 작가의 어디에서 이토록 엄청난 열정과 에너지가 솟아나오는 거지?라는 생각에 잠시 아득해질 법도 하다. 방 하나에 자신을 가두고 쉼 없이 한 땀 한 땀 누빔질을 해나가는 『바느질하는 여자』의 여주인공처럼, 김숨 또한 한 자 한 자 쉼 없이 이어지는 "바늘의 문장으로 산맥을 창조"[*]해왔던 것이 아닌가?

작가의 전작들인 『한 명』이나 『잃어버린 사람』 등과 마찬가

● 김숨, 『바느질하는 여자』, 문학과지성사, 2011, 권여선의 뒤표지 글.

지로『오키나와 스파이』역시 성실한 취재를 통해 얻은 자료들을 바탕으로 역사 소재의 이야기들을 소설의 언어로 옮기는 작가의 새로운 작업의 연장선에 있다. 전작들과 다른 점은 작품의 무대가 한국이 아닌 일본이라는 점이다. 태평양 전쟁이 끝나갈 무렵 오키나와 인근의 구메지마 섬*에서 일어난 참혹한 학살극이 작품의 소재인 것이다.『오키나와 스파이』에서 우리가 먼저 주목할 것은 초기부터 독특하고 개성적인 형식들을 선보이며 꾸준히 자신의 소설적 문법을 갱신해온 작가답게, 이 소설 역시 시공간을 구성하거나 인물들을 배치하는 방식에서 역사적 소재를 다루는 기존의 소설들과 다른 모습을 보여준다는 점이다. 한 인물 혹은 소수의 몇몇 인물들을 소설의 전면에 배치해 그들을 중심으로 서사의 줄기를 만들어 나가는 기존 형식에 익숙해져 있는 독자에게『오키나와 스파이』는, 서사 전개의 구심점 역할을 하는 인물도 없고 사건의 질서도 무질서하게 흩어진 다소 혼란스러운 소설로 비춰질 수 있다. 해방 직후의 부산항을 배경으로 그 공간에 산발적으로 등장했다 사라지는 사람들의 모습을 점묘화처럼 그려 나가는『잃어버린 사람』과 마찬가지로, 이 작품 역시 특정 시대 오키나와 인근의 한 섬에 존재했던 사람들의 이야기들을 산발적인 형태로 펼쳐 보여준

◆ 이 작품의 소재가 된 실제의 학살극은 오키나와 현에 속한 구메지마라는 섬에서 벌어진 일이지만, 작품의 제목이『오키나와 스파이』인 데다 작가가 작품 속에서 이 지명을 한 번도 언급하지 않으므로, 이 글에서는 오키나와가 소설 속에서 갖는 상징적 의미를 고려하여 소설의 공간이 된 섬을 '오키나와'라 통칭해서 부를 것이다.

다. 작품은 인물들 간의 관계맺음을 통해 서사의 동력을 만들면서 종적인 타임라인을 따라 사건의 흐름을 엮어 나가는 익숙한 방식 대신, 같은 공간에 존재하는 여러 인물들의 이야기를 횡적으로 흩어놓는 일종의 디아스포라식 구성을 취하고 있다. 그 때문에 『오키나와 스파이』에 등장하는 인물들은 서로 간의 상호작용을 통해 서사의 흐름을 만들어가기보다 이들이 처한 고립의 상태를 표상하고 있다는 느낌이 강하다. 이들은 인간이 서사의 주체가 되는 것이 불가능한 어떤 상황을 보여주는 것이다.

이 소설에서 서사의 구심점이 되는 것은 인물이라기보다 오키나와가 갖는 장소의 특수성이다. 섬을 지배하는 기무라 총대장이 작품 속 모든 사건의 구심점이라는 해석도 가능하겠지만, 실은 그도 오키나와라는 장소의 특수성을 규정짓는 하나의 구성원으로 기능할 뿐이다. 『잃어버린 사람』의 부산항이 그렇듯, 이 작품 역시 구메지마라는 한정된 공간을 벗어나지 않는다. 공간적 폐쇄성은 오랫동안 김숨 소설의 주요 특징 중 하나였다. 그녀의 초기 단편들은 대부분 침대나 철제 책상이 놓인 사무실, 서랍, 방, 집, 자동차 안, 매표소 등 좁고 밀폐된 공간에 갇혀 있는 인물들을 보여준다. 종종 기괴한 사건들을 수반하는 밀폐된 공간의 이미지들은 세계가 인간에게 가하는 정체 모를 위협과 폭력, 그 안에서 인물들이 겪고 있는 불안과 두려움, 무기력 같은 심리적 정서에 맞닿아 있다. 이러한 출구 없는 공간의 이미지들은 김숨의 소설에서 그 자체로 강력한 메시지 전달의 효과를 낸다. 소설이 역사의 공간으로 옮겨온 후에도 김숨 특유의 공간적 폐쇄성과 그것이 갖는 억압적이고 폭력적인 이미지들은 크게 달라지지 않는다. 달라진 것은 그 폐쇄성이 개인을 넘어 집단의 영역으로 확장되고 있다는 점이다. 『오키나와 스파이』의 경우, 어디에도 출구가 없다는 문제의식은 섬이라는 지리적 폐쇄성만이 아니라 그 섬을 통째로 삼켜버린 역사의 폐쇄성에도 고스란히 연결돼 있다. 소설 속에서 오키나와는 군국주의 일본에 의해 자행된 파괴적 역사를 표상하는 하나의 상징 공간으로 나타나는 것이다.

출구 없는 공포에 갇힌 사람들

『오키나와 스파이』는 섬에 주둔하고 있는 일본군 총대장인 기무라의 지휘를 받는 이른바 '인간 사냥꾼'들이 여자와 소년을 포함한 아홉 명의 섬사람들을 무참하게 살해하는 장면으로부터 시작된다. 작가는 이 장면에서 군인과 인간 사냥꾼들에 의해 총검으로 잔인하게 살해되는 사람들의 마지막 순간들을, 마치 영화 〈전함 포템킨〉의 오데사 계단 장면처럼 한 장면 한 장면 몽타주하듯 서술해 나간다. 한 사람 한 사람이 죽어 나가는 경악스러운 학살의 현장을 눈으로 보는 듯 생생하게 서술해 나가는 이 장면은 독자들이 느끼는 고통의 시간을 연장하면서 참혹한 집단 학살의 대상이 된 사람들이 아홉이라는 숫자로 뭉뚱그려진 이름 없는 희생자들이 아니라, 각각의 이름과 개체성을 지닌 '한 사람'들임을 기억케 하려는 일종의 제의적 장면처럼 보이기도 한다.

군인과 인간 사냥꾼들에 의한 잔인한 학살은 이후에도 몇 번 더 계속된다. 총 12부로 구성된 작품에서 네 개의 부에 붙어 있는 숫자들은 이들에 의해 죽어 나간 희생자들의 숫자를 의미한다. 제일 어린 열다섯 살 겐을 비롯해 십 대의 소년들로 구성된 이 인간 사냥꾼들은 작품 속에서 족제비, 너구리, 다람쥐, 두더지 등의 이름으로 불리는데 이러한 호칭은 소년들이 또래 집단에서 서로를 부르던 별명이기도 하겠지만, 그들이 저지르는 극단적인 만행의 동물적 성격을 부각시키는 효과도 있는 듯하다. "오늘 밤 섬 어디에도 인간은 없다"(9쪽)라는 작품 속 구절처럼, 잔혹한 학살의 도구가 된 그들에게서 우리는 어떠한 인간의 모습도 찾을 수 없기 때문이다. 이들 중에서 자신이 저지른 학살에 대해 스스로에게 '묻는' 행위를 하는 유일한 인물은 미나토다. 그는 '내가 무슨 짓을 한 거지?'(41쪽)라는 말로 그를 사로잡았던 집단적 광기에서 벗어나 자신의 행위를 성찰하는 순간을 맞이한다. 그러나 그 성찰의 결과는 자살로 추정되는 그의 죽음일 뿐이다.

상황 판단 능력이 미숙하고 집단적 광기와 소영웅 심리에 휩쓸리기 쉬운 십 대의 소년들을 학살의 도구로 사용한 것이 군인의 동원을 최소화하면서 학살의 효율성을 높이려는 기무라의 전략이었다면, 소수의 군력으로 섬을 통치하기 위한 그의 또 다른 전략은 섬의 모든 사람들을 잠재적인 미군의 스파이로 만드는 것이다. "스파이들을 소탕하지 않으면 일본이 전쟁에서 질 거라"(47쪽)는 말, 또는 "기무라 총대장이 스파이라고 하면 스파이예요!"(99쪽)라는 말은 실제적인 학살의 공포 못지않게 섬사람들을 짓누르고 있는 보이지 않는 공포의 진원지다. 섬사람들은 끊임없이 자신이 기무라가 관리하는 스파이 장부에 올라 있지 않은지 의심하며 두려움을 느낀다. 기무라에게 섬 주민들을 스파이로 명명하는 것은 자신의 학살을 정당화하는 강력한 명분이다. 섬 주민 아홉 명이 학살당한 것도 그들이 스파이였기 때문이며, 기무라가 미군의 서신을 자신에게 전달하려던 이토를 참혹하게 살해하는 것도 이토 스스로 불명예스러운 스파이 혐의를 벗고 "천황 폐하를 위해 명예롭게"(65쪽) 죽음을 선택하게 하는 정당한 행위가 된다.

기무라가 스파이 색출이라는 명분으로 주민들을 상호 감시의 환경 속으로 몰아넣고 항상적인 공포 속에 살게 하는 것은 권력이 자신의 힘을 유지하기 위해 사용하는 가장 악마적이고 보편적인 방식이다. 주민들을 잠재적인 죄인으로 만듦으로써 기무라는 스스로 강력한 처형 권력의 지위를 갖게 되는 것이 아닌가? 아홉 명의 학살에 가담했던 한 군인은 자신이 스파이라는 말에 어리둥절해하는 주민에게 "자기가 스파이인 줄도 모르다니!"(14쪽)라며 비웃는다. 섬 주민들을 공포에 떠는 약자로 만드는 것은 스파이 혐의만이 아니다. 입에서 입으로 전달되는 소문이 가장 강력한 정보 전달의 역할을 하던 시절, 섬 안에는 인간 사냥꾼들이 누구를 어떻게 죽였다더라, 누가 기무라의 스파이 장부에 올랐다더라, 미군이 섬 여자들을 겁탈하고 어떻게 잔인하게 죽였다더라 등의 온갖 소문들이 난무한다. 그러한 소문들은 진위 여부와 상관없이 주민들의 영혼을 잠식하며 그들을 극도의 두려움에 사로잡힌 약자로 만들어간다.

남편이 아내를, 아내가 남편을, 부모가 자식들을, 자식들이 부모를 돌로 나뭇가지로 면도칼로 낫으로 곡괭이로 도끼로 죽이는 걸 보고는 실성한 어떤 여자는 물이 펄펄 끓는 가마솥에 갓난쟁이 자식을 퐁당 집어넣었대요.(55쪽)

내용이 자극적일수록 그것의 전달 효과가 커지는 것이 소문의 속성이기에 소문들은 더욱 공포스럽고 흉흉한 모습으로 섬 주민들 사이를 떠돈다. 이러한 소문들에 대해 주민들이 할 수 있는 것이란 "있을 수 없는 일이야"(54쪽)라거나 "지어낸 얘기지?"(55쪽) 등 자신들이 알고 있는 보편적 도덕에 기대 공포를 애써 부정하는 일일 뿐이다. 그러나 소설은 주민들 사이에 떠도는 소문들이 단순한 소문이 아니었음을, 이 당시 이 섬의 상황은 '있을 수 없는 일'과 '지어낸 얘기'라는 상식적 반응을 무력화하는 일들이 실제로 일어났던 현장이었음을 확인시켜주는 방향으로 나아간다. 작품에는 열다섯 살인 겐이 인간 사냥꾼이 되기 전 "내가 중국에서 우는 아기를 어떻게 죽였는지 알아? 공중으로 휙 던져 총감으로 받았지"(20쪽)라며 한 군인이 들려줬던 말을 떠올리는 장면이 나온다. 그러나 인간 사냥꾼이 된 후 겐은 자신의 총검에서 흘러내리는 흥건한 피를 보며 "중국에서 우는 아기를 공중으로 던져 총검으로 받았다는 군인의 말이 꾸며낸 얘기가 아니었다는 걸 깨닫는다"(39쪽). 밑도 끝도 없는 폭력이 일상이 된 현실, 누구도 스파이 혐의로부터 자유롭지 않은 현실은 섬 주민들을 출구 없는 공포의 세계로 몰아넣는다. "섬에서 대대로 이어 내려온 윤리 규범이 완전히 잊혀 무시되고"(20쪽) 오직 기무라 총대장의 명령만이 남은 세계,

그 세계에서는 어린 나이에 학살의 주동자가 된 인간 사냥꾼들 역시 자신도 어느 순간 스파이로 낙인 찍혀 죽임을 당할 수 있다는 공포에서 자유롭지 않다. 공포에서 벗어나기 위해 더욱더 잔인하고 맹목적인 공포의 주동자가 되어가는 것, 그것이 그들이 처한 현실인 것이다.

차별이라는 또 하나의 비극

이제 우리는 이 소설이 말하고자 하는 또 다른 비극이자 이 섬에서 일어난 학살극의 가장 중요한 의미에 대해 살펴보려 한다. 전쟁 중에 저질러진 숱한 학살의 현장들 중에서 작가가 오키나와라는 특수한 공간을 소설의 무대로 선택한 이유는 그곳이 군국주의 일본이 패망 직전 저지른 극단의 만행뿐만 아니라, 본토 일본인과 오키나와인, 조선인들을 가르는 차별의 문제를 첨예하게 보여주는 문제적 장소였기 때문일 것이다. 섬 주민들의 생존을 위협하는 극도의 공포 상황은 그들의 의식 속에 뿌리 깊이 박혀 있는 차별의식을 보다 극단적인 모습으로 드러내는 역할을 한다. 작가는 섬에 거주하는 조선인 고물상의 아들 후미오의 입을 빌려 그들이 겪는 차별의 고통을 다음과 같이 표현한다.

인종차별 때문에요. 엄마, 인종차별이 뭐냐면 말이에요, 인간을 일등, 이등, 삼등… 그렇게 나누는 거래요. 일본인은 일등, 오키나와인은 이등, 조선인은 삼등. 엄마, 그런데 나는 조선인이에요?(228~229쪽)

조선인 고물상의 아내 후미는 아들의 이 물음에 대해 "후미오, 너는 오키나와인이란다. 오키나와인 일본인"(229쪽)이라고 말한다. 자신의 아들이 조선인이 아니라고 말하는 후미 역시 젊은 시절 자신의 정체성에 대해 극심한 혼란을 경험한 바 있다. 자신의 젊은 시절을 회상하며 후미는 "난 일본 여자가 되고 싶었어요. 일본 여자처럼 차려입고, 일본어로 말하고, 일본 여자처럼 웃고 울고, (…) 그런데 아무리 일본 여자처럼 꾸며도 오키나와 여자인 걸 가릴 수 없는 내 얼굴, 내 피부색, 내 몸…. 일본 여자처럼 꾸미려 애를 쓸수록 나는 자신이 오키나와 여자라는 걸 더 절망적으로 깨달아야 했어요"(272쪽)라고 말한다. 젊은 시절 본토의 일본인 남자에게 버림받은 경험이 있는 후미는 이후 조선인과 결혼해서 아이들을 낳고 오키나와에서 살아간다. 조선인과 결혼했음에도 자신의 아이들에게서 조선인을 지우고 싶어 하는 후미와, "조선인이 싫지 않지만 조선인이고 싶지 않다"(124쪽)고 말하는 후미오는 일본인과 오키나와인과 조선인 사이에 존재하는 차별의 상황을 중첩적으로 보여주는 인물들이라 해야 할 것이다. 더구나 섬을 지배하는 폭력적 상황에서 조선인이라는 낙인은 이들에게 차별을 넘어 생존의 문제가 되어버린 것이다.

인종차별의 문제는 섬에서 벌어지는 기무라의 횡포와 함께 주민들의 삶 곳곳에 암처럼 퍼져 있다. 섬에는 오키나와인을 향해 "닭 돼지처럼 살던 너희에게 우리 일본이 사람처럼 사는 걸 가르쳐줬지"(303쪽)라고 말하는 기무라, "생각도 일본말로 하고 잠꼬대도 일본말로 해야 일본인이 될 수 있어!"(165쪽)라고 말하는 일본인 교사, 오키나와인이면서 일본인 행세를 하는 도축업자와 "이 섬에서 조선 놈 하나가 죽었다고 불쌍해할 사람이 있을 것 같아?"(176쪽)라고 말하는 사토 같은 오키나와인들뿐 아니라, "조선인 고물상이 마누라나 자식들에게 성을 내거나 그들을 때리는 걸 본 적이 없었다"(186~187쪽)면서도 "예의 바르고 품성이 순박하고 차분한 조선인 고물상이 다마키는 꼴도 보기 싫다"(117쪽)고 말하는, 그러면서도 인간 사냥꾼들이 조선인 고물상을 죽이러 가는 것을 보고는 위험을 무릅쓰고 도망치라고 알려주는 다마키와, 일본인 행세를 하는 친구를 경멸하면서도 섬의 아이들에게 스파이라며 공격당하는 조선인 고물상을 못 본 척하고 지나치는 긴조처럼 착잡하고 혼란스러운 내면을 보여주는 오키나와인들도 있다. 또한 소수이긴 하지만 극도의 가난에 시달리는 조선인 고물상에게 쌀 한 톨이라도 더 담아주려 애쓰는 미요나 죽음의 위험을 무릅쓰고 인간 사냥꾼들에게 쫓기는 조선인 고물상을 숨겨주는 사네요시 등 하나의 유형으로 규정지을 수 없는 다양한 인간 군상들이 존재한다. 차별과 관련한 복잡한 심리는 조선인 고물상의 경우도 예외는 아니다. 그는 "이 섬에서 자신이 저지른 죄가 있다면 '조선인'이라는 것, 그것이라고 생각"(213쪽)하지만, "조선인이 앞에서 걸어오면 눈을 마주치지 않으려고 고개를 숙"(215쪽)이고 "영락없는 조세나 지라[조선인 얼굴]를 하고 있는 자신을 조선인들이 알아보고 조선말로 말을 걸어올까 봐 전전긍긍"(214~215쪽)한다. "자신이 오키나와인들보다 더 조선인을 두려워하고 있다는 걸 깨달"(214쪽)으며 고통과 혼란을 느끼는 그의 심리 또한 차별로 인한 피해의식이 내면화된 형태라 해야 할 것이다.

자신의 이름이 언제 누구에 의해 기무라의 스파이 장부에 올라갈지 모르는 상황에서 학살의 가장 손쉬운 표적이 되는 것은 섬에서 최약자로 살아가는 조선인일 수밖에 없다. 소설 속에서 인간 사냥꾼들의 만행이 더욱 광기 어린 모습을 띠어가는 것은 일본의 패전이 확정된 후다. 패전 소식을 듣고 흐느껴 우는 사람들 중에는 패전을 억울해하는 사람도 있지만 "전쟁이 끝나서 다행이야"(237쪽)라며 안도하는 사람도 많다. 조선인 고물상도 이제는 인간 사냥꾼들이 아무도 죽이지 않을 것이라며 격한 안도의 숨을 토해낸다. 그러나 기무라는 "총대장인 내가 죽기 전에는 아무도 이 전쟁을 끝내지 못해"(304쪽)라고 말하며 패전 후에도 자신만을 위한 전쟁을 계속해 나간다. 기무라의 전쟁이 끝나지 않았다는 것은 섬에서의 학살이 계속된다는 의미다. "오키나와 놈들 때문에 일본이 전쟁에서 진 거야"(244쪽)라는 한 군인의 말은 기무라의 전쟁이 패전의 책임을 전가하기 위한 새로운 희생양 찾기가 될 것임을 암시한다.

패전 이후 시작된 학살의 첫 번째 타깃은 요미치다. 요미치는 산가키와 함께 이 섬에서 광기와 공포에 사로잡히지 않고 사태를 이성적으로 바라보려 애쓰는 드문 인물이다. 미군에 대한 공포와 흉흉한 소문에 갇혀 있는 섬 주민들에게 자신이 미군 포로로서 알게 된 사실들을 알려주며 주민들을 안심시키려던 그는 기무라의 표적이 되고 아내와 그의 한 살 된 아기와 함께 인간 사냥꾼들에게 참혹하게 죽임을 당한다. 이어지는 조선인 고물상과 그 가족의 죽음 또한 처참하기 그지없다. 요미치의 아기에 이어 조선인 고물상의 갓난아기까지 끔찍한 죽임을 당하는 장면들은 눈 뜨고 볼 수 없는 참극의 현장을 고통스럽게 재현한다. 소설을 읽는 중간에 연이어지는 폭력의 분위기를 견딜 수 없었던 나는 어리석게도 고통을 해소시켜줄 결말을 기대하며 소설의 마지막 장면을 앞당겨 읽어봤더랬다. 그러나 첫 장면에서 보았던 끔찍한 학살극이 마지막 장면에서 다시 재연되는 것을 보고는 폭력의 폐쇄회로에 갇힌 듯한 공포가 밀려오는 것을 느꼈다. 마치 나 자신이 학살로 시작해 학살로 끝을 맺는 소설적 상황 속에 출구 없는 섬처럼 갇혀버린 느낌이랄까? 그러고는, 늙은 산가키가 자신의 얼굴에서 섬사람들을 스파이라며 밀고하는 비열한 사토의 모습을 보았듯, 이 처참한 만행의 주역들 역시 우리와 같은 사람들이라고, 부정할 수 없는 이 인간의 얼굴을 피하지 말고 똑바로 보라고 말하는 작가의 목소리가 들려오는 듯했다.

고통의 연결통로

앞에서 나는 『오키나와 스파이』가 특정 인물의 삶에 집중하는 역사소설의 관습적 방식 대신 섬 여기저기에 흩어진 여러 인물들을 산발적으로 훑어 나가는 디아스포라식 구성을 보여주고 있다고 말했다. 소설은 내용뿐만 아니라 그것을 풀어 나가는 형식을 통해서도 작가의 메시지를 전달한다. 『오키나와 스파이』는 인물만이 아니라 시간을 다루는 방식에서도 특이한 산발적 구성을 보여준다. 아홉 명에 대한 학살 사건 후 소설은

'아홉 명이 처형되던 날 아침', '아홉 명이 처형되기 십사 일 전', '아홉 명이 처형되기 열 달 전', '아홉 명이 처형되기 사흘 전날 밤', '아홉 명이 처형되기 이틀 전날 아침' 식으로 시간의 흐름을 지그재그로 엮어 나가는 독특한 구성을 보여준다. 부표처럼 흩어져 있는 인물들과 조각난 시간들 사이를 떠도는 이러한 서술 방식은 그 자체로 이 섬이 처한 상황의 불안정성을 각인시키는 효과가 있다. 이러한 서술 형태는 "특정 민족이 자의적으로나 타의적으로 기존에 살던 땅을 떠나 다른 지역으로 이동하여 집단을 형성하는 것, 또는 그러한 집단"이라는 디아스포라의 사전적 정의처럼 소설 속 섬 주민들이 겪고 있는 불안한 삶의 모습을 닮아 있지 않은가? 자의든 타의든 자신이 살던 곳에서 뿌리 뽑혀 이국을 떠도는 조선인뿐만 아니라, "물이 풍부해 집집마다 우물이 있고, 돼지를 길렀으며, 마당에 야채를 심어 먹"(158쪽)던 비옥한 시절을 빼앗긴 채 전쟁과 학살의 위협 속에 놓인 오키나와인들 또한 자신들의 땅에서 추방당한 신세이긴 마찬가지다.

자신들이 대를 이어 살아온 섬이 인간이 살 수 없는 땅이 돼 가는 것을 목도하며 산가키는 "그 아버지는 일본 군인도 인간 사냥꾼도 아니다. 그 아버지는 마을의 경방단장들이고, 산가키 자신이며, 도축업자이고, 사토다. 다정하고 순박한 웃음을 잃고 돌덩이가 돼가고 있는 섬사람들이다"(207쪽)라고 말한다. 섬 주민들의 목숨과 삶의 터전을 빼앗고 그들 사이에 차별이라는 굴레를 씌워 서로 싸우게 만드는 아버지는 기무라이자 일본 군국주의이면서 동시에 두려움에 사로잡혀 그들의 명령에 맹목적으로 순종하는 섬의 모든 주민들이라는 것. 산가키의 입을 통해 작가는 어쩌면 이것이 이 섬이 겪었던 비극의 본질이 아닌가라고 묻고 싶어 하는 듯하다. 그런 점에서 이 소설의 디아스포라적 구성은 비극 앞에 뿔뿔이 흩어진 섬 주민들의 특수한 상황을 투영할 뿐 아니라, 섬 주민들을 주역과 조역의 구분 없이 섬을 집어삼킨 비극의 동일한 구성원들로 소설의 공간에 참여시키는 방식이 아니었을까 싶기도 하다.

앞서 말한 것처럼 『오키나와 스파이』는 태평양 전쟁이 일어났던 시기, 구메지마라는 섬에서 실제로 일어났던 이야기를 소재로 한 것이다. 거기에는 무자비한 학살이 있고 맹목적인 권력이 있으며 공포 앞에 무기력한 사람들과 자신이 살기 위해 자기보다 더 약한 타자의 고통을 외면하는 사람들이 있다. 작가는 이 모든 인간 군상들의 이름을 하나하나 호명하며 처형과 학살이 휩쓸고 간 섬의 참상을 처절할 정도로 용기 있게 증언한다. 작가는 스스로도 고통스러웠을 그 참상의 기록을 문학의 이름으로 묵묵히 수행해 나간다. 그 과정에서 희생자들은 숫자로 뭉뚱그려진 기록 속의 존재들이 아니라 살과 피를 지니고 슬픔과 고통을 느끼는 개개의 인간들로 되살아난다. 작가에 의해 되살아난 그들은 그들의 시대에서 멀리 떨어진 독자들에게 스며 고통의 연결통로를 만들어간다. 그 고통의 연결에 동참하는 동안 우리는 이 참혹한 이야기를 끝까지 밀고나간 작가의 용기가 실은 인간을 향한 깊은 애정과 신뢰에서 나온 것임을 알게 된다. 작가는 '그곳에도 사람이 있었다'고 말한다. 또한 그들이 지금의 우리와 다르지 않은 존재들임을 알려준다. 이 작품은 우리가 고통과 공포의 역사를 기억하는 것은 그것과의 용기 있는 대면을 통해 고통과 공포를 넘어설 힘을 갖기 위해서라고 말한다. 그것이 작가가 이 작품을 쓴 이유이자 우리가 그것을 읽는 이유일 것이다.

　모르던 오키나와, 모르고 싶었던 오키나와…. 2023년 3월, 처음 오키나와를 찾았다. 태평양 전쟁 말기 조선인 위안부 위안소가 140여 개나 있었던 곳(그곳에 있었던 조선인 위안부는 1천여 명에 달했다고 한다), 조선인 군부 1만여 명이 인력으로 동원된 곳. 대개는 다시 고향으로 돌아오지 못하고 오키나와 땅에 묻힌, 그런데 존재했던 흔적조차 덮이고 잊힌 위안부와 군부들이 생생히 살아서 존재했던 장소들을 답사하기 위한 목적이었다.

　급하게 답사팀이 꾸려졌다. 『철의 폭풍』(오키나와 전쟁의 참상을 기록한 책)을 공역하며 오키나와를 스무 번 넘게 답사한 김지혜 선생님이 가이드를 맡고, 교토 예술대학에 재학 중인 전효리 님이 합류해 통역을 맡아줬기에 가능한 답사였다. 4박 5일이라는 짧은 기간 동안 소화할 답사 장소들 중 하나인 사키마 미술관에서는 마침 〈오키나와 전도戰圖〉(마루키 이리, 마루키 도시 작품) 시리즈를 특별 전시하고 있었다. 오키나와 전쟁 당시 그 땅에서 벌어졌던 주민들의 집단 자결과 군대에 의한 집단 처형을 담은 어마어마한 작품들은 전시관으로 들어선 우리를 오키나와 전쟁 당시로 잡아끌었다. 시리즈의 하나인 〈구메지마 학살2〉에는 조선인 구중회具仲會(일본 이름은 다니카와 노보루谷川昇)가 등장하고 있었다. 조선인 구중회 씨의 일가족 일곱 명(그 중에는 한 살 남짓 아기도 있었다)의 학살 기록을 처음 접한 건 오세종 선생님의 『오키나와와 조선의 틈새에서』(손지연 옮김, 소명출판, 2019)라는 책에서였다. 오키나와 답사를 떠나기 전 나는 그 책을 읽었고, 구 씨 일가 학살은 내가 '소설화할 수 없는, 하고 싶지 않은' 기록으로 남겨두었었다. 그런데 사키마 미술관에서 또다시 정면으로 만난 것이다. 마침 이틀 전 구메지마에 다녀온 우에마 가나에 학예사 님이 그 자리에 있었고, 우리의 입에서는 작품의 배경이 된 사건과 구메지마라는 한없이 낯선 섬에 대한 질문이 계속 터져 나왔다. 모두가 두 시간 넘게 작품 앞에 벌을 받듯 서서 질문과 답을 이어갔다. 이 소설은 그때 시작됐다.

　1945년 8월 15일을 전후로 석 달 사이에 구메지마에서는 구중회 씨 일가족뿐 아니라 주민 열세 명도 똑같이 끔찍한 방식으로 처형됐다. 그 섬에 주둔하고 있던 일본 해군통신대가 스파이 공포를 조장할 의도로 행한 처형이었다.(구메지마 주민 학살에 대해서는 오세종 선생님께서 발문에서 자세히 기록해주시고 있다.) '시작해버린' 소설을 쓰는 데 절실히 필요한 자료들을 수집하기 위해, 증언을 듣기 위해 6월에 다시 오키나와를 찾았다. 오키나와 본섬에서 일박을 하고, 본섬에서 서쪽으로 백 킬로미터 떨어진 구메지마로 향했다. 그때도 한 달쯤 전에 구메지마에 미리 다녀온 김지혜 선생님이 가이드를, 전효리 님이 통역을 맡았다. 구메지마에서 머물렀던 3박 4일 동안 우에즈 노리아키 어르신을 만나 인터뷰하며, 어디에도 기록되지 않은 귀중한 이야기를 들었다. 구 씨의 장남과 친구였던 그분은 78년 전으로 되돌아가 구 씨와 그의 가족들에 대한 기억뿐 아니라 조선인 위안부에 대한 기억(어떤 위안부가 아마도 자기 또래의 남동생이 고향에 있는 듯 어린 그를 꼭 끌어안고 울던 기억) 또한 진심을 다해 들려주셨다. 그리고 야마자토 나오야 선생님과 저녁 자리까리 이어진 긴 대화는 구메지마라는 섬을 자연적으로, 역사적으로 이해하는 데 큰 도움이 됐다.

기꺼이 증언자가 돼주신 분들의 도움으로 얻은 귀한 자료들. 내가 찾던 자료들. 그런데 그 자료들이 거대한 바위가 돼 나를 억누르기 시작했고, 소설을 계속 쓰는 것이 힘겨워졌다. 그에 더해 나름대로 열심히 듣고 보고 노트에 기록한 전쟁(학살) 관련 이야기들이, 참혹상을 고스란히 담은 사진들이 지독한 몸살과 고열이 돼 나를 괴롭혔다. 간신히 답사를 마치고 돌아와서는 반달 모양의 도끼로 내 목을 내리치려 하는 악몽을 꿨다. 도끼의 날이 내 목에 닿으려는 순간, 머리가 하얀 할머니가 도끼를 빼앗아 멀리 던졌고, 그 악몽을 기점으로 몸이 회복되기 시작했다.

소설 쓰기를 멈추진 않았지만, 오키나와에 다시 가고 싶지 않았다. 내가 다시 오키나와에 가게 되는 일이 있을까? 불쑥 생각하기도 했다.

그러다 일 년 뒤인 2024년 3월에 나는 예정에도 없이 오키나와를 다시 찾았다. 이번에는 답사가 아니라 돌아가신 아사토 에이코 선생님을 조문하기 위한 목적이었고, 답사팀과 함께였다. 요미탄손에 있는 한의비恨之碑에는 조선인들을 공양하는 선생님의 글이 있다.

이 섬은 왜 조용해졌을까. / 왜 말하려 하지 않는가. / 여자들의 슬픔을 / 조선반도의 오빠 언니들의 얘기를 // 갈라지고 끌려온 오빠들 / 작열하는 뱃바닥에서 숨을 거두어 / 오키나와 이 땅에서 수족이 찢겨지고 / 영혼을 짓밟힌 오빠들이여 // 전쟁이 끝나 시간이 흘렀어도….

—「이 땅에서 돌아가신 오빠 언니들의 영혼에」

첫 오키나와 답사 때 선생님은 생면부지인 우리를 댁에 초대해 손수 요리한 음식을 극진히 대접해주셨다. 늦게까지 화기애애하고 진지하게 이어진 대화를 마무리하고 떠날 즈음이 돼서야 아드님인 아사토 와코 선생님에게서 선생님께서 암 투병 중이라는 사실을 알았다. 고인이 된 선생님께 고맙다는 마지막 인사를 하기 위해 다시 찾은 오키나와. 머무는 동안 뭔가 치유받는 느낌이 들었다. 아사토 에이코 선생님의 영혼이 나를 오키나와 땅에 다시 초대해 오키나와가 얼마나 아름다운 땅인지, 얼마나 다정한 땅인지 보여주시는 것 같았다.

그리고 다시 찾은 사키마 미술관에서 〈오키나와 전도〉를 다시 마주했다. 그전에 방문했을 때보다 오래, 그리고 조용히 작품들 앞에 머물렀다.

'나는 무엇에 대해 쓰고 싶었던 걸까? 나는 누구에 대해 쓰

무엇인가? 그리고 피해자란 무엇인가?'

　우에즈 노리아키上江洲教明 선생님

　요시카와 요시카쓰吉川嘉勝 선생님

　다카자토 스즈요高里鈴代(반전평화운동가) 선생님

　아사토 에이코安里英子(한의비회 전 대표) 선생님

　모모하라 레이코桃原礼子 선생님

　고토 다케시後藤剛 선생님

　사키마 미치오佐喜眞道夫(사키마 미술관 관장) 선생님

　마루키 히사코丸木ひさ子 선생님

　아사토 와코安里和子(교토 대학 대학원 문학연구과 준교수) 선생님

　우에마 가나에上間かな恵(사키마 미술관 학예사) 선생님

　야마자토 나오야山里直哉 선생님

　다이라 쓰기코平良次子(전 하에바루 문화센터 관장) 선생님

　손경여(출판편집자) 선생님

　김지혜 선생님

　전효리 선생님

　그리고 발문을 써주신 오세종 선생님, 박혜경 선생님

혼자서는 결코 쓸 수 없는 글이 있다. 『오키나와 스파이』가

그런 글이다. 그래서 빚짐이 쓰는 내내 나를 무척이나 센 강도로 억눌렀다.

만남 내내 '인간에 대한 예의'와 '인간으로서 갖추어야 할 품위'를 강렬하게 일깨워주신 위의 모든 분들께, 이 소설과 이 소설을 쓴 시간을 바친다.

이 소설이 (스파이 혐의로 학살당한) 스무 분께, 그들의 유족들께, 구메지마 주민들께 실례가 되지 않기를 빌며 이 글을 겨우 마친다.

2024년 6월 김숨

오키나와 스파이

초판 1쇄 발행 2024년 7월 8일
초판 2쇄 발행 2024년 7월 16일

지은이	김숨
펴낸이	김철식
펴낸곳	모요사
출판등록	2009년 3월 11일
	(제410-2008-000077호)
주소	10209 경기도 고양시 일산서구
	가좌3로 45, 203동 1801호
전화	031 915 6777
팩스	031 5171 3011
이메일	mojosa7@gmail.com
ISBN	978-89-97066-94-0 03810